KB163117

「알겠습니다! 그렇게까지 말한다면 테스트 레이스 때 증명해 보이겠어요!
루페우스 님의 마동승용차에는 지지 않을 거예요!」

「그 승부를 받아들이죠!
스피드만이 레이스의 승부수가 아니라는 사실을 증명해 보이겠습니다!」

이세계는 스마트폰과 함께.17

「그래?――나는 막 두근거리는데.」

반대로 졸음이 확 날아간 듯 들뜬 목소리로 그렇게 말한 사람은 『빨간색 왕관』 루즈의 마스터인 니아였다.

그리고 그 니아가 탄 기체는 기계 장치의 거대한 진홍색 호랑이・새로운 오버 기어, 『티거 루즈』였다.

『꼭두새벽부터 이걸 타게 될 줄은 몰랐어.』

『레오 느와르』. 고대 기체인 레거시의 고렘을 핵으로 삼고 프레임 기어와 똑같은 기술을 조합해 만든 기계 짐승, 『오버 기어』.

『검은색 왕관』고렘, 느와르 전용기라 조종사는 그 마스터인 노른이었다.

흘러나온 목소리를 들으니, 자는데 누가 억지로 깨워 불만스러워하는 모습이 손에 잡힐 듯 보이는 것만 같았다.

이세계는 스마트폰과 함께. ⑰

후유하라 파토라 illustration ■우사츠카 에이지

캐릭터 소개

모치즈키 토야

하느님의 실수로 이세계로 가게 된 고등학교 1학년(등장 당시). 기본적으로는 너무 소란을 피우지 않고 흐름에 몸을 내맡기는 스타일. 무의식적으로 분위기 파악을 하지 못한 채, 은근히 심한 짓을 한다.

무한한 마력에 모든 속성 마법을 가지고 있으며, 무속성 마법을 마음대로 사용하는 등, 하느님 효과로 여러 방면에서 초월적. 브륜힐드 공국 국왕.

유미나 에르네아 벨파스트

벨파스트의 왕녀. 열두 살(등장 당시). 오른쪽이 파란색, 왼쪽이 녹색인 오드아이. 사람의 본질을 꿰뚫어 보는 마안의 소유자. 바람, 흙, 어둠이라는 세 속성을 지녔다. 활이 특기. 토야에게 한눈에 반해, 무턱대고 강하게 다가갔다. 토야의 신부가 될 예정.

에르제 실레스카

토야가 구해 준 쌍둥이 자매의 언니. 양손에 건틀릿을 장비하고 주먹으로 싸우는 무투사. 직설적인 성격으로 소탈하다. 신체를 강화하는 무속성 마법 【부스트】를 사용할 줄 안다. 매운 것도 좋아한다. 토야의 신부가 될 예정.

린제 실레스카

쌍둥이 자매의 여동생. 불, 물, 빛이라는 세 속성을 지닌 마법사. 빛 속성은 별로 잘 사용하지 못한다.

굳이 따지자면 낯을 가리는 성격으로 말이 서툴지만 가끔 대담해진다. 단 음식을 좋아한다. 토야의 신부가 될 예정.

코코노에 야에

일본과 비슷한 먼 동쪽의 나라, 이센에서 온 무사 소녀. 존댓말을 사용하며 남들보다 훨씬 많이 먹는다. 진지한 성격이지만 어딘가 어긋나 있는 면도 보나는 검술 도장으로 유파는 코코노에 진명류(眞鳴流)라고 한다. 겉만 봐서는 잘 알기 어렵지만 의외로 거유. 토야의 신부가 될 예정.

루시아 레아 레굴루스

애칭은 루. 레굴루스 제국의 제3 황녀. 유미나와 같은 나이. 제국 반란 사건 때에 자신을 도와준 토야에게 한눈에 반했다. 쌍검을 사용한다. 유미나와 사이가 좋다. 요리 재능이 있다. 토야의 신부가 될 예정.

스우시 에르네아 오르트린데

애칭은 스우. 열 살(등장 당시). 자객에게 습격당하고 있을 때 토야가 구해 주었다. 벨파스트 국왕의 조카, 유미나의 사촌. 천진난만하고 호기심이 왕성하다. 토야의 신부가 될 예정.

마나 스트레티아 힐데가르드

애칭은 힐다. 레스티아 기사 왕국의 제1 왕녀. 검술에 능하며 '기사 왕녀' 라고 불린다. 프레이즈에 습격당할 때 토야에게 도움을 받고 한눈에 반한다. 긴장하면 말을 더듬는 습관이 있다. 야에와 사이가 좋다. 토야의 신부가 될 예정.

린

전(前) 요정족 족장. 현재는 브륜힐드의 궁정마술사(잠정). 어려 보이지만 매우 오랜 세월을 살았다. 자칭 612세. 마법의 천재. 사람을 놀리기를 좋아한다. 어둠 속성 마법 이외의 여섯 가지 속성을 지녔다. 토야의 신부가 될 예정.

사쿠라

토야가 이센에서 주운 소녀. 기억을 잃었었지만 되찾았다. 본명은 파르네제 포르네우스. 마왕국 제노아스의 마왕의 딸이다. 머리에 자유롭게 빼낼 수 있는 뿔이 나 있다. 감정을 겉으로 잘 드러내지 않지만, 노래를 잘하며 음악을 매우 좋아한다. 토야의 신부가 될 예정.

폴라

린이 【프로그램】으로 만들어 낸 곰 인형으로, 마치 살아 있는 것처럼 움직인다. 200년 동안 계속 움직이고 있으며, 그사이에도 개량을 거듭했다. 그 움직임은 상당한 연기파 배우 수준. 폴라…… 무서운 아이!

코하쿠

토야의 첫 번째 소환수. 백제라고 불리는 서쪽과 큰길의 수호자로, 짐승의 왕. 신수(神獸) 평소엔 새끼 호랑이 크기로 다니며 눈에 띄지 않게끔 한다.

산고＆코쿠요

토야의 두 번째 소환수. 두 마리가 한 세트. 현제라고 불리는 신수. 비늘의 왕. 물을 조종할 수 있다. 산고가 거북이, 코쿠요가 뱀.

코쿠

토야의 세 번째 소환수. 염제라고 불리는 신수. 새의 왕. 침착한 성격이지만, 외모는 화려하다. 불꽃을 조종한다.

루리

토야의 네 번째 소환수. 창제라고 불리는 신수. 푸른 용으로, 용의 왕. 비꼬기를 잘하며, 코하쿠와는 사이가 나쁘다. 모든 용을 복종시킬 수 있다.

모치즈키 카렌

정체는 연애의 신. 토야의 누나를 자처하는 중. 천계에서 도망친 종속신을 포획해야 한다는 대의명분으로, 브륀힐드에 눌러앉았다. 느긋한 말투. 꽤 게으르다.

모치즈키 모로하

정체는 검의 신. 토야의 두 번째 누나를 자처한다. 브륀힐드 기사단의 검술 고문에 취임. 늠름한 성격이지만 조금 천연스럽다. 검을 쥐면 대적할 상대가 없다.

프란셰스카

바빌론의 유산 '정원'의 관리인. 애칭은 세스카. 메이드복을 착용. 기체 넘버 23. 입만 열면 야한 농담을 한다.

하이로제타

바빌론의 유산, '공방'의 관리인. 애칭은 로제타. 작업복을 착용. 기체 넘버 27. 바빌론 개발 청부인.

벨플로라

바빌론의 유산 '연금동'의 관리인. 애칭은 플로라. 간호사복을 착용. 기체 넘버 21. 폭유 간호사.

프레드모니카

바빌론의 유산 '격납고'의 관리인. 애칭은 모니카. 위장복을 착용. 기체 넘버 28. 입이 거친 꼬마.

프레리오라

바빌론의 유산 '성벽'의 관리인. 애칭은 리오라. 블레이저를 착용. 기체 넘버 20. 바빌론 넘버즈 중 가장 연상. 바빌론 박사의 밤 시중도 담당했다. 남성은 미경험.

파메라노엘

바빌론의 유산, '탑'의 관리인. 애칭은 노엘. 체육복을 착용. 기체 넘버 25. 계속 잔다. 먹고 자기만 한다. 기본적으로 게으르고 뭐든 귀찮아하는 성격.

이리스팜므

바빌론의 유산, '도서관'의 관리인. 애칭은 팜므. 세일러복을 착용. 기체 넘버 24. 활자 중독자. 독서를 방해하면 싫어한다.

리루루파르세

바빌론의 유산, '창고'의 관리인. 애칭은 파르세. 무녀 복장을 착용. 기체 넘버 26. 덜렁이. 게다가 자각이 없다. 깜빡하고 저지르는 실수가 잦다. 잘 넘어진다.

아틀란티카

바빌론의 유산, '연구소'의 관리인. 애칭은 티카. 흰옷을 착용. 기체 넘버 22. 바빌론 박사 및 넘버즈의 유지보수를 담당하고 있다. 극심한 어린 여자아이 취향.

레지나 바빌론 박사

고대의 천재 박사이자 변태. 공중 요새 '바빌론'를 비롯한 다양한 아티팩트들을 만들어 냈다. 모든 속성을 지녔다. 기체 넘버 29번의 몸에 뇌를 이식하여 5000년의 세월을 넘어 부활했다.

이세계는 스마트폰과 함께.
세 계 지 도

지금까지의 줄거리

 하느님이 특별히 마련해 준 스마트폰을 들고 이세계에 오게 된 소년, 모치즈키 토야. 수많은 만남을 거쳐 소국 브륀힐드의 왕이 된 토야는 세계의 왕들과 힘을 합쳐 이세계의 침략자 프레이즈에 맞선다. 나라라는 울타리를 넘어 세계를 돌아다니던 토야는 어느 나라에서 고렘이라고 불리는 기계 장치 인형이 존재하는 다른 세계로 들어가게 된다. 거울을 보는 것처럼 좌우로 역전된 세계지도. 토야의 앞에 새로운 이세계의 문이 열렸다…….

표지 · 본문 일러스트
우사츠카 에이지

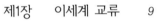

ⅈ 제1장 이세계 교류

브륀힐드 공국의 성 북쪽에는 아주 넓은 필드가 마련되어 있다.

그 구역은 특수한 결계가 쳐져 있어 허가 없이 침입할 수 없고, 또 시각 방해 마법이 발동 중일 때는 내부를 볼 수조차 없다. 바빌론의 결계와 마찬가지다.

주로 무엇을 하는 장소인가 하면, 프레임 기어의 실물 훈련이나 신형기의 기동 실험, 또는 바빌론에서 개발한 발명품의 테스트 등을 하는 곳이다.

그 실험장에서 지금, 테스트 하나가 실시되고 있었다.

"꽤 빠르게 움직이네."

"고렘도 원래 기계니까. 당연히 융화가 잘될 수밖에."

"인간이 직접 대처하지 않는 만큼, 반응 속도는 프레임 기어보다 빨라~."

실험장을 이리저리 달리는 기체를 바라보면서 옆에 있던 바빌론 박사와 에르카 기사가 나의 중얼거리는 소리를 듣고 대답했다.

눈앞에서는 검은 사자형 기계 짐승이 분주히 뛰어다니는 중이었다.

가슴 부분에 커다란 반투명 구체를 품은 기계 짐승은 정재(晶材)로 만든 클리어 부품이 몸체 여기저기에 장착되어 태양빛을 반사했다. 이 사자 로봇은 검은 보디에 금색 라인이 들어가 있었다.

크기는 프레임 기어를 성인 인간이라고 봤을 때, 진짜 사자 정도의 크기였다.

이게 바빌론 박사와 에르카 기사가 만든 고렘의 강화 유닛, '오버 기어' 다.

저 가슴 부분의 수정체는 코어 프레임이라고 불리는데, 그 유닛 안 콕핏에 핵이 되는 고렘과 파트너인 마스터가 올라탄다.

고렘과 직접 싱크로한 오버 기어는 고렘에서 특성을 끌어내 증폭시킨다. 강화 유닛이라는 이름대로, 이건 이른바 고렘의 파워드 슈트였다.

그럼 왜 인간형으로 만들지 않았냐는 생각이 들지? 나도 그런 생각이 들었다.

그에 대한 박사 일행의 대답은.

""좀 색다르게 만들고 싶었으니까.""

이거였다. 즉, 완전히 취향대로 만들었다는 말이다. 어이없어.

검은 사자가 대지를 박차고 수직으로 뛰어올랐다. 우오오, 엄청난 도약력!!

검은 사자는 마치 한계가 어느 정도인지를 알아보려는 듯이 힘껏 이리저리 달리다 급브레이크를 걸고 뛰어올랐다. 움직임이 격렬해. 단순한 운동 성능만 따지면 프레임 기어보다 훨씬 좋지 않을까?

"혹시 고렘 스킬을 쓰는 중이야?"

"아니. 아직 고렘 스킬은 위험해서 사용하지 않게 설정해 뒀어. 저건 순전히 저 기체, '레오 느와르'의 성능이야."

장비라고 할 수 있는 물건은 현재 정재로 만든 발톱과 엄니밖에 없었다. 하지만 변이종 중급종 몇 대 정도라면 충분히 싸울 수 있다고 생각한다. 상급종이라면 역시 한 대로는 상대하기 어려울 듯하지만.

"으~음. 인간형으로 변형할 수 있게 만들어도 재미있겠어."

"코어 프레임이 중심이라면 변형이라기보다는 교체 아냐? 각 부품을 교환하게 해서……."

두 사람이 수상쩍은 상의를 하는 중에, 검은 사자, '레오 느와르'가 멈춰 섰다. 그리고 동물의 '엎드려' 자세가 되어 코어 프레임에서 소녀 한 명과 흑기사 고렘 한 대를 뱉어냈다. 에르카 기사의 여동생인 노른과 그 파트너 고렘인 검은색 왕관, 느와르였다.

나는 우뚝 서 있는 노른에게 다가가 오버 기어가 어땠는지 감상을 물어보았다.

"꽤 잘 타네? 타 보니 어때?"

"……………………."

반응이 없다. 왜 그러지?

나를 올려다보는 노른의 눈이 죽은 생선 같았다. 노른은 비틀거리며 나에게 다가와 코트의 소매를 꼭 잡았다.

"……………우읍."

"어?"

■ 잠시 기다려 주십시오 ■

"충격 흡수 기능의 효과가 좋지 못했나 보네."

"예상보다 콕핏 내부가 많이 흔들리는 거겠지. 프레임 기어보다 설정을 더 강하게 해 둬야겠어."

"이봐, 거기! 이쪽도 조금은 걱정해 줘!"

토할 만큼 토하고 완벽히 뻗은 노른과 발치로 쏟아진 토사물을 그대로 받아낸 나는, 둘 다 눈물을 머금으며 연구에 미친 두 사람을 노려보았다.

"저건, 이대로는 도저히 컨트롤할 수 없어……. 파워가 너무 강하거든. 조금 달렸을 뿐인데, 기세가 너무 강하게 붙어서……."

노른이 누운 채 가냘픈 목소리로 그렇게 중얼거렸다. 그래,

무슨 소린지 대충 알겠어. 나도 가속 마법【액셀】을 배우고 처음 썼을 때 그런 감각에 빠졌으니까. 그럼 뭐야, 조금 전의 그건 의도하던 움직임이 아니었던 거야?

아무래도 격투 게임을 하는 초보자가 커맨드도 모르고 막 눌렀는데 우연히 제대로 기술을 발동한 그런 상태였던 듯했다.

"게다가 타고 있는 장소가 그렇게 핑핑 흔들려서야…… 우웁!"

〈안정, 침묵.〉

다시 얼굴이 새파래지며 토하려고 하는 노른의 등을 느와르가 부드럽게 쓰다듬어 주었다.

"그래도 첫 번째 테스트치고는 그럭저럭 괜찮았다고 해야 하나? 문제는 이 오버 기어는 당장에 쉽게 양산하기 힘들다는 점이야."

"양산을 못 한다고? 왜?"

레오 느와르를 올려다보며 하는 박사의 혼잣말을 듣고 내가 중간에 끼어들며 물었다. 양산을 못 한다니, 무슨 소리지? 전용기^{발큐리아}처럼 노른과 느와르에게만 맞춰서 개발한 건가?

"그 말대로야. 기체마다 각 고렘에 맞춘 조정이 필요하거든. 기본적으로는 전용기라 생각하면 돼."

"그럼 이 레오 느와르에는, 예를 들면, 니아의 블러드 루주를 태워도 움직일 수 없다는 말이야?"

"그런 거지. 다른 고렘으로는 기동도 안 돼. 프레임 기어는 사람이 달라도 탈 수 있잖아? 그런데 오버 기어는 고렘을 거치는 이상 마스터가 아니면 움직일 수 없어."

아, 그런 거구나. 원래 고렘 자체가 그 사람 전용인 전용기 같은 거니…….

"군기병처럼 여러 고렘을 가지고 있어도 결국 마스터는 한 명이니까. 한 사람이 오버 기어를 여러 대 사용할 수 있어 봐야 별 도움이 안 돼. 양산기란, 숫자가 많기에 가치가 있는 거니까. 게다가 애초에 고대 기체가 없으면 오버 기어는 움직일 수 없지만."

한 대, 한 대를 모두 핸드메이드로 특성에 맞춰 만든다면 그건 이미 양산형이라 할 수 없지. 아니, 양산은 하겠지만.

박사 일행의 이야기에 따르면 코어 프레임만 만들면 다른 부품은 돌려쓸 수 있다고 한다. 즉, 니아의 코어 프레임만 만들면 팔다리는 노른이 타는 오버 기어에 사용하던 걸 이용할 수 있다는 건가.

"저편 세계의 전력(戰力)만으로 변이종을 격퇴하기는 힘들겠네……."

"현재로서는 아직. 개량을 거듭해 가능한 한 양산할 수 있게 만들어 볼게. 한 대, 한 대의 전투력은 떨어질지 모르지만."

숫자를 선택할지, 질을 선택할지의 문제구나. 어느 정도의 질은 필요하지만 숫자가 부족하면 대처하기 힘들 때도 있으니, 선택이 참 어렵다.

이쪽의 전력이 갖춰질 때까지 적이 기다려 줄지 어떨지는 알 수 없지만…….

성으로 돌아가는 도중에 기사단 훈련장에 들렀다. 여전히 모로하 누나에게 지옥 훈련을 받는 듯했지만, 요즘에는 그나마 적응이 된 듯했다.

"토야 님, 마침 잘 오셨어요."

"응? 무슨 일인데?"

기사들의 훈련을 바라보는 나에게 힐다가 다가왔다. 훈련 도중이었는지 숨이 조금 거칠었다. 나는 【스토리지】에서 타월과 차가운 음료를 꺼내 건네주었다.

"감사합니다. 실은 조금 전에 오라버니와 전화를 했거든요. 그런데 대화 중에 레스티아 기사단과 브륀힐드 기사단이 합동 훈련을 할 수 없을까 하는 이야기가 나왔어요."

"라인하르트 형님이?"

흐음. 기사 왕국 레스티아가 자랑하는 정예들과 합동 훈련이라. 나쁘지 않을지도 모른다.

조금 생각에 잠긴 나에게 힐다가 쓴웃음을 지으며 말을 계속했다.

"물론 그건 구실일 뿐, 오라버니가 모로하 형님과 검술을 겨

루며 지도를 받고 싶은 게 아닐까 하지만요……."

아, 그런 이유구나. 라인하르트 형님, 얼마 전의 세계회의가 끝난 뒤에 힐다와 대결을 했지만 졌다고 했었지? 역시 여동생에게 진 충격이 컸던 건가.

왕국도 다스려야 하니 차이가 나도 어쩔 수 없는 일이라고 생각하는데. 게다가 힐다는 내 권속화라는 지원 효과도 있으니까.

물론 훈련 자체는 좋은 제안이니 받아들이자. 얼마 전에 야렌 씨에게도 길드 시험 관련 일로 신세를 졌으니.

나는 스마트폰을 꺼내 라인하르트 형님에게 연락했다.

"네, 합동 훈련 일로 연락했어요. 네. 네……. 어? 바로요? 바로 오신다고요?!"

놀랍게도 바로 시간을 낼 수 있으니 당장 하지 않겠냐고 라인하르트 형님이 제안했다. 아니, 문제가 없긴 한데요. 너무 조급하신 게 아닐지.

우리의 기사단장인 레인 씨와 모로하 누나에게 양해를 구하고 레스티아와 훈련장 사이에 【게이트】를 열자, 라인하르트 기사왕이 이끄는 레스티아 정예 기사 몇 명이 브륀힐드로 건너왔다.

레스티아 기사단은 국왕이 기사단장을 겸하지만, 어엿하게 부단장도 존재한다.

"오늘은 잘 부탁드립니다."

"저희야말로 잘 부탁드립니다."

우리의 기사단장, 레인 씨와 인사를 나누는 남자가 바로 그 사람이다.

레스티아 기사단의 부단장, 프란츠 아이스만.

마흔을 넘은 나이에, 흰머리가 섞인 머리카락과 입매의 수염이 멋진 로맨스그레이 아저씨였다.

선왕의 친구이자 라인하르트 형님의 스승님이기도 하며, 힐다의 할아버지인 갸렌 씨의 제자이기도 한 소드 마스터다. 또 성실한 인물로 인품도 좋다. 변태의 제자가 아니라 다행이야.

원래 이런 나라와 나라의 합동 훈련에 각 나라의 기사단장은 참가하지 않는다.

그건, 상대의 기사에게 만약, 정말 만약인데요. 자기 나라의 기사단장이 지기라도 하면 큰일이잖아요? 상대가 얕보게 될 테니.

보통은 그런데, 기사단장도 아니고 국왕이 싸우면 어쩌자는 건가, 레스티아여.

조금 전부터 라인하르트 형님과 모로하 누나의 시합을 양쪽 진영 기사들이 마른침을 삼키며 지켜보는 중이다.

말이 대결이지 일방적으로 라인하르트 형님이 당하고 있지만…….

"조금 봐주면서 하지 좀……."

분위기 파악을 못 하는 모로하 누나를 보고 나는 눈을 휘둥 그렇게 떴다. 유일한 위안은 라인하르트 형님이 당해도 그걸 보고 비웃는 우리 쪽 기사가 한 명도 없다는 점이었다.

모로하 누나가 얼마나 강한지는 모두 뼈에 사무치게 잘 알고 있으니……. 져도 어쩔 수 없다는 일종의 체념하는 분위기가 감돌았다.

애초에 모로하 누나는 기사단 소속도 아니다. 그냥 특별 고문일 뿐이다.

어? 그럼 기사단 합동 훈련에 참가하는 것 자체가 이상하지 않나? 아니, 뭐. 새삼스럽긴 하다.

벌써 몇 번째인지는 모르겠지만, 라인하르트 형님이 모로하 누나의 검에 당해 장외로 멀찍이 날아가 버렸다. 아이고…….

"모로하 님의 귀신같은 실력은 역시 굉장하군요. 저도 피가 마구 끓어오릅니다."

"그런가요……? 죄송합니다. 분위기 파악을 못 하는 누나라……."

프란츠 씨의 말을 듣고 나는 무심코 사과를 했다. 한 나라의 국왕을 날려 버리다니, 자칫 잘못했다간 전쟁이 벌어진다.

"아니아니, 너무 심려치 마십시오. 왕께서도 당하고 있지만 매우 만족스러워하고 계십니다. 인간이란 벽이 있어야 자만하지 않고 똑바로 정진할 수 있는 존재이니까요."

물론 무슨 말을 하려고 하는지는 안다. 나도 상당히 강해진 편이지만, 저 사람들과 비교하면 발끝에도 미치지 못하니까. 정말 한심하다고 해도 좋을 정도로.

이 정도로 콧대를 세워서는 안 된다. 세웠던 콧대가 곧장 팍팍 꺾일 테니까.

"요즘엔 마수를 상대로 한 훈련도 포함시켰지만, 생각처럼 잘되지 않아 곤란한 상황입니다. 마수를 붙잡아 데리고 올 수도 없고 말이지요. 가까운 시일 내에 현장 훈련을 할 생각이긴 하지만⋯⋯."

"브륀힐드에는 대형 마수가 없어서, 우리도 마수를 상대로 한 싸움에는 익숙하지 않네요. 던전섬에 가면 그럭저럭 마수가 있긴 하지만요⋯⋯."

레스티아는 기사 왕국이라는 명칭답게 기사의 숫자가 많다. 대부분은 마을과 도시의 경호를 담당하지만, 가까운 곳에 마수가 나타나면 토벌하러 나서는 일도 임무 중 하나다.

모험자 길드와도 제휴하고 있어, 기사단과 모험자들이 합동으로 마수를 사냥하는 일도 자주 있는 모양이었다. 그런 상황 덕에 모험자가 기사단에 입단하는 길이 열리기도 한다고 한다. 그러고 보니 전전대 왕인 갸렌 씨부터가 모험자 출신이다.

그건 그렇고, 마수를 상대로 한 훈련이라⋯⋯. 해 두는 편이 안 해 두는 것보다는 낫겠지?

"음, 그럼 적당한 마수를 준비해서 여기로 데리고 올까. 먹을 수 있는 녀석이 좋겠어."

""네?""

놀라는 레인 씨와 프란츠 씨에게서 등을 돌린 나는【게이트】

를 사용해 괜찮은 마수가 있는 곳으로 넘어갔다.

"그 녀석은 관절 부분이 아닌 다른 곳을 노리면 검이 튕겨 나와요~. 아아, 정면에 서면 안 되죠~. 거품을 뱉어내는데~. 맞으면 녹아요~."

나는 이리저리 뛰어다니는 기사들에게 적절한 어드바이스를 해 주었다.

브륀힐드, 레스티아의 양쪽 기사들은 붉은 등딱지를 지닌게 마수인 블러디 크랩을 상대로 상당히 고전하는 중이었다. 덧붙이자면 브륀힐드 기사단은 정검(晶劍)을 사용하지 않았다. 그걸 쓰면 훈련하는 의미가 없으니까.

블러디 크랩은 모험자 길드의 토벌 랭크로 따지면 빨간색 랭크에 해당한다. 하위용과 같은 랭크다. 그리고 레스티아에도 꽤 많이 서식하는 마수다.

그렇지만 이번에 데리고 온 블러디 크랩은 꽤 크다. 어쩌면 은색 랭크에 해당할지도 모른다.

"너무 크지 않나요……?"

브륀힐드와 레스티아의 기사 몇 명과 싸우는 블러디 크랩을 보고 힐다가 굳은 얼굴로 중얼거렸다. 확실히 크다.

"확실하지는 않지만 저거, 거수화(巨獸化)가 진행 중일지도 몰라……. 저대로 몇 년 정도 그대로 두면 프레임 기어로 토벌해야 할걸?"

게가 휘두른 집게에 맞아 날아가 버린 기사에게 적절한 타이밍을 보아 회복 마법을 걸어 주면서 나는 그렇게 대답했다. 지면에 튕기며 굴러갔던 기사는 간신히 일어서 다시 블러디 크랩을 상대했다.

대략 양쪽 진영 사람을 모두 합치면 스무 명 정도인가? 도망칠 곳도 없고 서포트도 해 주고 있으니, 아마 토벌은 가능하리라 생각하는데.

"흐음……. 멀찍이서 보니 움직임이 잘 보이네. 이렇게, 양발을 힘껏 디딜 때 정면을 향해 거품을 내뱉는 모양이야."

"네. 게다가 집게를 내려칠 때…… 보십시오, 내려치는 쪽과는 반대 방향으로 이동합니다."

라인하르트 형님과 프란츠 씨는 멀찍이서 대전 상대인 게의 움직임을 관찰하는 모양이다. 일단은 봐야 한다. 관찰을 해야 상대의 특성과 움직임, 반응 등을 읽을 수 있으니까. 그건 대인전(對人戰)도 마찬가지다.

"기왕이면 사이클롭스^{외눈 거인}를 데리고 왔으면 재미있었을 텐데."

"아뇨아뇨. 그건 진짜 거인이잖아요. 프레임 기어로 상대해야 할 마수예요."

분위기 파악을 못 하는 모로하 누나가 무책임하게 말했다. 사이클롭스는 골렘과 거의 비슷한 크기의 마수다. 프레임 기어

보다는 작지만, 개체에 따라서는 저 게처럼 큰 녀석도 있다.

"프레임 기어가 없어도 제대로 대처하면 쓰러뜨릴 수도 있어. 중요한 건 싸우는 방법이니까. 평소에 했던 훈련을 살릴 만한 부분도 몇 군데나 있고 말이야. 상대의 약점을 순식간에 간파해 그 부분을 공략한다거나, 자신의 힘을 최대한으로 끌어낼 수 있는 무기, 장소, 시간 및 낭비 없는 움직임과 적확한 연계 등. 그런 것들을 최대한으로 살리면 쉽게 쓰러뜨릴 수 있지."

쉽게 말하지만, 전혀 쉽지 않거든요…….

누나의 어이없는 말을 듣는 사이에 겨우 게의 힘이 빠졌는지, 모두가 단숨에 공세를 펼치기 시작했다. 기사들은 창으로 관절 부분을 찌르고, 도끼로 집게를 잘랐다. 이윽고 딱지가 얇은 배에 기사 몇 명의 검이 꽂혀, 그 거대한 블러디 크랩이 드디어 땅에 쓰러졌다.

"이얏호오오오오오오오오!"

"쓰, 쓰러뜨렸어……."

"해냈다!"

기뻐하는 모습은 각자 다 달랐지만, 브륀힐드, 레스티아에 상관없이 양쪽 진영의 기사들이 서로 기쁨을 나누었다. 부상자가 어느 정도 나오긴 했지만, 나는 곧장 회복 마법으로 치유해 주고 【리프레시】로 체력까지 회복시켜 두었다.

"훈련은 여기까지 하면 될까요."

"그러네."

힐다의 말에 고개를 끄덕인 뒤, 나는 【스토리지】에서 어마어마하게 거대한 냄비를 꺼내 대충 흙 마법으로 만든 아궁이 위에 올렸다. 그리고 마법으로 냄비에 물을 넣고, 아궁이에 불도 지폈다.

이어서 꺼내 놓은 테이블 위에 음식 재료를 잇달아 늘어놓았다. 양념은 된장이면 될까.

"좋~아. 전골이다~! 게를 손질해라~!"

"오오오오오오~!"

기사들이 검을 들어 올리고는 게를 향해 몰려갔다.

손질된 게의 살과 야채, 두부, 버섯 등이 냄비에 투입되었고, 부글부글 끓자 좋은 향기가 감돌기 시작했다. 완성된 게 전골을 보고 모두 입맛을 다지며 만족스럽게 웃었다. 자신들이 힘들게 쓰러뜨린 사냥감으로 만든 음식이라 더욱 맛있게 느껴지는 듯했다.

평범한 게보다 맛있는 이유가 잘 발달한 근육 때문인가 하는 별 근거 없는 생각을 하는데, 품에 넣어둔 스마트폰이 울렸다.

"실루엣 씨인가."

창관 '월광관(月光館)'의 여주인이자, 뒤쪽 세계의 정보를 장악한 조직, '흑묘(黑猫)'의 보스. 저편에서 다양한 정보를 모아 알려주는데, 실루엣 씨의 전화에서 어딘가 모르게 불길한 예감이 들었다.

"네, 여보세요. 토야입니다. 네…… 네. 네?"

잠깐만. 분명히 그곳의 사이보그 영감을 내가 쓰러뜨리긴
했는데.

마공국 아이젠가르드가 괴멸 상태라니……. 대체 무슨 말이
지?

뒤쪽 세계, 마공국 아이젠가르드. 일찍이 마공왕이었던 기
브람 자인 아이젠가르드가 통치했던 나라다.

헤카톤케이르라는 고대 문명의 결전 병기를 되살려 자신의
나라마저도 마구 파괴했던 정신 나간 사이보그 영감은 내가
쓰러뜨렸다.

그 이후의 아이젠가르드에는 흥미가 없어, 마공왕이 죽은
후에 그 나라가 어떻게 되었는지는 관심을 가지지 않았다.

그런데 지금, 아이젠가르드는 괴멸 상태에 빠졌다고 한다.
무슨 일이 벌어진 거지?

신기한 현상이 벌어진 시기는 불과 2주 전. 아이젠가르드 여

기저귀에서 황금 눈이 내렸다고 한다.

눈은 금방 그쳤지만, 며칠 후에 잇달아 의식을 잃고 쓰러지는 사람들이 속출했다. 고열이 발생하고 괴로워 신음한 끝에 급속히 야위고는 죽음에 이르렀다. 사람들은 이 미지의 병에 두려워하며 몸을 떨었다. 여러 마을과 도시에서 이런 비극이 일어났기 때문이다.

하지만 아이젠가르드의 비극은 그 정도로 끝나지 않았다.

병으로 죽은 자들을 매장하려고 할 때, 갑자기 그 머리를 뚫고 황금 꽃이 피었다.

그리고 머리에 꽃이 핀 시체가 일어나 잇달아 사람들을 습격하기 시작했다.

수많은 마을과 도시에서 이런 사건이 벌어졌다고 한다. 머리에 황금 꽃이 핀 좀비가 온 마을을 막 활보하고 다닌다고 한다.

이 현상은 아이젠가르드 전역이 아니라, 주로 아이젠가르드의 북쪽 일대에서 벌어졌다.

그 현상이 벌어진 중심에 있는 마을, 지네라는 이름을 실루엣 씨에게 듣고 나서 나는 그때의 일이 겨우 떠올랐다.

그곳이 몇 개월 전에 변이종이 나타난 장소이며, 그때 나타난 타조형 변이종이 소멸하는 순간, 지면에 머리를 몇 번이나 찔렀다는 사실을.

혹시 그 기묘한 행동이 이 일련의 사건의 원인이 아닐까?

그런 생각이 든 나는 시간이 비어 있던 유미나와 사쿠라 그리고 스우를 데리고 그때 그 장소로 【이공간 전이】를 이용해 세계의 벽을 넘어 이동했다.

"이게 뭐야……!"

전이한 우리의 눈앞에는 황금 거목이 있었다.

100미터는 넘어 보이는 그 큰 나무는 금속 같은 광택을 내뿜고 있어 딱 봐도 식물이 아니었다. 나무는 그 이파리 부분도 얇은 금속처럼 보였다.

크다. 지구에도 100미터를 넘는 나무가 몇 그루인가 있었지만, 이런 나무는 처음 본다.

황금이라 번쩍거리는 빛을 난반사한 탓에 눈이 따끔거렸다. 그냥 나무가 아니라 노송나무 같기도 하고, 소나무 같기도 하고, 장미 같기도, 조릿대 같기도 했다. 다양한 식물을 모방한 금속이 뒤섞이고 뒤얽혀, 한 그루의 거목이 된 듯한 느낌이었다.

"토야 오빠, 이건……!"

"응. 아마 이건 변이종과 같은 종류야."

옆에 있던 유미나의 말에 대답하면서 나는 그때 타조형 변이종이 이 땅에 씨앗 비슷한 무언가를 심었던 게 틀림없다고 확신했다.

"이 나무 자체가 변이종인고?"

스우가 의아한 듯 그렇게 말했다. 나는 식물형 프레이즈는 본 적이 없다. 변이종은 원래 프레이즈에 사신(邪神)의 인자가 박혀 태어난 존재다. 만약 식물형 프레이즈가 있다고 한다면, 식물형 변이종이 있어도 이상하지 않지만…….

"이 녀석이 황금 눈……. 아마 눈이 아니라 포자 비슷한 뭔가를 바람에 실어 아이젠가르드에 흩뿌린 게 아닐까?"

"……버섯?"

사쿠라가 고개를 갸웃하며 눈썹을 찌푸렸다. 그러고 보니 사쿠라는 버섯 종류를 싫어했지? 그럼 키가 안 커. 수염 난 배관공 아저씨처럼.

"아마 그거랑 비슷할 거야. 그걸 뒤집어쓴 사람이 변이종 포자와 결합되어 좀비로 변했다…….'"

좀비라기보다는 변이종이겠군. 프레이즈가 변이종이 된 것처럼 사람이 변이종이 된 셈이다.

"변이종은 '영혼 포식'을 해. 발병한 사람과 발병하지 않은 사람이 있는 이유는 아마 부정적인 감정이 더 강한 사람 쪽이 변이종에 더 적합했기 때문이겠지."

실제로 실루엣 씨에게 들은 이야기인데, 변이종이 된 사람 중 어린아이는 거의 없었다고 한다. 분노나 증오, 스트레스 등의 부정적인 감정은 역시 어른이 더 강할 수밖에 없나 보다.

하지만 전혀 없지는 않아서, 대도시 등의 슬럼가에서는 어린아이 좀비도 나타났다고 한다. 역시 이런 건 환경에 따라서 좌우되는 걸까.

이곳의 바로 근처에 있는 지네 마을도 괴멸됐는데, 3분의 1이 변이종이 됐고, 3분의 1은 변이종이 된 사람들에게 살해당했으며, 나머지 3분의 1은 마을에서 도망쳤다.

변이종이 된 사람이라 해도 전투력이 강하지는 않다. 전투 타입의 고렘이 있으면 쓰러뜨리는 일 자체는 어렵지 않으리라 본다. 하지만 숫자가 많으면 그것도 어려워진다.

지네 마을을 괴멸시킨 변이종 인간은 더 많은 제물을 찾아 다른 마을로 이동했다고 한다. 마치 싸구려 공포 영화 같은 전개이지만, 습격당하는 사람으로서는 농담으로 치부할 수 있는 일이 아니었다.

"이런 걸 그냥 내버려 둘 수는 없지. 토야! 얼른 이 나무를 없애 버리세!"

스우의 말대로, 더 큰 피해를 막기 위해서도 이런 나무는 어서 없애 버려야 한다. 하지만 이렇게 커서는 어디에 핵이 있는지 짐작도 안 간다.

"최악의 경우에는 지하에 있을 수도…… 응?"

올려다보니 거목의 꼭대기 근처에서 뭔가가 보였다. 황금으로 우거진 이파리 탓에 잘 안 보였지만, 금색에 뒤섞여 잠깐 피처럼 붉은 무언가가 보인듯한…….

"【롱센스】."

시각을 확장해 그것을 포착했다. 18미터 정도 위의 나무줄기 안에 마치 황금색 가시나무에 둘러싸인 듯이 붉은 핵이 존재했다.

역시 이 거목도 변이종인 모양이다.

다른 변이종과는 달리 조금이나마 핵이 보여 다행이긴 하지만, 크기가 장난 아니다. 직경이 3~4미터는 되는 거 아냐?

이 거목이 변이종이라고 한다면, 이건 상급종에 해당할지도 모른다.

사쿠라와 스우도 눈에 힘을 주고 응시하다 겨우 핵을 찾은 모양이었다. 잘 보이지는 않지만, 색의 대비가 뚜렷해 존재 자체는 간신히 확인할 수 있었다.

"저 핵을 파괴해?"

"의외로 간단하구먼."

그런 스우의 말을 듣고 반응한 것은 아니겠지만, 갑자기 우리가 서 있던 지면이 갈라지더니 그곳에서 황금 가시 줄기가 몇 개나 튀어나왔다.

가시가 박힌 채찍 같은 무수히 많은 가시 줄기가 사방팔방에서 우리를 습격했다.

"【텔레포트】!"

나는 세 사람을 끌어안고 순간이동으로 그 자리에서 탈출했다.

순식간에 우리는 황금 거목에서 수백 미터 떨어진 장소로 전이했다.

멀찍이서 보이는 거목의 뿌리에서는 수많은 촉수 같은 가시 줄기가 구물거리며 움직이고 있었다. 위험했어.

움직일 수 없다면 뭔가 방어 수단이 있을 거라고는 생각했지만, 지면에서 튀어나올 줄은 몰랐다. 면도날 같은 이파리가 쏟아지지 않을까 하고 생각했는데. 아니면 밤처럼 가시가 박힌 열매가 떨어지든가.

그런데 저건, 엄청 굵네……. 저 정도면 프레임 기어라도 가까이 다가갔다간 꼼짝 못하게 휘감길 가능성이 커. 그렇다면…….

"유미나, 부탁할 수 있을까?"

"네. 맡겨 주세요. 저 정도는 아무것도 아니에요."

미소를 지으면서 유미나가 【스토리지】가 부여된 약혼반지를 들어 올려 자신의 애기(愛機)인 프레임 기어를 그 자리에 출현시켰다.

우리 눈앞에 나타난 백은(白銀)의 프레임 기어. 유미나의 전용기인 장거리 저격 특화형 프레임 기어, 브륀힐데였다.

유미나는 브륀힐데에 올라타 등에 장착된 장거리 라이플을 꺼내 눈앞의 거대 변이종을 겨눴다.

"일발필중(一發必中)!"

브륀힐데의 손가락이 방아쇠를 당겼다. 정재(晶材)로 만든 수정 총알이 발사되어 똑바로 황금 거목으로 날아갔다.

은색 유성은 노린 대로 황금 거목의 붉은 핵에 완벽히 적중했다. 그리고 총알에 부여된 【익스플로전】이 발동되어 핵을 내부에서부터 산산조각내며 날려 버렸다.

핵이 부서진 거목은 폭파되어 해체된 빌딩처럼 우르르 무너져 내리더니, 흙먼지를 날리면서 그 모습을 잃어 갔다.

이윽고 황금 잔해가 된 거목은 검은 연기를 피우며 흐물흐물하게 용해되기 시작했다. 몇 번을 봐도 기분 나쁜 광경이다.

"이제 안전해?"

"일단은 안전하다고 할 수 있지 않을까?"

사쿠라의 질문에 나는 그렇게 대답했다. 생각보다 쉽게 쓰러뜨렸네.

이제 새로 변이종 인간이 되는 사람은 없겠지. 남은 건 아이젠가르드 내에 남은 변이종 인간을 어떻게 하는가 인데…….

지도를 실행해 검색해 보니, 역시 북부를 중심으로 변이종 인간이 여기저기에 퍼져 있었다.

이걸 어떻게 처리해야 하나……. 범위 마법을 쓰기엔 너무 넓고, 무엇보다 변이종은 프레이즈의 특성도 지니고 있어 마법이 흡수되어 버린다.

【유성우】라면 물리 공격이니 효과가 있겠지만, 그건 무차별 공격이라……. 마을 주민과 마을을 모두 날려 버려서는 의미가 없다.

"어?"

지도를 보면서 고민하는데, 눈앞의 화면에서 변이종 인간을 표시했던 핀이 잇달아 사라져 갔다. 어라라라?

변이종 인간이 사라졌다고?

"어떻게 된 겐가?"

"거목 변이종을 쓰러뜨려서 다른 변이종도 사라졌다?"

스우와 사쿠라가 얼굴을 마주 보았다. 상황을 보면 그게 맞는 말 같은데…… 지금까지와는 패턴이 달라 신경이 쓰였다.

브륀힐데에서 내린 유미나가 변이종 인간이 사라진 화면을 들여다보며 깊이 생각했다.

"마을에 나타난 변이종들은 그 거목에게 조종당했다……라고 생각하면 되는 걸까요?"

오호라. 그렇게도 생각할 수 있는 건가. 군기병처럼 명령하는 사령관이 거목이고, 그 명령을 따르는 병사가 몸을 빼앗긴 변이종 인간이었던 셈이다.

시체의 머리에 핀 황금 꽃이 이른바 수신기 역할을 했다고 생각하면 앞뒤가 맞는다. 【서치】를 발동해도 변이종 인간이라고 인식하지 못하게 되었는데, 거목과 마찬가지로 용해되어서 그런 걸까?

"일단 실루엣 씨한테 가 보자. 다양한 정보를 수집했을지도 모르니까."

내가 그렇게 말하자 유미나가 노골적으로 얼굴을 찡그렸다. ……왜 그래?

"그곳에 가는 건 좀……. 스우도 있으니, 여러모로 안 좋지 않나요……?"

아~…….

맞아. 열두 살 소녀를 창관에 데리고 가다니, 문제가 있는 듯한……. 아니, 그렇다고 하면 그 이전에 유미나와 루를 데리

고 간 일도 완전히 아웃이긴 하지만!

"왜 내가 있으면 안 된다고 하는 게지?"

스우가 궁금한 점을 곧장 물어봤다. 제발 그만. 굳이 창관이 뭘 하는 곳인지 설명하고 싶지 않아. 에둘러서 설명해 봐야 스우의 궁금증을 더욱 늘어나게 할 뿐, 대답이라 할 수 없는 대답이 된다.

약혼자라고는 하지만 어린 소녀에게 '남자가 돈을 내고 여자에게 야한 짓을 하는 곳입니다!' 라고는 역시 말하기 싫다. 우리의 에로메이드와 에로 박사의 성교육인가 뭔가로 어느 정도 지식은 익혔겠지만.

"이, 일단 실루엣 씨한테 연락해 볼게. 유미나, 사쿠라. 설명 잘 부탁해!"

"네?!"

"임금님, 치사해."

두 사람이 내던지는 비난의 눈길을 등 뒤로 받으면서, 나는 스마트폰을 들고 모두와 조금 떨어진 곳으로 이동했다.

스트레인 왕국 북쪽에 있는 상업 도시, 칸타레. 창관 '월광관(月光館)' 이 있는 도시이자, 온갖 정보를 다루는 첩보 조직 '흑묘' 의 거점이다.

그 도시의 한구석에 있는 카페의 오픈 테라스에서 우리는 사람을 기다렸다.

주문한 차가 나오기 전에 그 인물이 우리가 있는 곳으로 다가왔다.

"기다리게 해서 미안해."

"아니요, 여기까지 오시게 해 죄송합니다."

남자라면 누구나 포로가 될 만큼 뛰어난 미모와 미소. 이 사람이 '흑묘'를 통솔하는 보스인 '그림자 백합'인 실루엣 리리로, 이쪽 세계에서 우리를 도와주는 협력자이다.

스우가 있는데 역시 '월광관'에서 만나기는 좀……. 그런 말이 나와 일부러 여기까지 나와 달라고 부탁했다. 정말 미안하다.

우리가 있는 테이블 앞에 앉은 실루엣 씨는 웨이터에게 음료를 주문했다. 그러는 사이에도 직립부동 상태로 주변에 위압감을 내뿜는 검은 옷 남자들의 경호가 너무 무서운데요?!

"일단 고맙다는 인사를 해야겠네. 아이젠가르드에서 일어난 사건은 잇달아 종식되었다나 봐. 너희가 처리한 거지?"

"그럼 역시 변이종 인간은 사라진 거군요?"

"변이종 인간? 아, 악마의 꽃 탓에 되살아났던 시체를 말하는 거구나? 그래. 한 시간 정도 전에 갑자기 모든 시체가 흐물거리며 녹아 사라진 모양이야."

아무래도 변이종 인간은 모두 소멸했나 보다. 우리도 황금 거목에 대해 실루엣 씨에게 설명하는 것으로, 이번 일은 일단 해결이 된 셈이지만…….

"조금 죄책감이 느껴져. 우리가 더 빨리 그 변이종을 눈치챘다면……."

"감지판은 아무런 반응도 없었나요?"

"없었던가 봐. 왜일까?"

감지판은 이공간에서 전해지는 출현음을 감지해 프레이즈 또는 변이종의 출현 장소와 일시, 숫자 등을 수치화해 주는 마도구(魔道具)다.

추측이지만…… 처음부터 이쪽에 씨앗처럼 지면에 심은 변이종이어서 감지하지 못했던 듯하다.

실루엣 씨에게 그런 설명을 했더니, 이해가 된다는 듯이 고개를 끄덕였다. 이미 출현한 상황이니 출현음이 안 들릴 수밖에.

그리고 실루엣 씨에게 사쿠라와 스우의 소개도 했는데, 두 사람 모두 약혼자라는 사실을 알자 지난번처럼 또 나를 놀렸다. 하지만 당황한 사람은 나와 유미나뿐으로, 그런 지식이 별로 없는 사쿠라와 스우는 어리둥절한 표정을 지을 때가 많았다.

한바탕 우리를 놀린 실루엣 씨가 문득 생각났다는 듯이 다시 말했다.

"그러고 보니 '홍묘(紅猫)'의 에스트한테 전화가 와서 들었는데, 그쪽한테 정말 마법을 가르쳐 줬어?"

"마법요? 네, 가르쳐 주긴 했는데……."

그때, 실루엣 씨의 눈이 유난히 반짝거리는 모습을 보고 나는 말문이 막혔다. 앗, 심상치 않은 흐름이야.

"어~. 저기요, 마법은 적성이 없으면 사용할 수 없는 거라, 그래서."

"확인해 줄 수 있을까?"

"네……."

생긋 웃는 실루엣 씨에게 거역할 수 없어, 나는 그렇게 대답할 수밖에 없었다.

같은 테이블 앞에 앉은 유미나 일행의 노려보는 눈빛을 한몸에 받으면서, 나는 마석 조각을 테이블 위에 올려 두었다. 아니, 이건 어쩔 수 없는 일이잖아. 신세도 많이 졌고, 앞으로도 협력해야 할 상대이니까.

마음속으로 적성이 없으면 성가신 일도 없을 텐데, 하고 생각했지만 꼭 그럴 때는 기대와 정반대의 일이 벌어진다. 실루엣 씨에게는 어둠 속성의 적성이 있었다.

그래도 다른 속성보다는 가르쳐 주기 편하려나? 물론 고대 마법까지 가르쳐 줄 생각은 없으니 소환 마법만 가르쳐 줄 생각이지만.

"소환 마법? 사역마 같은 거야?"

"그러네요. 사실은 불러낼 수 있는 상대는 랜덤…… 한마디로 운에 달렸지만요. 제가 도와주면 어느 정도는 원하는 대로 불러낼 수 있어요. 어떤 소환수를 희망하나요?"

"글쎄……. 역시 고양이 계열이 좋을까? 보디가드가 될 만큼 강했으면 좋겠는데, 역시 무리일까?"

음~……. 불러내는 정도라면 가능하다. 다만, 실루엣 씨의 마력량이라면 계약을 하더라도 불러낼 수 있는 시간은 기껏해야 몇십 분 정도니 보디가드가 되기는 어렵다.

물론 하려고 하면 그건 어떻게든 할 수 있지만.

그런데 보디가드라면 고렘으로 충분하지 않나? 그렇게 생각했는데, 자율형 고렘은 고대 기체라 자신의 취향에 맞출 수 없어 싫다고 한다. 여성의 호불호는 이해하기가 어려워…….

일단 여기서 불러낼 수는 없어 마을 외곽의 인기척 없는 장소로 전이했다.

먼저 코하쿠를 앞쪽 세계에서 이쪽으로 불러낸 뒤, 지면에 마법진을 그렸다. 그리고 실루엣 씨에게 마력을 모아 달라고 한 다음, 그 마력에 맞춰 코하쿠의 영력을 섞었다. 이러면 불러낼 수 있다.

마법진 안에서 떠돌던 검은 안개가 폭발적으로 확산하였다가 개었다. 안개가 걷힌 마법진 중심에 나타난 소환수는 조금 전의 검은 안개가 한데 모인 듯한 새카만 흑표범이었다.

〈……역시 백제(白帝) 님이셨습니까. 오랜만입니다.〉

〈오랜만이군. 너도 건강해 보이는구나.〉

코하쿠와 평온하게 대화하는 흑표범. 대화할 수 있는 타입이었나. 코하쿠가 말하길, 이 흑표범은 '라이트닝 팬서'라는 종으로 그 이름대로 번개를 조종한다는 모양이었다.

코하쿠가 자초지종을 이야기하자 기꺼이 계약해 주겠다는 모양이라, 나는 【스토리지】에서 은색 메달이 달린 목걸이를 꺼냈다.

"그건 뭐지?"

"그냥 목걸이예요. 하지만 메달에 제 마력이 담겨 있어 소환수를 이쪽에 계속 불러낸 상태로 둘 수 있죠. 이 소환수라면 충분히 실루엣 씨의 보디가드가 될 수 있을 테니까요."

흑표범에게 목걸이를 걸어 주려고 다가갔지만 마법진의 방어벽에 막혔다. 앗, 그런가. 실루엣 씨가 계약을 해야 나올 수 있었어.

실루엣 씨가 '셰이드'라는 이름을 붙여 주자 흑표범이 느릿하게 마법진 밖으로 나왔다. 그래서 나는 다시 목걸이를 걸어 주었다. 이제 아무런 문제도 없다.

"……굉장해. 마음속으로 이 아이와 대화할 수 있어."

"텔레파시입니다. 어느 정도 떨어져 있어도 대화할 수 있어요."

만약 그렇게 하지 못한다면 보디가드가 될 수 없겠지만.

코하쿠와는 달리 셰이드는 이른바 미니 타입으로 변신할 수 없는 듯해, 결국 실루엣 씨는 앞으로 이 커다란 흑표범을 그냥 데리고 걸어야 한다. 이래선 눈에 띄는데.

"지금까지도 항상 눈에 띄었으니 아무렇지도 않아. 오히려 아아이 덕분에 날파리가 꼬이지 않게 될 테니 편해서 좋은걸."

실루엣 씨는 셰이드의 머리를 쓰다듬으면서 아무렇지도 않게 말했다. 그런가요?

잠시간 실루엣 씨는 스우, 사쿠라와 함께 셰이드를 쓰다듬다가 나를 돌아보더니 주먹으로 손바닥을 탁, 하고 두드렸다.

"앗, 그렇지. 너희가 만나 줬으면 하는 사람이 있는데 만나 줄 수 있을까? 우연히 이 도시에 와 있거든."

"만나 줬으면 하는 사람? 누구죠?"

"이 나라에서 제일 높은 사람."

장난스럽게 웃는 실루엣 씨를 나는 어리둥절한 표정을 지으며 바라볼 수밖에 없었다.

실루엣 씨가 안내해 준 요릿집은 귀족을 대상으로 하는 듯한 일류 레스토랑이었다.

이쪽 세계에는 복장 규정 같은 문화는 없지만, 아무래도 평소의 모험자 차림으로 들어가기에는 꺼려지는 가게였다.

일단 드래크리프섬에 있는 저택으로 돌아가 유미나, 사쿠라, 스우에게는 각자 가지고 있는 스마트폰의【스토리지】에서 꺼낸 정장으로 갈아입게 한 뒤, 나도 가죽 구두를 신고 블레이저를 입었다.

이 블레이저는 내가 이세계에 왔던 당시에 입고 있던 교복을 참고로 그 옷을 사들인 의복점 점주 자낙 씨가 새로 만든 옷이었다.

자낙 씨는 봉제가 깔끔하지 못하다고 아쉬워했지만, 그 말과는 달리 생각 이상으로, 거의 원래의 교복과 다름없었다. 소재 자체만 따지면 이쪽의 내구성이 더 좋지 않을까.

그건 그렇고, 오랜만에 넥타이를 매니 마음이 차분해지네. 앗, 일단 호신용 브륀힐드만큼은 벨트에 차고 다니자.

"이 옷은 처음 보네요. 잘 어울려요."

"임금님, 멋져."

"역시 토야구먼."

약혼자들이 입을 모아 칭찬해 주었다. 너무 좋게만 봐 주는 듯하지만, 일단 고맙다고 말해 두자. 내 교복 차림을 본 사람은 자낙 씨가 거의 유일하구나.

섬에서 돌아온 나를 보고 실루엣 씨가 말했다.

"별난 옷이네. 그쪽 세계에서는 공식적인 자리에서 그런 옷을 입어?"

"아니, 그야…… 제가 살던 곳에선 그랬죠."

또 다른 세계의 옷이라고 설명하기가 귀찮아서, 나는 실루엣 씨에게 대충 대답했다. 학생은 관혼상제 등에도 교복을 입고 가기도 하니, 완전히 틀린 말은 아니다.

정장을 입은 우리가 레스토랑 안으로 들어가자, 실루엣 씨를 발견한 점원이 이쪽을 향해 달려왔다.

덧붙이자면 조금 전에 실루엣 씨의 소환수가 된 흑표범 셰이드도 착실히 따라왔다.

점원들은 잠시 오싹한 표정을 지었지만, 실루엣 씨가 셰이드의 머리를 쓰다듬으며 호위라고 설명하자 아무도 그와 관련해 더 말을 꺼내지 않았다. 우리도 코하쿠를 데리고 왔기도 하니까. 호랑이가 아니라 고양이라고 생각할지도 모르지만.

그런데……. 혹시, 아니, 혹시고 뭐고, 이 레스토랑은 실루엣 씨의 입김이 닿아 있는 가게인가?

그럼 굳이 옷을 안 갈아입어도 되는 거 아닌가? 하지만 이제 만나게 될 상대에게 실례가 되면 안 되니 역시 쓸데없는 행동이라 할 수는 없다.

이미 그 상대는 먼저 와 앉아 있는 듯했다. 우리는 레스토랑 2층으로 안내를 받아 안쪽 방으로 들어갔다. 그곳에는 커다란 테이블이 있었는데, 그곳의 의자에 여성 한 명이 걸터앉아 있었다. 그리고 그 여성의 등 뒤에는 백은색의 기사형 고렘이 좌우로 한 대씩 서 있었다.

나이는 마흔 정도인가. 눈동자는 파란색으로, 안경을 쓴 모습이었다. 부드러운 미소를 짓고 있는데, 어딘가 유미나의 어머니인 벨파스트의 유에루 왕비와 분위기가 비슷하다.

밝은 갈색 머리카락을 위로 올려 정리한 뒤, 헤어 클립 같은 핀으로 고정해 두었는데, 그 머리카락의 위에는 티아라 같은 물건이 은색 빛을 발했다.

고귀한 분위기이지만 화려함과는 거리가 멀어 호감이 가는 여성이었다.

"죄송합니다, 폐하. 오래 기다리셨나요?"

"아니요. 나도 방금 도착한 참입니다. 이분들이 그……?"

"네. 모치즈키 토야 님과 그 약혼자님들입니다."

실루엣 씨와 가볍게 대화를 나눈 뒤, 그 여성이 자리에서 일어나 살짝 묵례했다.

"처음 뵙겠습니다. 나는 이 스드레인 왕국을 다스리는 마르가리타 투엔테 스트레인이라고 합니다. 당신과 한번 이야기해 보고 싶었습니다."

"……모치즈키 토야입니다. 저를 아시나요?"

마르가리타 여왕에게 나도 고개를 숙이면서 그렇게 물었다. 실루엣 씨가 이야기해 줘서 아는 건가?

"스트레인에도 첩보 부대가 있습니다. 최근에는 당신이 뜨거운 화제랍니다. 프리물라 왕국과 토리하란 신제국 사이의 전쟁을 막고, 아이젠가르드에 나타난 황금 괴물을 쓰러뜨리고, 고대의 결전 병기인 헤카톤케이르를 파괴하셨죠. 거기에 '보라색' 왕관을 물리치고, 의적단 '홍묘'를 산하에 들이고는 많은 용이 사는 섬에서 살고 있습니다. 지금은 '흑묘' 와도 깊은 관계를 맺고 있는 대마법사라는 이야기도 들었습니다."

"몇 가지 와전된 부분도 있는 듯한데요⋯⋯."

홍묘를 산하에 두지도 않았고, 용의 섬에서 살고 있지도 않다. 일단 거점이라 할 만한 저택은 있지만.

"한 가지 여쭤봐도 될까요? 실루엣 씨와는 어떤 관계이신지⋯⋯."

"개인적인 고객⋯⋯이라고 해야 할까요? 가끔 꼭 필요한 정보 등을 받고 있습니다. 물론 다른 나라에 관한 국가 간의 정보는 얻을 수 없지만, 국내의 불온한 움직임에 관한 정보는 얻을 수 있으니까요. 반란을 꾀하는 자에 관한 정보 등, 못된 계획을 세우는 사람에 관한 정보이지요."

반란을 꾀하는 자라⋯⋯. 여러 사람이 있을 듯하지만, 너무 캐묻지는 말자. 괜히 일이 성가셔질 듯하니까. 스트레인 왕국 내부도 복잡한 모양이다.

나는 힐끔 유미나 쪽을 바라보았다. 유미나는 미소 지으면서 작게 고개를 끄덕였다. 마안을 발동시켰구나. 첫인상대로 나쁜 사람은 아닌 듯했다.

물론 우리 세계의 임금님들처럼 사람은 좋아도 만만치는 않은 분일 테지만, 과연 어떤 사람일지.

"일단 자리에 앉아 식사부터 하죠. 이곳의 요리는 아주 맛있답니다."

여왕 폐하의 권유대로 우리는 자리에 앉았다. 호위인 흑표범 셰이드도 실루엣 씨의 의자 바로 옆에 '앉아' 자세로 앉았다.

한편, 코하쿠는 유미나 무릎 위에 올라가 앉았다. 그러면 먹기 불편하지 않아?

그런 생각을 하는 사이에 전채 요리로 카르파초 비슷한 음식이 나왔다. 향초 소스가 식욕을 돋우는 음식이었다.

얇게 썬 고기는 부드러웠고, 씹어 보니 소스와 잘게 썬 채소가 멋진 맛의 조화를 이루었다. 확실히 맛있다. 전채가 이 정도라면 다른 요리도 기대할 만했다.

무슨 고기인지 몰라 좀 그렇지만. 소고기 같긴 한데. 여왕 폐하도 먹고 있으니 이상한 고기는 아니겠지.

"토야 씨는 '벨파스트' 라는 나라를 아시나요?"

스트레인 여왕 폐하의 입에서 나온 그 갑작스러운 말을 듣고 나는 무심코 씹고 있던 음식을 내뿜을 뻔했다. 다급히 냅킨으로 입을 닦고 나는 글라스의 물을 마셨다.

옆의 유미나도 살짝 목이 메는 모습이었다.

"알고 있는 듯하네요."

"……알고 있습니다. 그런데 여왕 폐하야말로 어떻게 벨파스트라는 나라를 알고 계신 거죠?"

'브륀힐드' 라면 그나마 이해된다. 홍묘의 니아나 프리물라 왕국의 국왕 폐하에게는 밝힌 적이 있으니까. 그렇지만 '벨파스트' 라는 이름은 아무에게도 말하지 않았을 텐데.

"최근 몇 개월간, 우리 나라 각지에서 신원 미상인 인물이 몇 명인가 발견되었답니다. 그자들 중에는 공통어를 하지 못해 처음에는 미개발된 땅의 유랑민이라고 생각했는데, 이쪽의 말을 점차 배워감에 따라 그렇지 않다는 사실을 알게 됐죠. 그들 중에는 마법을 사용할 수 있는 자도 있었고, 그에 더해 각각 '벨파스트', '로드메어', '레굴루스', '펠젠'이라는 나라에서 왔다고 말을 하기 시작했습니다."

"앗······!"

전이해 온 사람이구나! 앞쪽 세계에서 뒤쪽 세계인 이쪽으로, 비틀린 세계의 결계 사이로 흘러들어 온 사람들이야!

"물론 그런 나라의 이름은 들어 본 적이 없습니다. 마을이나 도시의 이름이 아닌지 물어봤지만 틀림없이 나라 이름이라더군요. 게다가 세계지도를 보고는 자신들이 있던 세계가 반전된 지도라고 말했다고 합니다."

여왕 폐하의 말을 듣는 나를 실루엣 씨가 지켜보았다. 실루엣 씨에게는 우리가 이세계에서 왔다고 이야기했으니 여왕 폐하기 그걸 알고 있다 해도 이상하지 않다.

하지만 지금 하는 말을 들어보면 실루엣 씨에게 들은 이야기는 아닌 듯했다.

"여러분은 어디에서 오셨나요?"

여왕 폐하가 핵심을 꿰뚫는 질문을 했다. 우리를 바라보는 그 눈은 마치 진실을 갈구하는 듯했다.

어차피 숨길 일도 아니다. 굳이 따지자면 우리 말을 들어 현재 상황을 파악해 두는 편이 좋다. 그게 한 나라의 대표자라면 더욱 그렇다.

"……짐작하신 대로, 저희는 이곳과는 다른 세계에서 왔습니다. 이 세계와 이웃한 쌍둥이 같은 세계에서요. 저는 그 세계에서 작고 역사가 짧지만 '브뢴힐드 공국'이라는 나라의 국왕입니다. 덧붙이자면, 여기 있는 유미나는 제 약혼자로, 여왕 폐하께서 이야기한 벨파스트 왕국의 공주이기도 합니다."

여왕 폐하가 내 말을 듣고 놀랐는데, 이건 우리가 이세계에서 왔기 때문이 아니라 유미나가 벨파스트의 공주이기 때문인 듯했다.

당사자인 유미나는 미소를 지으며 작게 고개를 끄덕일 뿐이었다.

일단 현재 일어나고 있는 일에 관해 들어보자.

전채에 이어 따뜻한 수프가 나오는 모습을 보면서, 나는 여왕 폐하를 마주 보았다.

메인 디시를 다 먹었을 즈음에는 대략적인 설명이 모두 끝났다. 보통은 믿기 힘든 이야기였지만, 잇따른 변이종의 출현과 전이해 온 사람들의 정보 그리고 내 존재가 설명의 사실성을 뒷받침해 주었다.

동영상으로 우리 세계의 길거리와 프레임 기어로 싸우는 모습 등도 보여 줬고 말이다.

그리고 오늘 경험한 황금 거목 변이종도 여왕 폐하에게 빈틈없이 보고했다.

"아이젠가르드가 괴멸되었다는 이야기는 들었지만, 그런 일이 벌어졌을 줄이야……. 그럼 그 현상은 병이 아니었던 거군요?"

"네. 아마 변이종의 포자…… 씨앗과 비슷한 무언가가 숙주의 부정적인 감정과 반응해 꽃을 피워 시체를 지배했던 듯해요. 그 원흉은 이미 제거했으니 일단은 안심해도 됩니다."

또 똑같은 거목 변이종이 어딘가에 심어질 수도 있으니, 반드시 안전하다고 단언할 수는 없지만.

"그리고 저어…… 이 세계와 여러분의 세계가 융합한다고 했는데, 그게 사실인가요?"

"사실입니다. 당분간 작은 지진이 빈발할지도 몰라요. 그와 더불어 앞으로도 전이해 오는 사람이 더 늘어날 가능성도 있습니다. 물론 이쪽에서 저희 쪽으로 전이해 오는 사람도 있을 테지만, 최대한 보호하려고 합니다."

다만 범죄를 저지른 녀석은 별개다. 물론 어느 정도 정상참작은 할 생각이지만, 예를 들어 우리 세계에 와서 수차례 살인을 저지른 녀석을 정중하게 대할 생각은 없다.

"알겠습니다. 이쪽에 나타난 사람들도 정중히 보호하겠습니다."

그렇게 해 주면 큰 도움이 된다. 나중에 꼭 고향으로 돌려보내 주자.

"이 일은 이웃 국가인 성왕국(聖王國)에도 전달하겠습니다. 그쪽에도 전이해 온 사람들이 몇 명인가 있다고 하니까요. 성왕도 이번 일로 걱정을 하는 듯했습니다."

성왕국……. 성왕국 아렌트인가. 내가 처음으로 뒤쪽 세계에서 찾아갔던 나라다.

듣자 하니 성도 아렌에 전이해 온 사람이 회복 마법을 사용할 줄 알아서 작은 소동이 일어났다고 한다. 말은 통하지 않지만, 귀중한 회복 마법 사용자인 그 인물을 아렌트는 손님으로 받아들인 모양이었다.

마법을 사용할 줄 안다면, 마법 왕국 펠젠에서 전이해 온 사람인지도 모른다.

그건 그렇고 성도 아렌이라. 그때 만났던 상인인 산초 씨는 잘 있을까? 생각해 보니, 홍묘의 니아 일행과 만났던 곳도 거기였다.

"언젠가 이쪽 나라의 대표분들과 우리 세계 나라의 대표들을 모아 양쪽 세계의 통합 세계회의를 열고자 하는데, 참가해 주실 수 있을까요?"

"그러네요……. 말씀하신 프리물라, 토리하란, 갈디오는 참가하는 듯하고, 거기에 더해 우리 스트레인과 동맹국인 성 왕국 아렌트, 라제 무왕국, 파나셰스 왕국까지는 아마 괜찮을 겁니다."

"파나셰스……. 앗, 파나셰스의 왕자라면 만난 적이 있어요. 이 나라에 변이종이 나타났을 때요. ……상당히 임팩트가 강한 왕자님이었지만요."

'파란색' 왕관의 마스터. 분명히 로베르라고 했다.

찰랑거리는 금발의 단발머리 위에 왕관을 쓰고, 호박 팬츠에 흰 타이츠를 입은 왕자님이다. 인상에 남을 수밖에 없는 겉모습이다.

내 말을 듣고 여왕 폐하도 쓴웃음을 지었다.

"옷차림은 역시 좀 그렇지만, 아주 우수하고 정의감 넘치는 분입니다. 내 조카의 약혼자이기도 하죠."

어? 여왕 폐하의 조카와 약혼했구나, 그 왕자님……. 그렇다면 스트레인 왕가와 파나셰스 왕가는 친척인 셈이네.

"파나셰스가 보유한 '파란색' 왕관의 힘은 아주 강력하니까요. 우리도 몇 번인가 도움을 받았답니다. 왕관 보유자는 나라를 섬기는 일을 별로 좋게 보지 않는 자가 많아 소재지를 파악할 수 없는 사람이 대부분이라, 대부분은 로베르 왕자에게 의지하고 있습니다."

아~…… 대략 이해가 된다. '검은색'도 '빨간색'도 '보라색'도 문제가 아주 많으니……. 그렇게 생각해 보면 그 왕자님은 아주 우수한 건가……?

앗, 그렇지.

"앞으로 연락할 일이 많이 필요하리라 생각하니, 일단 이걸 건네드릴게요."

나는 【스토리지】에서 양산형 스마트폰과 취급설명서를 여왕 폐하에게 건네주었다. 설명서의 글자는 빈틈없이 뒤쪽 세계의 언어로 바꾸어 두었다.

"이건 뭔가요?"

"실루엣 씨나 프리물라 국왕께는 이미 건네주었는데, 서로 연락을 나누는 마도구예요. 그 외에도 많은 기능이 있어 편리합니다."

실루엣 씨에게 여왕 폐하에게 전화를 걸어 달라고 하며 나는 간단히 조작법을 설명했다. 여왕 폐하는 스마트폰의 기능을 알고는 매우 놀랐다.

뒤쪽 세계는 앞쪽 세계보다 어느 정도 과학이 발전했지만, 통신 장치는 아직도 많이 커서 웬만한 전자레인지 정도 사이즈였다. 게다가 통신 거리도 별로 길지 않다.

반면 우리의 스마트폰은 전 세계의 어디에 있든 대기 중에 마소만 존재한다면 연결할 수 있다. 역시 바닷속까지는 어려울지도 모르지만.

"이 지도는 아주 많은 도움이 되네요……. 왕국의 거리를 한눈에 알 수 있어요. 구획 정리에도 도움이 되고, 도시와 도시 사이의 무역로를 생각할 때도 편리해요."

여왕 폐하는 벌써 스마트폰을 어떻게 활용하면 좋을지 아이디어가 떠오른 듯했다. 위정자인 분들은 아무래도 그런 생각이 먼저 떠오르는 모양이다.

"이건 양산할 수 없나요?"

"일단 각 나라의 대표자들과 중신들에게만 전달해 드리고있어요. 악용될 여지도 있으니까요. 물론 만약의 사태를 위한대비는 해 두고 있지만요……."

양산형 스마트폰에는 각각 시리얼 넘버가 있는데, 그 스마트폰이 어디에 있는지는 내 스마트폰으로 확인할 수 있다. 게다가 강제적인 전이 마법이 부여되어 있어, 유사시에는 내가있는 곳으로 되찾아올 수도 있다. 분해하고 싶어도 웬만한 힘으로는 부술 수도 없고. 애초에 파괴되기 전에 나한테 전이되게 만들어 두었지만.

그 이후에도 여왕 폐하에게 다양한 질문을 받으며 식사를 계속했다. 생크림과 오렌지 소스가 올라간 크레이프 같은 디저트에 이어 마지막으로 우리 앞에 홍차가 놓였다. 마지막까지수준 높은 서비스가 제공되었다.

"참 맛있었네."

"응. 임금님을 따라오길 잘했어. 이득이야, 이득."

역시 여왕 폐하도 찾는 가게답게 요리도 일류였다. 사쿠라와 스우도 아주 만족스러운 듯했고, 나도 매우 만족했다.

"오늘은 유익한 시간을 보냈어요. 브륀힐드 공왕 폐하. 바로 왕도로 돌아가 양 세계의 회담에 관해 다른 나라에 전달하겠습니다."

레스토랑 밖으로 나가 보니 고렘 마차와 백은색 갑옷을 두른 기사 몇 명과 기사형 고렘이 여왕 폐하를 맞이하러 나와 있었다.

고렘 마차는 자동차라기보다는 바퀴가 달린 고렘이 왜건을 끄는 형태였다. 또 왜건 부분에는 고렘 기사가 올라타는 짐칸 같은 부분도 있었다.

"그럼 이만."

"네. 조심해서 가세요."

여왕 폐하는 왜건 부분에 올라타고 우리 앞에서 떠나갔다.

이쪽 세계의 임금님들과 모임을 가질 계기를 만드는 데 성공했다. 이건 큰 전진이다. 요리도 맛있었고, 성공적인 만남이다.

나는 실루엣 씨에게 고개 숙여 인사했다.

"감사합니다. 이걸로 또 한 걸음 나아갔습니다."

"모아들인 정보를 보는 한, 황금 괴물이 전 세계에 실제로 나타나는 중이고 그에 대항할 수단을 지닌 사람은 너희뿐. 우리에게도 남의 일이 아닌걸. 물론 이번 일은 이 아이를 불러 준 보답이기도 하지만."

내가 인사를 하자 실루엣 씨는 작게 웃으면서 옆에 앉아 있는 셰이드의 머리를 쓰다듬었다. 그러자 흑표범은 기분 좋다는 듯이 눈을 가늘게 떴다.

실루엣 씨와는 레스토랑 앞에서 헤어졌다. 역시 여러모로 바쁜 사람이다. 일종의 대기업 사장님이니까. 운영하는 사업체는 어덜트 가게이지만.

"아, 기왕에 여기까지 왔으니 니아 일행을 만나고 갈까?"

니아 일행이 있는 홍묘의 아지트인 버려진 성채도 이곳, 스트레인 왕국에 있다. 성왕국 아렌트와의 국경 근처에 있지만 【게이트】를 이용하면 거리는 상관없다.

"니아라면 도둑 집단의 여자이지? 나는 처음 만나는구먼."

"의적단이야. 본인 앞에서는 그렇게 말하지 마. 기분 나빠할 테니까."

나는 스우에게 못을 박아 두었다. 그러고 보니 유미나와 루, 린 이외에는 홍묘 사람들과 만난 적이 없구나. 마침 잘됐으니 스우와 사쿠라를 소개하자. 스우도 약혼자라고 말하면 니아한테 또 한 소리 듣겠네…….

일단 【게이트】를 열어 홍묘의 아지트로 전이했다.

"앗……!"

빛의 문을 빠져나간 곳에서 홍묘의 아지트인 버려진 성채를 보고 나는 말문이 막혔다.

원래 버려진 성채이긴 했지만, 이전보다 더 성벽이 무너졌고, 많은 곳이 파괴되어 있었다. 여기저기에 홍묘가 사용했던 의자와 테이블이 흩어져 있었고, 에스트 씨가 사용했던 통신기도 부서져 있었다.

　오르내리는 데 사용했던 사다리도 망가져 있었는데, 마치 대포라도 맞은 듯한 광경이었다.

　이건 보통 일이 아니야. 니아 일행은 무사한가?

　나는 품에서 스마트폰을 꺼내 다급히 '연락처' 앱을 실행해 니아의 번호를 눌렀다.

◇　◇　◇

　"정말 무사해 다행이야. 당한 사람은 아무도 없는 거지?"

　"우리가 그렇게 쉽사리 당할 것 같아? 물론 성채는 엉망진창이 됐지만."

　니아의 말투를 듣고 주변의 홍묘 멤버들이 웃었다.

　그 후에 곧장 니아에게 전화하니 바로 연결되었다. 그리고 지금 어디 있는지 물은 다음 급히【텔레포트】로 이곳에 도착한 참인데, 니아를 비롯해 에스트 씨, 측근인 유리, 유니, 그 외의 멤버는 모두 멀쩡해서 괜히 당황했다는 생각이 들었다. 아무튼, 무사해서 정말 다행이지만.

　이곳은 니아 일행이 있던 버려진 성채에서 상당히 거리가 먼 북쪽 숲 안이었다. 울창하게 우거진 나무가 주변을 에워싸고 있어 숨기에는 딱 안성맞춤인 곳이다.

니아 일행이 있던 버려진 성채는 어제 갑자기 거인 몇 마리에게 습격당했다고 한다. 그 거인은 누가 조종하는 듯이 보였는데, 그들을 이끄는 자들도 후방에서 대포 등을 쏘아댄 모양이다.

"거인?"

"트롤이네요. 추한 외모와 괴력을 지녔고, 재생 능력도 뛰어나지만 지능이 아주 낮아 원숭이 수준인 마물이에요. 이 근처에는 원래 없어야 하는데…… 아마 상대 쪽에 마물술사가 있을 가능성이 커요."

내 의문에 대답해 준 사람은 부수령인 에스트 씨였다.

트롤이라. 나는 본 적이 없지만, 오거족과는 다른가? 우리 기사단의 오거족 녀석은 착하고 힘이 센 느낌인데.

"트롤이랑 오거는 완전히 달라. 트롤이 훨씬 더 크고, 오거는 마족이지만 트롤은 마물이야. 동급 취급은 오거족한테 실례야."

사쿠라가 조금 눈썹을 찌푸리며 설명했다. 아니, 그건 미안한데 이쪽 세계의 마물과 우리 세계의 마물을 똑같이 생각해도 되는 건가?

사쿠라는 마족 나라인 마왕국 제노아스의 공주님이니까. 배려가 부족했어.

"그 트롤을 조종하는 녀석이 있었다고?"

"그래. 틀림없어. 이렇게…… 온몸에 문신을 새긴 녀석들인데, 어쩌면 그건 지라족일 수도 있어."

"지라족……."

"이곳의 북동쪽에 있는 나라, 빙국(氷國) 자드니아에 산다는 소수 부족이에요. 마물을 조종하는 술수를 지녀, 그 힘을 이용해 용병으로서 살아가는 자들도 있다고 들었어요. 원래 트롤은 추운 지방에 사는 마물이니 그럴 가능성이 커요."

앞쪽 세계보다 과학이 발전한 뒤쪽 세계에도 그렇게 이상한 술사가 있구나. 앞쪽 세계라면 대수해 근처에 있을 법한 부족이야.

"그런데 왜 그런 부족이 니아 일행을 습격하지? 원한이라도 샀어?"

"원한을 살 만한 일을 자주 하긴 하는데……. 아마 스트레인 왕국의 귀족 중 누군가가 흑막이야. 대충, 그 녀석을 고용해 우리가 모은 보물을 노리고 습격하지 않았을까? 나라에 보고하지 않고 없애 버리면 전부 자신들이 차지할 수 있으니까."

니아 일행은 의적이다. 주로 악덕 상인이나 자기 배를 채우는 부패한 귀족을 습격해 금품을 빼앗는다. 하지만 그중 70퍼센트는 가난한 사람들이나 고아원 등에 나눠주기 때문에 실제로는 보물을 그다지 많이 가지고 있지 않다.

조금만 조사해 봐도 알 수 있는 일인데, 도적은 잔뜩 보물을 숨겨 놨을 거라는 편견을 가졌는지 이런 습격을 자주 받는다고 한다.

"그런데 용케도 모두 무사히 도망쳤구면."

"나랑 루주가 그 녀석들을 유도하는 사이에 에스트가 모두를 대피시켰지. 트롤을 몇 마리인가 날려 버리며 도망쳤어. 조금 대가를 치렀지만."

니아는 스우에게 그렇게 대답하며 옆에 서 있던 고렘인 붉은 보디의 루주를 슬쩍 쳐다보았다.

'빨간색' 왕관인 블러드 루주. 능력의 대가는 계약자의 생피. 그 대가를 치르면 루주는 무적의 파괴력과 불꽃의 힘을 얻는다. 그 힘을 사용하면 트롤도 아마 쉽게 쓰러뜨릴 수 있을 것이다.

그런데 겁도 없이 '왕관'을 상대로 공격해 오다니.

"아니. 숫자는 상당히 많았거든. 역시 루주 혼자서 싸우기엔 불리했지. 게다가 숲속이라 불꽃을 마구 사용할 수도 없었고."

듣자 하니 트롤만 해도 여섯 마리였다고 한다. 불꽃의 힘을 사용하지 않고 상대하기에는 역시 좀 힘들었을지도 모른다. 너무 오랫동안 루주에게 대가를 계속 지불할 수도 없으니까.

"그렇지. 피를 너무 많이 흘려 쓰러지면 큰일이니 얼른 도망쳤는데, 상대도 우리가 모은 돈이 목적이었는지 쫓아오지 않았어. 큭큭큭. 아쉽게도 우리의 보물은 전부 이 녀석 안에 있으니, 그 녀석들의 고생은 전부 헛수고였을 뿐이지만."

니아는 심술궂은 미소를 지으며 【스토리지】앱이 들어가 있는 스마트폰을 들고 작게 흔들었다. 나머지 30퍼센트의 돈이라도 금액 자체는 꽤 많은 듯했다.

습격한 사람들은 잔뜩 분통을 터뜨렸겠지. 성채를 그렇게 파괴한 이유도 화풀이였을지 모른다.

"아무튼, 무사해서 다행인데…… 앞으로 어떻게 할 거야? 성왕도의 아지트로 옮길 생각이야?"

"아니요. 그곳은 성왕도의 기사단에게 들킨 듯하니 파기하기로 했어요. 당분간은 몇 명씩 나누어 잠복할 생각입니다. 이곳에 있는 사람은 니아와 측근들뿐이에요."

"내키지는 않지만 당분간 잠복할 수밖에. 그 녀석들에게는 언젠가 반드시 복수할 거지만."

에스트 씨의 말대로 홍묘는 100명에 가까우니까. 우르르 전부 모여 있으면 도망칠 수 없다.

이미 단원들은 다양한 장소에 열 몇 명씩 잠복하러 이동해서, 이곳에는 니아 일행을 포함해 열 명이 조금 넘게 있을 뿐이었다. 확실히 이 정도 인원이면 잠복하기도 쉽다.

"당분간에 모두 따로따로예요. 안식의 땅이 있었으면~."

"용의자의 숙명이죠. 어쩔 수 없답니다."

니아의 측근인 유리와 유니가 쓴웃음을 지으며 농담처럼 말했다.

"그럼 모두 브륀힐드로 오는 게 어떤가. 땅이라면 남아돌고, 일도 많이 있네만."

스우의 말을 듣고 모두 잠시 어안이 벙벙한 표정을 지었지만, 곧 니아가 눈을 반짝였다. 차암~. 쓸데없는 소릴.

"그런 수가 있었구나! 그쪽 세계에 가면 쫓길 염려도 없고, 일단 몸을 숨기기에는 안성맞춤이잖아! 게다가 토야의 말대로라면 어차피 두 개의 세계는 연결된다며? 선발대로 먼저 간다고 해도 상관없잖아? 그치?"

"아니, 으~음……."

"왜 그래?! '검은색' 녀석도 네 나라에 갔다며? 우리가 가도 괜찮지 않아?"

"아니, 그래도 한 나라의 왕인데 도적단을 나라에 불러들이기는 좀 그렇잖아? 라는 생각이 들어서……."

니아 일행은 의적이니 마구 보물을 강탈하지는 않는다. 그건 알지만, 역시 입장이 입장이니…….

내가 고민하는데 옆에 있던 유미나가 내 소매를 잡아당겼다.

"토야 오빠. 니아 씨는 '빨간색' 왕관 보유자이니, 노른 씨와 마찬가지로 오버 기어의 테스트 요원으로 초청하면 어떨까요?"

"으음. 그래, 그거라면 괜찮을……까?"

박사와 에르카 기사는 아마 기뻐하겠지. 데이터는 많을수록 좋다고 했으니까.

"그게 뭔지는 모르지만, 나도 그거에 협력할게. 그리고 네나라에서는 이쪽에서 하는 일은 절대 안 해."

"……정말?"

"의적이 거짓말을 할 리가 없잖아? 신뢰가 사라지니까. 은혜를 배신하지는 않아."

나를 똑바로 바라보는 니아의 눈에는 확고한 신념이 깃들어 있었다. 그래. 에르카, 노른 자매도 데리고 갔으니 새삼스럽긴 해…….

"좋아. 일단 여기 사람을 모두 단번에 옮기긴 힘드니 몇 번에 나눠서 이동할게."

"잘 모르겠지만, 아무튼 잘 부탁해."

정말 괜찮을까? 믿을 사람은 부수령인 에스트 씨뿐이구나.

사실은 【이공간 전이】가 아닌 드래크리프섬의 차원문으로 이동하면 되지만, 거긴 바빌론의 '정원'과 연결되어 있으니까.

박사에게 지상에도 차원문을 설치해 달라고 하자.

몇 번의 【이공간 전이】를 거쳐 홍묘 단원들을 모두 브륀힐드로 데리고 갔다.

마을 중심이 아니라 조금 외곽으로 전이한 이유는 이 나라를 조금 봐 주었으면 했기 때문이다.

일단 모두에게 번역 마법을 걸어 말이 통하게 하였다. 문자는 알아서 배우라고 하자.

길거리를 걸으며 성 아랫마을에 접어들자 역시 자신들의 세계와는 다른 점을 많이 발견해, 놀라움의 연속이었던 듯했다.

"폐하, 안녕하세요~!"

"그래, 안녕. 너무 멀리 가지는 마~."

"네~!"

아이들이 인사를 하고 달려갔다. 아이들은 어린이용 글러브와 배트를 가지고 있었다.

"……정말로 임금님이구나."

"일단은. 대부분은 우수한 신하들에게 맡겨 두고 있지만."

나는 니아의 말을 듣고 쓴웃음을 지으며 대답했다. 이러니저러니 해도 우리 나라에는 좋은 인재가 많이 모였으니까. 타케다 사천왕이나 기사단 모두도 그렇고.

"마을 사람들 모두 즐거워 보입니다!"

"파는 물건들도 다양하고, 사람들도 다양하네요."

"이 나라는 벨파스트와 레굴루스라는 대국 사이에 있어서, 오가는 사람들이 많거든. 다양한 인종이 들르고 있어."

유니와 유리에게 말을 하면서 우리는 숙소 '은월(銀月)'에 도착했다. 왕성에 머물게 해도 괜찮지만, 역시 아무리 의적이라도 성에 불러들이긴 꺼려졌다.

"오오, 꽤 좋아 보이는 숙소잖아."

'은월'의 외관을 보고 니아가 중얼거렸다. 마음에 드는 듯해 다행이다.

가게 안으로 들어가 카운터에 있던 점장인 미카 누나에게 말을 걸었다.

"어? 어서 와. 손님을 데리고 와 줬구나?"

"네. 모두 열두 명인데, 방 있나요? 장기 숙박인데요."

"둘이서 한 방을 쓰면 가능해. 오늘 아침에 교역상 사람들이 막 나간 참이거든. 그럼 여기에 사인 부탁해."

아직 이쪽의 문자를 쓰지 못해 미카 누나가 직접 이름을 듣고 숙박 장부에 모두의 이름을 적었다.

그 모습을 슬쩍 지켜보는데, 내 정면에 있던 2층으로 통하는 계단에서 별생각 없이 내려온 인물이 우리를 보고 불쾌하다는 듯이 '켁' 하고 목소리를 흘렸다.

"왜 홍묘가 여기에 있어⋯⋯? 앗, 당연히 토야가 데리고 왔겠지⋯⋯."

〈추측, 정답.〉

"마스터, 다 들려요⋯⋯."

불쾌한 표정을 숨기지도 않고 노른과 그 종, '검은색' 왕관인 느와르가 계단에 서 있었다. 메이드 차림의 유사 인간형 고렘인 엘프라우 씨도 함께였다.

그런 노른을 발견하고 니아가 말을 걸었다.

"오, '검은색' 이잖아! 넌 여전히 작구나. 너도 여기서 지내?"

"손님이 아니면 왜 여기에 있겠어? 넌 여전히 바보니?"

"정말 입이 거친 꼬마라니까."

"누구와는 다르게 머리에는 뇌가 꽉 들어차 있거든."

워워, 노려보지 마. 얘네들 이렇게 사이가 나빴나? 유니가 라이벌인가 뭔가라고 전에 말했는데.

분위기를 풀기 위해 나는 노른에게 말을 걸었다.

"어디 가?"

"던전에. 어제 '아마테라스'에서 바이콘이 나왔다고 들었거든. 비싸게 팔 수 있잖아?"

바이콘…… 아, 뿔이 두 개 달린 검은 말이구나. 뿔은 확실히 비싼 값에 거래된다고 한다. 그 뿔로 만든 단검은 어둠 속성의 힘이 있다고 했지?

노른은 자주 던전에 들어가 돈을 번다. 자주라고는 해도 매일은 아니고, 일주일에 한 번 정도지만.

"랭크는 어느 정도나 됐어?"

"여전히 파란색이야. 굳이 랭크를 올리지 않아도 돈은 벌 수 있잖아."

기본적으로 던전에서는 랭크 업 포인트를 많이 얻지 못한다. 애초에 길드의 의뢰도 아니니까. 개인적으로 던전으로 돌격해 들어간 모험자가 소재를 얻어 와 길드에 팔러 가는 것뿐이다.

랭크를 올리고 싶다면 정식 의뢰를 받아서 해결하는 게 가장 좋지만, 브륀힐드는 꽤 평화로운 편이라 토벌 의뢰가 별로 없다.

던전 안에 강력한 마수가 나오면 토벌 의뢰가 생기지만, 그것도 바지런한 사람의 차지다. 의뢰도 많지 않고.

특정한 소재를 모아 달라는 수집 의뢰도 있지만, 그건 포인트가 높지 않다.

그래서 브륀힐드는 모험자들이 랭크 업은 하기 힘들지만, 돈은 벌기 쉬운 곳이다. 물론 전투 기술을 단련하기에 딱 알맞은 장소이기도 하다.

그런 브륀힐드에서 랭크 업 시험도 받지 않고 짧은 시간에 파란색 랭크까지 올라갔으니 꽤 대단한 축에 속한다.

니아 일행이 모험자 길드와 던전에 관한 설명을 요구해서 나는 간추려 설명해 주었다.

참고로 노른은 그사이에 얼른 자리를 떴다. 어지간히도 얽히기 싫은가 보다.

"던전……. 즉, 그 지하 미궁에서 마수나 마물을 토벌해 돈을 버는 거군요?"

"재미있겠는데?! 우리도 당분간은 거기서 돈을 벌자!"

"잠깐! 노른에게도 말했지만 던전 내에서는 '왕관'의 힘을 쓰지 마!"

혹시 붕괴하기라도 하면 큰일이니까. 일단 노른에게도 건네주었던 전이 능력이 부여된 긴급 대피용 펜던트를 에스트 씨에게 몇 개인가 건네주었다.

그 후, '은월'에서 가볍게 식사를 한 다음 나는 홍묘 일행을 모험자 길드로 데리고 갔다. 약간 불안하기는 했지만, 에스트 씨도 있으니 아마 괜찮겠지. ……제발 그랬으면.

◇ ◇ ◇

바빌론 박사에게 부탁해 차원문을 성의 정원에도 만들었다. 이제 뒤쪽 세계의 드래크리프섬에서 직접 이곳으로, 세계의 벽을 넘어 전이할 수 있게 되었다.

그 섬에는 드래곤이 잔뜩 살고 있으니 일단 사람은 접근할 수 없다. 무엇보다 내가 없으면 전이할 수 없게 되어 있다.

양쪽 세계의 통합 세계회의를 할 때는 내가 먼저 드래크리프 섬으로 안내한 다음, 그곳에서 브륀힐드로 전이하자.

말이 회의지 일단은 대면식에 가깝다. 서로 사이가 좋아진 다면, 그 이후의 대화도 잘 진행되리라 생각한다.

……여러 나라의 진수성찬을 준비해 대접해도 좋을 것 같아.

눈앞에서 맛있게 전골을 먹는 세 사람과 풀밭에서 뻗어 있는 한 명을 보며 나는 그런 생각을 했다.

"너희는 항상 올 때마다 뭔가를 먹고 있네……."

"그런가요?"

"이 전골은 참 좋아. 다양한 맛을 즐길 수 있으니."

"후~후~. 두부가 뜨거워…… 하지만 맛있어."

'정원'의 정자에서 바빌론 박사의 특제 마도 화로에 올린 모둠 전골을 맛있게 먹는 프레이즈 지배종인 메르, 네이, 리세, 세 여자아이들.

완전히 음식에 길들어 버렸구나…….

"셰스카 씨가 매일 다른 요리를 가져다줘서 질리지 않아요."

"카레도, 치킨카레, 비프카레, 포크카레, 시푸드카레, 카레 우동 등, 다양하더라고."

"모두 맛있더라. 요전의 7일간은 카레였어."

아니, 매일 다른 요리라니……. 결국 전부 카레잖아. 속아 넘어간 거 아냐?

음식을 먹어 본 경험이 전혀 없었던 프레이즈에게는 그 정도의 차이도 크게 느껴지는 건가?

"야, 너는 안 먹어?"

"식욕이 없어……."

나는 정자 밖 풀숲에 뻗어 있는 엔데에게 말을 걸었다. 여기저기 찰과상투성이네. 타케루 삼촌의 수행은 굉장히 철저하니까.

그런데 이 녀석, 이미지가 많이 바뀌었네. 근육도 붙었고. 전에는 고양이 같은 이미지였다면, 지금은 표범 같다고 할까?

"조금이라도 먹어 두지 않으면 수행을 버티기 힘들어."

"먹어도 어차피 토하니 차라리 안 먹는 편이 나아……. 게다가 메르 일행 정도는 아니지만, 나도 음식을 거의 안 먹어도 활동할 수 있는 종족이거든."

그러고 보니 이 녀석도 이세계인이었지?

그런데 타케루 삼촌의 수행이 그렇게 힘든가?

조금 신경이 쓰여 신기를 사용해 '신안(神眼)'으로 엔데를 간파해 보았다. 확인해 보니, 희미하게 금색 가루로 보이는 무언가가 엔데에게 들러붙어 있었다. 어라라.

"……뭘 한 거야? 잠깐 토야의 눈이 금색으로 빛났는데."

"잠깐 '신안'으로 확인해 봤어. 네 주변에 신기가 떠돌고 있더라고. 보니까, 권속화가 시작됐네."

"뭐?! 그게 뭔데?! 무섭게!!"

엔데가 벌떡 일어났다. 그 불안에 가득한 표정을 보고 나는 무심코 웃고 말았다.

"악영향은 별로 없으니 걱정하지 마. 말하자면 신들이 널 무신(武神)인 타케루 삼촌의 측근으로 인식하기 시작했다는 말이야. '무신의 가호'를 얻고 있다고 생각하면 돼. 이전에 비해 뭔가 변하지 않았어?"

"그러고 보니…… 맷집이 강해졌던가?"

그건 그냥 수행의 성과가 아닌가? 그렇게도 생각했지만 꼭 틀린 말은 아니려나?

"어쨌든, 착실히 힘이 붙고 있다는 말이잖아."

"매일 스승님에게 얻어맞고 있으니, 실감은 안 나지만……."

엔데가 죽은 생선 같은 눈으로 먼 산을 바라보며 어색한 미소를 지었다. 이 녀석, 정말로 괜찮은 건가?

"널 몰아붙였던 변이한 지배종인…… 쌍둥이였던가? 그 녀석들한테 지금이라면 이길 수 있겠어?"

"레트랑 루트구나……. 글쎄. 아직 뭔가 비장의 무기를 가지고 있는 듯한 말투였거든. 그 이후로 변이종들의 움직임은 어때?"

어떻긴 뭘. 뒤쪽 세계와 앞쪽 세계에 출현했다 안 했다 하며, 바퀴벌레처럼 솟아나는 중이지.

하급종 몇 마리 정도만 나타났다는 보고는 앞쪽과 뒤쪽 세계 모두에서 들어왔다. 그 녀석들은 모험자나 기사단, 고렘 사용자 등이 쓰러뜨린 모양이지만.

이렇게 자주 나타나니, 세상 사람들도 이 세계에 수수께끼의 괴물이 나타났다고 믿을 수밖에 없다. 각국에서 철저히 대처하고 있으니, 패닉이 벌어지지는 않고 있는 듯하지만.

물론 그건 어디까지나 앞쪽 세계만의 이야기로, 뒤쪽 세계에서는 아직도 그 정도까지는 아니었다.

그건 당연하다. 나라의 수장 대부분이 무슨 일이 벌어지고 있는지 아직 이해하지 못하고 있으니까.

"프레이즈는?"

"전혀 안 나타나."

역시 이제는 모든 프레이즈가 변이종이 된 걸까?

"그럼 이제 메르가 밖에 나가도 되지 않아? 네이가 그러는데 변이종들은 메르에게 흥미가 없다고 하니까."

"흐음……. 그렇지만 어디에 있는지 알게 되니 역시 좀……."

프레이즈들은 서로 자신의 장소가 어디인지 알려 주기 위해 사람에게는 들리지 않는 특수한 소리를 낸다. 그건 세계의 벽마저 넘어 전달되기 때문에, 메르는 프레이즈들에게 쫓기게 되었다.

그래서 주의를 분산하려고 메르는 핵 상태가 되어 그 소리를 작게 만듦으로 다른 생물의 심장 소리 사이에 숨는 방법을 사용한 건데…….

아마 상대를 감지하는 그 능력은 변이종도 갖추고 있다고 보아야 하리라.

메르를 밖으로 내보냈다가 브륀힐드에 변이종이 밀려들면 큰일이다.

"그 공진음은 지울 수 없어?"

"인간의 심장 소리 같은 거니까. 지울 수는 없어. 작게 할 수는 있지만……."

난처한 듯 웃는 엔데.

문득 나는 전골을 먹는 프레이즈 지배종 세 사람을 보고 어떤 사실을 깨달았다.

"리세는 너와 함께 행동할 때, 어째서 프레이즈에게 장소를 들키지 않은 거야? 저 아이도 공진음이 나오잖아?"

"리세는 핵 상태로 돌아가기 일보 직전까지 활동력을 떨어뜨려 공진음을 작게 만든 데다, 내 힘을 봉인한 아이템으로 소리를 지웠거든. 하지만 메르의 공진음은 커서 나로서는 지울 수 없어."

으~음. 쉽게 뜻대로 되진 않는 건가.

"토야의 이 결계…… 【프리즌】이었던가? 이걸 나라 전체 크기로 펼칠 순 없어?"

"【프리즌】은 범위를 넓히면 넓힐수록 효과가 작아져. 그렇게 크게 만들면 메르의 공진음을 막을 수 있을지 알 수 없어."

"그럼 작은 결계라면? 핵만 감싸서 공진음을 가둘 수 없을까?"

"……………………………………………………………………………………………………가능해."

내 말을 듣고 나를 보는 눈초리가 점점 게슴츠레해지던 엔데가 살~짝 시선을 돌렸다. 시선을 돌린 곳을 보니, 전골을 먹다가 말고 프레이즈 여성진 세 사람이 감정 없는 표정으로 이쪽을 바라보는 중이었다.

"아~……. 밖에 나가고 싶어?"

"가능하다면요."

순식간에 웃는 표정을 지으며 메르가 대답했다.

그거야 그렇겠지만~…….

나는 '신안'으로 세 사람의 몸 안에 있는 핵을 확인했다. 위험할지도 모르니 네이가 일단 자신의 핵에 시험해 보라고 해서, 나는 신기로 강화한 【프리즌】으로 네이의 핵을 감쌌다.

핵에서 나는 소리 이외에는 아무것도 막지 않고 정확한 정육면체인 작은 결계가 네이의 핵을 감쌌다.

"사라졌어요……."

"사라졌다."

"사라졌네."

메르, 리세, 엔데가 입을 맞춰 그렇게 중얼거렸다. 잠깐, 엔데도 들려? 아니, 나도 '신안' 처럼 '신귀'? '신청(神聽)'? 을 사용하면 들을 수 있을지 모르지만.

일단 성공한 듯해서 리세, 메르에게도 똑같이 【프리즌】을 사용했다.

메르의 공진음이 걱정이었지만, 역시 신기로 강화된 【프리즌】을 깰 수는 없었던 듯했다.

성공했다는 사실을 확인한 메르가 눈을 반짝이며 손을 가슴 앞에서 모았다.

"이제 우리도 엔데뮤온과 함께 지상으로 내려갈 수 있는 거군요!"

"아니, 그대로는 힘들어."

"네에~……?!"

아니아니아니. 지상에 너희 같은 생물은 없거든.

나는 【스토리지】에서 별 모양 펜던트 세 개를 꺼냈다. 그리고 거기에 【미라주】를 부여해, 각각 인간 모습인 환영을 입혔다.

"오오! 메르 님이 인간의 모습으로!"

"네이도 빨강 머리가 잘 어울려요."

"이러면 될까?"

메르는 아이스블루, 네이는 불타는 듯한 빨강 머리, 그리고 리세는 밤색 머리카락을 지닌 소녀로 모습이 변했다. 입고 있는 옷도 무난하고 평범한 옷이다. 누가 봐도 인간이다.

"그래 봐야 환영이라 누가 몸을 건드리면 들킬 지도 모르지만."

"그거라면 괜찮다. 메르 님에게는 손가락 하나도 못 대게 할 테니까."

자신만만하게 말하지만, 네이, 너도 누가 손을 대면 들켜.

지배종은 얼굴과 손 등, 일부분은 인간과 똑같은 느낌이라 닿아도 괜찮지만(약간 체온은 낮을지언정), 어깨와 등, 다리 등은 단단한 결정 생명체 그대로라 바로 들킨다.

물론 네이의 말대로 이 세 사람이라면 건드리는 것조차도 어렵겠지만.

"그리고 이거."

나는 【스토리지】에서 양산형 스마트폰과 설명서를 꺼내 세 사람에게 건네주었다.

"연락하기 편하니 너희도 가지고 있어. 그리고 말할 것도 없겠지만, 일단 이 나라 밖으로는 나가지 마. 다른 나라에 민폐를 끼치면 곤란해."

"알겠습니다. 약속하겠습니다."

메르가 그렇게 대답하자 네이와 리세도 확실히 고개를 끄덕였다. 정말 괜찮을까⋯⋯?

나는 엔데에게 일단 한 번 더 못을 박아 두었다.

"네가 책임지고 잘 인솔해. 작은 트러블 정도는 눈감아 주겠지만, 너무 심하면 또 연금 상태가 될 줄 알아."

"괜찮다니까. 우리도 토야를 도와주겠다고 약속했잖아? 곤란하게 만드는 짓은 안 해."

정말일까⋯⋯?

의심해도 어쩔 수 없는 일이다. 나는 일단 네 사람을 데리고 성으로 전이했다.

그리고 성안을 안내하면서 만난 사람들에게 엔데 일행을 소개했다. 일단 친구라고.

그런데 이 녀석들은 어디서 지내게 하지? 성에 놔둘 수도 없고, 연금 상태에서 풀렸으니 바빌론에 놔두기도 그런데.

'은월'도 위험해⋯⋯. 숙박객과 문제가 안 생길 리 없으니까. 점장인 미카 누나에게 피해를 줄 수는 없어.

우리의 건설 행정을 책임지는 나이토 아저씨에게 비어 있는 집은 없는지 한번 물어볼까. 없으면 다른 곳에서 조달하자.

단독 주택이면 큰 문제는 벌어지지 않겠지. 엔데와 리세는 이쪽 세계에서도 생활해 봤으니 괜찮으리라 생각한다.

나이토 아저씨와 연락해 보니, 농지가 펼쳐진 동쪽에 마침 빈집이 있다고 한다.

　원래는 나이토 아저씨가 자신의 지인을 불러오려고 지은 듯한데, 그 지인이 이셴에서 관직에 올라 비게 되었다는 모양이었다. 어느 정도는 가구도 갖춰져 있으니 사는 데는 문제 없다고 한다. 그렇다면 고맙게 사용할까.

　성 아래로 내려가 떠들썩한 거리를 보고 메르가 이곳저곳을 가리키면서 눈을 반짝이더니, 엔데에게 설명을 요구했다. 뒤에서 보면 평범한 사이 좋은 커플이다.

　"메르 님, 즐거워 보여."

　"으, 음. 그렇군……. 옆에 있는 사람이 저 녀석이라 마음에 안 들지만."

　네이가 분하다는 듯이 엔데를 노려보았지만, 그 둘을 방해할 만큼 눈치가 없지는 않았다.

　그런데 메르가 엔데의 팔을 잡자 더는 참을 수 없었는지, 네이가 성큼성큼 뒤쪽에서 두 사람에게로 다가갔다.

　"메르 님! 저것도 재미있어 보입니다!"

　"어? 네이?"

　그 여세를 몰아 네이가 쭉쭉 메르를 잡아끌었다. 어이어이.

　"네이도 즐거워 보여."

　"그런가?"

　리세의 말을 듣고 나는 고개를 갸웃했다. 잘 모르겠다.

두 사람은 길가에 있던 닭꼬치 노점을 바라보았다. 눈앞에서 닭꼬치를 굽던 가게 아저씨에게 네이가 말을 걸었다.

"이봐. 너. 이건 음식인가?"

"네? 네에, 그런데요……."

가게의 아저씨가 그렇게 말하자마자 네이가 눈앞의 닭꼬치 몇 개를 집어 들고 입에 넣었다.

"메르 님! 이건 고기입니다! 맛있습니다!"

"앗, 손님! 돈은요?!"

가게 아저씨가 외치든 말든 무시하고 네이는 우물우물 씹으면서 닭꼬치 몇 개를 더 집어 메르에게 건네주었다.

당황한 엔데가 허리 주머니에서 은화 몇 닢을 꺼내 아저씨에게 건네주고 거스름돈도 받지 않고 두 사람을 노점에서 끌어냈다.

"이래선 앞날이 너무 걱정돼……."

무심코 쓴웃음과 그런 말이 새어 나왔다. 어차피 성가시고 귀찮은 일은 전부 엔데에게 맡길 거지만. 저 녀석은 프레이즈 담당이니까.

그 후, 엔데와 리세가 돈의 개념을 두 사람에게 설명했다. 두 사람 모두 머리가 좋아서 금방 이해한 듯하지만, 아무래도 인간 세계에 완전히 익숙해지려면 시간이 걸릴 것 같다.

"치사해요. 저도 뒤쪽 세계의 요리를 먹고 싶었어요!"

뺨을 부풀리면서 루가 휘익 고개를 돌렸다.

다른 게 아니라, 스트레인 여왕과 식사를 했던 일류 레스토랑 이야기를 하는 중이다. 유미나, 사쿠라, 스우 세 명이 별생각 없이 그 이야기를 하고 말았다.

"아니, 그때는 일이 갑자기 그렇게 돼서 먹으러 갔던 거야. 누굴 따돌리고 간 게 아니라."

"그건…… 잘 알지만요……."

작은 목소리로 대답하면서 루가 입을 삐죽였다.

으으음, 요리를 좋아하는 루이니 미지의 요리를 먹지 못해 아쉬워하는 마음도 이해가 된다.

어떻게 한다. 내가 그런 생각에 곤란해하자, 루가 작게 어깨를 떨구며 고개를 숙였다.

"……죄송합니다. 음식을 못 먹었다고 이렇게 떼를 쓰다니, 경망하다고 생각하셔도 어쩔 수 없는 일이에요……."

"아냐아냐아냐! 그렇게 생각한 적 없어!! 루는 요리를 좋아하니까 레시피라도 가지고 올 걸 잘못했다고 생각했을 뿐이야!!"

"일류 레스토랑의 셰프가 비법 레시피를 쉽게 알려 주진 않을 거예요. 하지만 한 입만이라도 먹어 보면, 그걸 재현할 수 있다는 자신감이 있어요."

어?! 그게 뭐야. 엄청나지 않아?!

일류 요리사 중에는 한 번 먹어 본 요리를 완벽하게 기억하는 '절대미각'을 지닌 사람도 있다고 듣긴 들었지만…… 루도 그런 미각을 지녔단 말이야?

"그럼 바로 뒤쪽 세계의 요리를 먹으러 갈까. 마침 점심이기도 하니까."

"와……! 네! 가요! 바로 준비할게요!"

얼굴 가득 미소를 지으며 루가 빠르게 달려갔다. 간신히 기분이 풀린 모양이다.

그런데 뒤쪽 세계의 어디서 먹으면 좋을까. 그 레스토랑은 아마 실루엣 씨의 영향력이 미치는 가게일 테니, 이쪽의 정보라고 해야 하나? 아무튼, 이야기가 다 새어나가는 것도 좀 그렇다.

어차피 레스토랑이 거기 하나만 있는 것도 아니고, 실루엣 씨가 있는 스트레인 왕국이 아니라 옆 나라인 성왕국 아렌트에 가도 상관없잖아.

그런 생각을 하는데, 옷을 갈아입은 루와 야에가 다가왔다. 응?

"마침 야에 씨도 계셔서 같이 가자고 했어요."

"다른 곳으로 식사하러 간다고 들었습니다! 기대됩니다!"

구김 없이 야에가 생글생글 웃고 있지만, 루가 왜 야에를 데리고 가고 싶어 하는지 나는 그 이유를 알았다.

루는 물론 먹는 것도 좋아하지만, 처음으로 먹는 요리는 일단 분석해 보고 싶어 한다. 하지만 요리가 하나라면 몰라도 메뉴가 많으면 그게 쉽지 않다. 한 번에 모든 음식을 먹기는 불가능하기 때문이다. 다 먹어 보려면 며칠 정도의 시간이 필요하다.

하지만 먹보…… 아니, 대식가인 야에가 있으면 그런 걱정은 안 해도 된다. 실제로 루는 시험 작품을 몇 번에 걸쳐 만들 때면 야에를 항상 동반했다. 표현은 나쁘지만, 완전히 음식으로 길을 들였다고 해도 과언이 아니다.

"……야에는 참 착한 아이야……."

"앗, 왜 그러십니까, 갑자기?!"

음식을 먹고 길이 든 강아지를 상상한 나는 무심코 야에의 머리를 쓰다듬고 말았다. 앗, 안 되지, 안 돼.

얼굴을 새빨갛게 물들이며 뒤로 물러서는 야에와 조금 부러운 듯이 바라보는 루를 두고 나는 공중에 지도를 열었다.

역시 성왕국 아렌트 쪽으로 갈까. 성도 아렌이라면 상인인 산초 씨도 있으니, 맛있는 가게를 알고 있을지도 모른다.

나는 야에와 루의 손을 잡았다.

"그럼 간다?"

우리는 【이공간 전이】로 단숨에 성왕국 아렌트의 왕도인 아렌으로 넘어갔다. 전이해 도착한 장소는 일찍이 '홍묘'의 지하 아지트 입구가 있던 뒷골목이었다. 여기라면 인기척도 거의 없어 다른 사람에게 들킬 염려가 없다.

그렇지만 역시 거점이 필요하겠어. 집이라도 살까? 이쪽의 돈은 별로 없어서 문제네. 이전처럼 산초 씨에게 가서 귀금속을 환금하는 데에도 한계가 있으니.

우리는 뒷골목 밖으로 나가 큰길을 걸었다. 여전히 활기차다.

고렘이 이끄는 고렘 마차가 거리를 오갔고, 주인의 짐을 들고 따라다니는 대형 고렘의 모습도 여기저기서 보였다.

고렘이 일상적으로 활보하는 광경을 보고, 나는 역시 이세계라는 사실을 새삼 확인했다. 물론 앞쪽 세계도 나에게는 이세계지만.

"자아, 어디로 갈까."

역시 왕도다. 조금 걸었을 뿐인데 많은 음식점을 발견했다. 기왕에 왔으니 맛있는 가게에 들어가고 싶은데…….

"토야 님. 저 가게는 어떻습니까? 줄이 굉장히 깁니다만."

야에가 가리킨 곳을 보니, 긴 줄이 늘어선 레스토랑이 있었다. 우왓, 저 가게, 황금색이야……. 레스토랑 '황금 돼지'……? 돼지고기 요리를 파나?

지붕에 달린 커다란 황금 간판에 돼지 그림이 그려져 있으니까. 건물도 상당히 크고 멋들어졌다. 너무 화려한 감이 있긴 하지만.

그런데 줄이 참 기네. ……정말 여기에 줄을 서려고?

나는 조금 머뭇거렸는데, 이미 야에와 루는 맨 뒤에 줄을 선 상태였다. 결정이군요, 네, 알겠습니다. 나도 따라서 그 뒤에 줄을 섰다.

꽤 오래 기다렸지만 간신히 가게 안에 들어가 자리에 앉았다. 그렇지만 좀처럼 마음이 진정되지 않았다. 이유는 가게 안의 인테리어였다.

뭐라고 하면 좋을까…… 번잡한 모습이, 딱 나쁘게 발현된 귀족 취향이었다. 벽에는 마수의 목이 박제돼 걸려 있기도 하고, 이해하기 힘든 그림이 장식되어 있거나, 황금으로 된 요란스러운 돼지 조각이 놓여 있기도 했다. 이 가게의 마스코트 캐릭터인가?

인테리어와 맛은 관계가 없으니 신경을 안 쓰면 그만이지만.

메뉴를 펼쳐 보니 처음 보는 글자가 적혀 있었다. 앗, 모두에게도 읽을 수 있도록 【리딩】을 걸자. 여전히 '검은 도라스 돼지 숯불구이' 라든가 '파파라칸의 시골풍 조림' 등, 수수께끼 같은 말이 적혀 있어 음식 재료가 뭔지 잘 이해하기 힘들었다.

"으으음, 뭐가 맛있는 음식인지 영 모르겠습니다."

"사진이 있으면 도움이 될 텐데요…….."

뒤쪽 세계에는 사진이 존재한다. 하지만 이런 메뉴에 실릴 정도로 확산되어 있지는 않았다. 귀족 등이 가족사진을 찍거나 신문에 사용되는 정도다. 요리가 어떤 모양인지 알면 편리

할 텐데.

"일단 소인은 고기를 고르겠습니다."

"그럼 저는 물고기요."

"그럼 나는 파스타를 시킬까."

재료가 뭔지는 모르지만, 줄이 이렇게 긴 가게다. 못 먹을 음식이 나오지는 않겠지.

웨이트리스에게 주문을 하고 요리를 기다렸다. 잠시 후, 우리 앞에 각자가 주문한 요리가 놓였다.

내가 주문한 음식은 일단 스파게티의 미트소스……처럼 보였다. 빨갛고, 가늘게 찢은 고기처럼 보이는 재료도 있으니까. 일본에서 먹던 파스타와는 조금 다르다. 소스도 흐물거리고.

"일단…… 잘 먹겠습니다."

포크로 파스타의 면을 빙글빙글 말아 입에 넣었다. 음! 이건……?!

……? 한 입 더……. 으음?

고개를 들어 보니, 루와 야에가 미묘한 표정을 지으며 나를 바라보고 있었다.

응, 왜 그러는지 알겠어. 표정 그대로, 미묘하니까.

맛있지도 않고, 맛없지도 않다. 못 먹을 정도도 아니다. 하지만 그냥 그뿐이다. 아주 무미건조하다……. 굳이 따지자면 맛없는 편에 속한다. 뭔가 잡스러운 맛도 나고.

솔직히 말해 성의 요리사인 클레아 씨나 루의 요리가 훨씬 더 맛있다.

그런데도 우리는 묵묵히 요리를 계속 먹었다. 먹을 수 있는 음식을 남기다니, 예의가 나쁜 일이다. 그냥 내 입맛에 맞지 않을 뿐인지도 모르지만, 두 사람의 요리와 교환을 해서 먹어 봐도 역시 미묘한 맛이었다.

간신히 다 먹고 계산을 끝냈다. 이 맛에 이 가격이라 그런지 마치 돈을 갈취당한 기분이야……. 눈이 튀어나올 만큼 비싸지는 않았지만 서민에게는 부담스러운 가격이다.

가게를 나와 잠시 걷다가 우리는 대화를 나눴다.

"꽝이었던 건가? 맛없지는 않지만…… 그냥저냥?"

"으으음. 줄이 그렇게 길었으니 상당히 맛있을 거라고 생각했습니다만……. 루 님과 클레아 님의 요리를 매일 먹어서 소인의 혀가 고급스러워졌는지도 모릅니다……."

"옆자리의 이야기를 잠깐 엿들었는데……. 그 가게는 요리가 아니라 갔다는 사실 자체가 일종의 자랑거리가 된다고 하더라고요. 지금 유행이라면서요."

그 유명한 가게에 갔다는 사실 자체가 자랑거리라고? 물론 그 번쩍번쩍한 가게에 관해서라면 다른 사람에게 이야기하고 싶은 기분이 들긴 한다.

뭐라고 해야 하나. 그건 맛있다거나 맛없다거나 하는 문제와는 별개인 듯한데.

아니, 그것도 경영하는 측에서는 멋진 전략인지도 모른다.

지구에도 기발한 인테리어나 보기 드문 요리로 손님을 모으는 일이 흔하니까. 눈에 띄어 손님의 가고 싶다는 욕구를 불러일으키지 않으면 애초에 경쟁조차 할 수 없으니까.

"맛으로 승부하는 가게는 아니었을지도 몰라요. 열의와 아이디어가 전혀 보이지 않는 요리였거든요. 그냥 끓이고, 굽고, 그릇에 담은, 그뿐인 요리였어요."

아~. 그래서 어딘가 모르게 무미건조한 느낌이 들었구나. 재료의 맛을 살렸다고 멋진 말을 사용해 봐야, 요리사가 그 장점을 잘 끌어내지 않으면 아무런 의미도 없다.

"그 탓에 별로 먹어도 먹은 것 같지가 않습니다……. 앗, 건너편 거리에도 가게가 있습니다."

"응?"

야에의 말대로 반대편 거리에도 레스토랑이 있었다. 빨간 벽돌로 만든 건물로, 차분한 느낌의 작은 레스토랑이었다. 간판에는 작은 토끼 그림이 그려져 있네.

당연하다면 당연하지만, 그 황금색으로 번쩍번쩍한 '황금돼지'가 큰길 맞은편에 있어 손님은 전혀 없었다.

"망한 건…… 아니지? ……저기서 입가심이라도 하고 갈까?"

"네? 하지만 맞은편과 비교하면 허름한 레스토랑 아닌지요?"

"허름하긴!"

"으악?!"

갑자기 등 뒤에서 어린아이의 목소리가 나서 놀란 우리가 돌아보니, 그곳에는 여덟 살 정도의 여자아이가 서 있었다. 황갈색 머리카락을 두 갈래로 묶은 여자아이는 화가 난 듯한 눈으로 우리를 노려보았다.

"우리 엄마 요리는 맛있어! 요리만 제대로 할 수 있으면 저런 돼지한테는 안 져!"

"엄마?"

이 가게의 아이인가 보네? 아이고, 살짝 눈물을 글썽이고 있어. 야에와 나는 겸연쩍은 표정을 지으며 서로 얼굴을 마주 보았다. 별로 험담을 하려고 한 말은 아닌데 말이야.

"미안해요. 우리는 조금 전에 저 레스토랑에서 음식을 먹었는데, 별로 맛이 없었어요. 꼬마 아가씨네 가게는 저기보다 더 맛있나요?"

"맛있어! 저어, 지금은 메뉴가 적지만 맛있어! 먹으러 와 보면 알 거야!"

루의 말을 듣고 여자아이는 몸짓과 손짓을 동원해 자신의 가게를 어필했다. 메뉴가 적어? 혹시 전문 요릿집인가? 생선 요리만 한다든가?

"그럼 먹어 볼까? 세 사람인데, 자리 있어?"

"괜찮아! 앗, 난 피즈라고 해. '아기토끼집'에 어서 오세요!"

여자아이, 피즈는 우리를 안내하듯이 맞은편 레스토랑으로 달려갔다. '아기토끼집'이라. 토끼 요리 전문점인가? 어? '영업 중'이 아니라 '준비 중'이라는 팻말이 걸려 있는데⋯⋯.

피즈는 그런 팻말은 상관하지 않고 잠긴 문을 열더니 얼른 가게 안으로 들어갔다.

우리도 그 뒤를 이어 딸랑딸랑, 하는 기분 좋은 도어벨 소리를 들으며 가게 안으로 들어갔다. 아기토끼집은 조금 전의 번쩍번쩍한 가게 안과는 달리 외관과 마찬가지로 차분한 분위기의 가게였다. 밖은 벽돌을 쌓은 모습이었는데, 안은 통나무집 같은 느낌으로, 나무의 따뜻함이 느껴지는 내부였다.

가게 안에는 마광석 불빛이 들어와 있었지만, 천장의 창문으로 쏟아지는 햇빛으로도 충분히 밝았다.

"가게 분위기가 참 멋져요."

"으음, 조금 전의 가게와는 달리 기대감이 샘솟습니다."

루와 야에가 빈자리에 앉았다. 나도 그 맞은편에 앉자, 피즈가 주방에서 물이 든 컵 세 개를 쟁반에 올려서 가지고 왔다.

"여기 있습니다."

"앗, 고마워."

아직 이렇게 어린데 가게를 돕고 있구나. 이쪽 세계뿐만 아니라 앞쪽 세계도 그렇지만, 이세계의 아이들은 대체로 부지런한 일꾼이다. 의무교육이 없는 만큼 자유로운 시간이 많아서 그런 점도 있겠지만.

"그럼 주문할까……? 어~ 메뉴는 어디 있어?"

테이블 위에는 메뉴라 할 만한 게 없었다. 이자카야나 정식집처럼 벽에 붙어 있나 싶어 살펴봤지만, 벽에도 없었다. 어?

"저어, 아까도 말했지만 지금은 내놓을 만한 메뉴가 적어서…… 추천 요리를 시키면, 맛있는 음식을 내올 수 있어!"

피즈가 열심히 가게 요리를 어필했다.

뭔가 전문 요리점이라서 메뉴가 적은 게 아니라, 그냥 내놓을 수 있는 요리가 적은가 보다. 설마 이 아이가 만들지는 않겠지? 엄마의 요리라고 했으니 역시 그건 아니려나?

"그럼 맡길게."

"네! 추천 요리 3인분 주문받았습니다!"

피즈는 힘차게 대답하더니 주방으로 뛰어갔다. 자아, 어떤 요리가 나올까.

"그런데 정말로 손님이 적군요……."

"어쩔 수 없잖아. 맞은편에 그런 가게가 있으니."

이쪽이 나중에 가게를 차렸다고는 생각하기 힘들었다. 아마 저편의 황금 돼지가 이 가게 맞은편에 가게를 차렸겠지. 어쩌면 이 가게를 망하게 하려고 그런 건지도 모르겠는걸?

이곳은 왕도의 큰길이다. 비슷한 레스토랑이 있으면 방해가 될 뿐이다. 정면에다 가게를 차리다니, 너무 노골적으로 괴롭히는 거 아닌가?

내가 조금 불쾌한 기분에 빠져 있을 때, 피즈가 깊은 접시 세 개가 올라가 있는 쟁반을 가지고 다가왔다.

"오래 기다리셨습니다!"

이건…… 뭐지? 수프…… 포토푀인가? 큼직한 야채가 여기저기 많이 들어가 있었고, 소시지처럼 보이는 재료도 어느 정도 들어간 요리였다. 이렇게 말하긴 뭐하지만 심플한 요리네…….

슬쩍 피즈를 보니 불안한 표정을 지으며 우리를 바라보고 있었다. 잘 맛보며 먹을 테니 그런 표정 짓지 말아 줘.

스푼으로 수프를 떠서 입에 넣어 보았다. 음?!

"맛있어……."

"맛있습니다!"

"맛있어요……."

이거 뭐지? 맛에 깊이가 있다고 해야 할까? 식욕을 돋운다고 해야 할까? 나의 빈약한 어휘로는 표현하기 힘든 맛이었다.

소시지를 씹어 보니 파득, 하고 찢어진 껍질에서 육즙이 넘쳐 고기의 감칠맛이 입안에 퍼졌다.

채소도 따끈따끈하고 맛있었다. 아아, 이 감자는 어떻게 이렇게 맛있지!

우리는 우걱우걱 포토푀를 순식간에 다 먹어 치웠다. 와, 정말 맛있다. 황금 돼지 가게에서 먹은 음식과는 하늘과 땅 차이다. 양이 적은데도 이렇게 만족스러울 줄이야.

"이건 정말로 맛있습니다. 특히 소시지가……."

"그건 있지, 우리 집에서 만든 거야! 맛있었어?"

피즈가 물을 새로 따라서 가지고 와 주었다. 수제 소시지였구나. 와, 이렇게까지 차이가 클 줄이야.

"이 요리는 심플해 보이지만, 멋지게 재료의 장점을 잘 살렸어요. 이건 자신감이 넘치는 요리사의 기술이 있기에 가능한 일이에요. 정말 감탄스러워요."

오오, 루가 인정했어. 적어도 조금 전의 황금 돼지 레스토랑보다는 맛있다는 말이다. 그야 나도 같은 생각이지만.

"감사합니다. 그렇게 말씀해 주시니 기뻐요."

어느새 주방에서 요리복을 입은 여성이 밖으로 나왔다. 황갈색 머리카락을 한데 묶은 20대 후반의 여성이었다. 얼굴이 피즈와 닮았다. 이 사람이 피즈의 어머니인가.

"아주 맛있었어요. 그런데 이런 맛있는 요리를 만들 수 있다면 가게가 더 번창할 만도 한데…… 무슨 사정이라도 있나요?"

내가 질문하자, 피즈는 분하다는 듯이 쟁반을 껴안으며 말했다.

"음식 재료를 못 구해……. '황금 돼지'가 거의 다 독점해 버리니까……."

"독점해? 음식 재료를?"

"그 녀석들 탓에 우리 가게는 신선한 채소랑 충분한 고기를 살 수 없어! 엄마가 어떻게 해서든 그래도 가능한 요리를 만들어 대처하고 있지만, 그것도 언제까지 버틸지……."

피즈의 어머니, 니나 씨에게 이야기를 들어 보니, 역시나 맞은편에 있는 레스토랑인 '황금 돼지'가 이 가게를 망하게 하려고 작정하고 하는 짓이라고 한다. 이 가게를 망하게 한 다음 값싸게 사들여 귀족들의 고렘 마차를 세울 수 있는 주차장으

로 만들 계획이라는 듯하다.

'황금 돼지'는 시장과 상인 길드에 손을 써, 아기토끼집에 음식 재료를 공급 못하게 하여 영업을 방해하고 있다고 한다.

그런 방해를 받으면서도 뒤쪽 밭에서 직접 채소를 재배하고, 아는 사람이 나눠 준 고기 등을 이용해 간신히 영업을 계속하고 있지만 손님의 발길은 멀어지기만 하는 듯했다.

그 이야기를 듣고 가장 먼저 루가 벌떡 일어나 테이블을 쾅! 하고 두드렸다.

"용서할 수 없어요! 맛으로 경쟁하면 몰라도, 그런 방식을 사용하다니⋯⋯! 용서할 수 없는 일이에요!"

"소인도 루 님과 같은 마음입니다. 이건 용서할 수 없습니다."

루에게 자극을 받았는지, 야에도 매우 화난 표정을 지었다. 나도 두 사람과 같은 기분이다.

"토야 님. 어떻게 안 될까요?!"

"아니, 어떻게 하고 싶긴 한데⋯⋯. 물론 음식 재료를 모으는 건 가능해. 하지만 한 번 떠난 손님의 발길을 되돌리긴 어려워."

게다가 저쪽 식당을 찾는 손님들은 맛이 아니라 사회적 지위를 구매하고 있다. 지금 유행하는 가게에 갔다고 하는 자랑거리가 필요할 뿐이다.

다른 손님층을 노리는 편이⋯⋯. 그런 생각을 하는데 난폭하게 문을 열고 손님 세 명이 들어왔다.

"어서 오⋯⋯! ⋯⋯또 오셨나요? 이 가게는 팔지 않는다고 말씀드렸을 텐데요?"

"그 이후로 시간이 꽤 지났으니까요. 생각이 바뀌지 않았나 해서 왔습니다만."

눈부셔! 가게 입구에는 번쩍번쩍한 금색 실이 들어간 황금 양복을 입고, 그것도 모자라 황금색 지팡이를 짚은 돼지……아니, 크고 살찐 남자가 덩치 좋은 남자 둘을 뒤에 거느리고 서 있었다.

추측건대, 이 '졸부' 그 자체인 남자가 맞은편에 있는 레스토랑인 '황금 돼지'의 오너인 듯했다. 이름은 본질을 나타낸다고 하지만, 이렇게까지 노골적일 필요는 없잖아.

"지금이라면 시세보다 20퍼센트를 더 쳐서 이 가게를 사겠습니다만? 어차피 팔게 될 테니, 조금이라도 비싸게 팔 수 있을 때 팔아야 이득일 텐데 말입니다."

"거절하겠습니다. 이곳은 시아버지가 시작했고 남편이 남겨 준 가게예요. 팔 수 없습니다."

금돼지인 오너에게 의연한 태도로 말한 니나 씨. 그런 니나 씨를 보고 금돼지는 코웃음을 쳤다.

"하지만 손님이 오지 않으니 어쩔 수 없지 않습니까. 완전히 망한 이후라도 우리는 아무 상관 없지만, 귀족 손님들이 곤란해 하셔서 말입니다. 빨리 주차장을 만들었으면 해서 이렇게 말씀을 드리는 겁니다만."

"당신들이 우릴 괴롭혀서 그런 거잖아! 비겁한 녀석!"

금돼지의 말을 듣고 피즈가 소리쳤다. 하지만 금돼지는 그 말을 듣고도 코웃음을 쳤다.

"이렇게 막돼먹게 자란 아이를 봤나. 그러니까 싫어하는 겁니다. 자신들이 경영을 위해 노력하지 못한 점은 반성하지 않고 남 탓이나 하다니. 뭐라고 하든 중요한 것은 결과뿐입니다. 어차피 소용없는 짓이겠지만, 한번 열심히 해 보시지요. 가게를 팔겠다면 언제든지 얘기를 나누겠습니다."

"【슬립】."

"우오오옷?! 윽!!"

잔뜩 빈정대고 몸을 뒤로 돌리는 순간, 금돼지는 발이 미끄러져 앞으로 쓰러지더니 얼굴로 문을 열고 데굴데굴 바깥으로 굴러갔다. 꼴좋다.

열 받으니 어쩔 수 없잖아? 어린아이를 상대로 태도가 그게 뭐야? 이 정도는 괜찮지 않아?

문득 앞을 보니 야에와 루가 둘 다 엄지를 척 들고 있었다. 그렇겠지.

"토야 님, 전 이 가게를 돕고 싶어요. 이렇게 실력이 좋은 요리사를 그냥 묻히게 둘 수는 없어요."

"흐음. 소인도 동의합니다. 저 녀석들에게 한 방 먹이고 싶습니다."

루와 야에가 힘을 주어 말했다. 나도 같은 마음이다. 저 금돼지를 봤더니 찍소리도 못하게 해 주고 싶어졌다.

"오빠, 언니들…… 정말 괜찮겠어?"

"맡겨 주세요. 저희가 할 수 있는 일이라면 뭐든 하겠어요!"

머뭇거리며 물어본 피즈에게 루가 가슴을 팍 두드리며 말했다. 자신 있는 태도인걸? 어린아이가 상대라고 너무 큰소리를 치면 나중에 후회해.

"일단은 음식 재료를 조달해야겠지? 시장이나 상인 길드가 도움이 안 된다면, 다른 매입처를 찾아볼 수밖에 없는 건가?"

아무리 그래도 우리가 계속 이 가게에 재료를 공급할 수는 없는 일이다. 앞쪽 세계라면 아는 상인이 참 많은데.

뒤쪽 세계에 사는 사람 중 상인이라면…… 역시 산초 씨밖에 없나? 그 사람이라면 발도 넓어 보이고, 힘이 되어 줄 게 틀림없다.

"그렇게 결정됐으면 쇠뿔도 단김에 빼야지."

저 녀석들이 괜한 시비를 걸지도 몰라 가게에는 두 사람을 남겨 두었다. 저런 녀석들이라면 손님으로 위장해 깡패를 보내는 짓도 서슴지 않을 테니까.

루와 야에 두 사람이 있으면 웬만한 악당 정도는 쉽게 제압할 수 있다.

가게는 두 사람에게 맡기고 나는 【텔레포트】를 이용해 산초 상회가 있는 곳으로 이동했다.

◇ ◇ ◇

"설마 그런 일이 버젓이 벌어지고 있다니⋯⋯! 용서 못해!"

"여보, 진정해."

산초 씨가 팔짱을 끼고 분노하자, 옆에 앉아 있던 아내인 모나 씨가 진정시켰다. 같은 성왕도에 있어서 그런지 산초 씨도 황금 돼지와 아기토끼집을 알고 있었다. 음식을 먹으러 간 적은 없는 듯했지만.

다만, 보이지 않는 곳에서 황금 돼지가 아기토끼집을 괴롭히는지는 몰랐던 듯, 내가 설명을 하자 벌컥 분노를 터뜨렸다.

"정면 대결을 펼치다가 패배했다면 상인의 도리상 어쩔 수 없는 일입니다. 하지만 이런 방식은 손님의 신뢰를 훼손하는 짓입니다. 도저히 받아들일 수 없습니다!"

그렇다. 길게 보면, 설사 괴롭히지 않았더라도 자금력이 없는 아기토끼집은 몇 년 후에 망했을지도 모른다. 그건 정정당당하게 대결을 하다가 패배한 일이니, 어쩔 수 없는 일이라며 가게를 포기했을 가능성도 있다.

"좋습니다. 저도 팔을 걷어붙이고 돕겠습니다! 아는 행상인에게 부탁해 시장을 통하지 않고 음식 재료를 구할 수 있게 준비를 해 두지요."

"감사합니다. 저는 그다지 연줄이 없어서⋯⋯."

옆 나라인 스트레인 왕국이라면 여왕 폐하와 아는 사이지만.

아무튼, 이제 음식 재료는 어떻게든 구할 수 있을 듯하다.

"상인 길드도 바로 살펴보겠습니다. 아마 직원 중에 뇌물을 받고 부정을 저지르는 사람이 있을 테지요. 증거를 모으는 데 시간이 걸릴지도 모르지만, 곧 원래대로 돌려놓겠습니다."

아무래도 산초 씨는 생각보다 훨씬 힘이 있는 상인인 듯했다. 산초 씨가 힘이 있다기보다는 지인이 많다고 해야 하나, 발이 넓다고 해야 하나. 기사단에도 아는 사람이 있는 듯, 머지않아 부정을 폭로해 줄 거라고 한다. 정말 마음 든든하다.

그 이외에는 아기토끼집만의 특징이 있었으면 하는데…….

감사의 표시로 나는 산초 씨에게 불꽃을 내뿜는 지팡이와 번개를 날리는 검 등, 마법이 부여된 펠젠제 마도구를 몇 개 정도 값싸게 판매했다. 산초 씨는 기사와 귀족의 호사가에게 값비싸게 팔 수 있다며 기뻐했지만, 솔직히【스토리지】에 사장되어 있던 물건이라 어쩐지 미안하다는 생각이 들었다.

산초 씨의 가게에서 아기토끼집으로 돌아가 보니 야에와 피즈가 테이블 앞에 앉아 후후 불며 뭔가를 먹고 있었다.

"후후~. 앗, 토야 님. 돌아오셨습니까."

"으응……. 음식 재료는 구할 수 있게 됐어."

야에의 손을 보니, 노릇하게 구운 빵가루와 치즈 아래의 화이트소스 사이로 마카로니가 보였다. 그라탱인가. 맛있겠다…….

"루 언니가 만들어 줬어! 아주 맛있어!"

얼굴 가득 미소 지으며 피즈가 대답하자, 주방에서 벙어리 장갑을 낀 손으로 루가 새 그라탱을 내가 있는 곳으로 가져다 주었다. 음식 재료는 아마 루가 반지의【스토리지】에 들어 있던 걸 사용한 듯했다.

"이 가게의 새로운 메뉴가 되었으면 해서요. 저쪽 가게에는 없던 메뉴이기도 하고요."

맞은편 가게에는 그라탱이 없었다. 이건 강력한 대표 메뉴가 될지도 모른다. 앗, 메뉴에 사진을 싣는 것도 잊지 말아야 해.

내가 그런 생각을 하는 사이에 주방에서 니나 씨가 그라탱 두 개를 쟁반에 올려서 가지고 왔다.

"루 씨가 만드는 요리가 독특하고 맛있어서……. 다른 요리도 많이 배웠답니다. 이거라면 손님도 분명히 기뻐하실 거예요."

"아니요. 니나 씨도 뒤쪽 세계의 요리를 저에게 기꺼이 가르쳐 주셨으니 서로 윈윈이에요."

이 두 사람은 어느새 사이가 좋아진 모양이었다. 요리사끼리는 서로 동질감을 느끼는 걸까?

"문제는 손님이 오실지 어떨지군요……. 그 이후로 손님은 한 명도 오지 않았습니다. 어떻게든 선전을 해야 하지 않을까 합니다만……."

선전이라……. 주목을 모을 방법이 있다면 좋을 텐데. 맞은편의 저 황금색 번쩍번쩍처럼 사람들의 눈길을 끌 수 있는 무언가가 있어야 한다. 이쪽은 은색으로 번쩍번쩍하게 만들까?

아니아니, 똑같은 수준으로 전락해서 어쩌자는 거야.

음~. 뭐 좋은 아이디어 없을까?

"사람들의 눈길을 끌 방법이라면 있어요. 아주 간편하고 쉬운 방법이죠."

"응?"

놀라는 내 얼굴을 보고 루가 싱긋 웃었다.

"설마 이걸 입게 될 줄이야……."

다음 날, 나는 가게 앞에 모여든 아이들에게 풍선을 나눠 주다가 탈 인형 안에서 한숨을 내쉬었다.

나는 코하쿠를 모델로 만든 탈 인형인 '코하쿠 군'에 들어가 '아기토끼집'의 광고지를 나눠 주었다. 이번 코하쿠 군은 냉기가 통하게 개량한 '코하쿠 군 마크2'라서 덥지 않다.

루의 예상대로 사람들의 눈을 확실히 끌었고, 손님들도 잇달아 가게 안으로 들어왔지만 이건 꽤 중노동이란 말이지…….

가게의 유리 너머를 들여다보니, 야에와 더불어 도와 달라고 부른 린제, 사쿠라, 유미나가 웨이트리스 차림으로 바쁘게 이리저리 움직이고 있었다. 루는 주방에서 니나 씨를 도왔고,

피즈는 나와 함께 지나가는 사람에게 광고지를 나눠 주었다.

일단 손님은 그럭저럭 들어왔다. 일이 매우 순조롭다.

그렇게 생각했는데 맞은편 가게에서 험상궂은 2인조가 성큼성큼 이쪽을 향해 다가왔다. 앗, 저 녀석들은 얼마 전에 가게에 왔던 금돼지의 부하들이잖아.

"이봐, 너. 웃기는 차림으로 통행인에게 민폐를 끼치면 안 되지! 맞고 싶냐?!"

"전혀 민폐를 끼치지 않았는데요. 당신들이야말로 선전을 방해하지 마세요. 맞고 싶으세요?"

코하쿠 군 마크2는 【사일런스】 기능을 온오프할 수 있어, 평범하게 말도 할 수 있다. 나는 거한을 노려보며 피즈를 뒤쪽으로 숨겼다.

"이 자식이, 뭐라고?! 건방진 소릴!!"

도발에 약한 남자가 통나무 같은 팔을 휘둘렀다. 나는 그 팔을 탈 인형의 왼손으로 받아낸 뒤, 풍선을 든 오른손으로 남자의 턱을 아래에서 위로 타격했다.

"으억?!"

앗, 풍선이 하나 날아갔네. 큭, 이런 손으로는 제대로 잡고 있기가 힘들어.

턱을 맞아 뒤로 털썩 쓰러진 남자보다 풍선이 나에게는 더 중요하다. 나는 점프해서 풍선을 잡을까 하다가, 근처에 있던 아이들이 풍선을 뒤쫓아 가는 모습을 보고 그냥 포기했다.

"이, 이 자식이! 이 빌어먹을 고양이, 읍?!"

"고양이가 아니라 호랑이야."

습격하는 다른 한 사람의 뺨을 때리자, 그 사람은 빙글 회전 하더니 그 자리에서 뻗고 말았다.

"아~아. 진짜 방해되네."

나는 피즈에게 풍선을 맡기고 남자 두 사람을 질질 끌고 가 금돼지 레스토랑 앞에다 휘익 내던졌다.

그때 슬쩍 가게 안을 보니, 금돼지 씨가 이를 가는 듯한 얼굴 로 나를 바라보고 있었다. 아마 저 녀석의 명령을 받고 트집을 잡으러 온 거겠지만, 아쉽게 됐네요.

가게 쪽으로 돌아가 보니 다급히 웨이트리스 차림의 린제가 밖으로 나와 있었다.

"저어, 괜찮으셨나요?"

"응. 나는 괜찮아. 그 정도는 아무렇지도 않……."

"아니요, 탈 인형이요. 찢어지지 않았나요?"

"아~. 응…. 탈 인형도 괜찮아……."

격렬한 움직임을 거의 계산에 넣지 않고 만들었던 터라 조금 불안했던 모양이었다. 그래, 그럴 수도 있지…….

"그런데 손님이 이 가게를 찾기 시작하자마자 바로 방해를 하다니. 아마 이게 끝이 아닐 거야."

이런 타입은 끈질기니까. 물론 당하면 당한 대로 갚아 주면 되지만.

어느 정도 광고지도 다 배포했고 풍선도 다 떨어져, 나는 뒷마당으로 이동해 코하쿠 군에서 탈출한 뒤, 휴식을 취하기로 했다. 역시 계속 이거 안에 들어가 있으면 지치니까……

냉각 장치 덕분에 안에 입고 있던 웨이터복은 땀에 젖지 않았다. 다행이야.

"야야야! 이게 어떻게 된 거야~?!"

갑자기 가게 안에서 소리치는 소리가 들렸다. 쳇, 또 왔나.

급히 가게 안으로 가 보니, 남자 한 명이 의자에서 일어서 웨이트리스 차림인 사쿠라를 노려보고 있었다.

"요리 안에서 죽은 벌레가 나왔잖아! 이 가게는 손님에게 벌레를 대접하는 곳인가 보지?!"

거의 협박 같은 소릴 하며 주변 손님에게 어필하는 남자. 그래도 전혀 동요하는 법 없이 사쿠라는 살짝 고개를 갸웃했다.

"벌레? ……벌레가 어디 있어?"

"어디 있냐고?!! 이 그릇 안에…… 앗, 응?"

남자가 가리킨 그릇에 벌레로 보이는 물체는 전혀 없었다. 남자는 당황해서 포크로 요리를 뒤적였지만 역시 아무것도 없었다.

"어, 어디로 간 거야?! 조금 전에 분명히 넣어 뒀는데……!"

"손님, 문은 저기 있습니다."

"끄엑?!"

나는 남자의 목 뒷덜미를 잡은 뒤, 【파워라이즈】를 이용해

질질 끌어 문밖으로 내던졌다. 어디서 자작극이야! 썩 나가!

가게 안의 손님들에게 사과의 의미로 와인을 나눠 주어 이번 소동은 간신히 진정되었다. 다행히 남자가 생트집을 잡았다는 사실을 모두 알고 있는 듯했다.

그런데 사쿠라는 대체 어떻게 한 거지? 남자는 벌레를 넣었다고 말했는데.

"그냥. 벌레를 【텔레포트】시켰을 뿐이야."

"아~. 그렇구나. 그런데 어디로……?"

궁금해서 내가 묻기도 전에, 맞은편 레스토랑에서 날카로운 비명이 들려왔다.

앗, 알겠다. 응, 그렇구나.

남을 해치면 그 화는 자신에게 돌아오는 법. 사업자득이지만, 피해를 본 맞은편의 손님에게는 죄송할 따름이다.

그런데 이런 식으로까지 괴롭힐 줄이야. 정말 앞뒤 가리지 않는구나.

"실패했다고?!"

부하의 보고를 받은 금돼지…… 아니, 레스토랑 '황금 돼지'

의 오너인 피그레스 통 꾸르히는 분노하며 책상을 내리쳤다.

조금만 더 있으면 그 거슬리는 레스토랑을 망하게 할 수 있었는데 쓸데없는 방해꾼이 나타났다.

자신이 뒤에서 손을 써, 음식 재료 공급을 막았는데도 어딘가에서 재료를 조달해 영업을 재개하다니.

게다가 어디서 왔는지 모를 녀석들을 고용해 묘한 방법으로 손님을 모으기 시작했다. 열 받게도 그런 방식이 통해 손님이 돌아오고 있다. 이래서는 모두 물거품이 되고 만다. 게다가 투자한 돈도 모두 날아갈 판이다. 그것만은 반드시 막아야 했다.

"어떤 수를 써서라도 녀석들을 쫓아내라!"

"하, 하지만 저쪽에는 이상하고 거대한 탈 인형이 붙어 있습니다요. 저희가 네다섯씩 덤벼도 이길 수 있을지 어떨지……."

그 뒤에도 몇 번인가 습격을 시도했지만 그 탈 인형에게 모두 저지당했다. 그래서 금돼지 오너의 부하들은 딱 봐도 측은한 모습으로 변해 있었다.

"머리를 써라, 머리를! 이 멍청이들아! 경호를 쓰러뜨리지 않더라도, 어쨌든 가게를 계속하지 못하게 하면 되는 게 아니냐. 알겠나. 뒷세계 길드에 의뢰해 대형 동물을 실은 출처 불명의 고렘 마차를 당장 준비해라."

"도, 동물 말입니까?"

부하들은 무슨 의미인지 몰라 눈썹을 찌푸렸다.

"그래. 그걸 맞은편 가게에 충돌시켜라."

"앗, 그렇군요!"

고렘 마차를 충돌시켜 가게를 부순 뒤, 동물들이 날뛰게 해 영업도 하지 못하게 만드는 방법이다. 물론 사고로 위장해서. 그리고 사고를 일으킨 고렘은 일부러 대파시키고 몰래 G큐브를 회수하면 된다. 그러면 꼬리를 잡힐 일이 없다.

"알았으면 얼른 가라!"

"예이!"

그들은 몰랐다. 창문 밖. 정원에 솟은 나무의 나뭇가지에 앉아 있던 빨간 새 한 마리가 그들의 말과 행동을 모두 확인하고 있었다는 사실을.

오늘도 아기토끼집은 아침부터 매우 붐볐다. 새로 아르바이트도 고용해 이제 우리가 없어도 영업은 충분히 가능했다. 이 상태라면 경영도 전혀 걱정할 필요 없다. 이제 그 문제만 남았는데…….

나는 큰길과 접한 창문으로 금돼지 레스토랑을 엿보았다.

"정말로 올까요……?"

"오겠지. 그런 녀석은 철저하게 짓밟는 데 성공할 때까지 몇 번이고 다시 와. 집념이 강하지 않으면 악당은 될 수 없어."

옆자리에서 루가 나와 함께 창문 밖을 내다보았다. 현재는 별다른 조짐이 없지만, 무슨 일이 일어나도 대처할 수 있게 우리는 이 창가 자리에서 기다리는 중이었다. 야에는 그냥 평범하게 음식을 먹고 있지만⋯⋯.

"오."

창밖에서 이쪽으로 날아오는 코교쿠의 모습을 발견했다. 창문을 열어 주자 내 소환수는 창문의 창살에 조용히 내려섰다.

〈주인님. 이제 곧 이쪽으로 고렘 마차가 옵니다.〉

"이제야 왔구나."

나는 코교쿠의 보고를 받아 녀석들이 뭘 하려는지 파악하고 있었다. 이렇게까지 나온다면 이쪽도 가만히 있을 수는 없다. 이쯤에서 나는 반격으로 전환할 생각이다.

내 결의를 아는지 모르는지, 길거리에서 짐짓 꾸며낸 듯한 외침이 울려 퍼졌다.

"폭주다아아~~! 고렘 마차가 폭주했다~~!!"

그 목소리를 듣고 밖으로 뛰쳐나가 보니, 4톤 트럭 정도인 고렘 마차가 짐칸에 말, 소, 멧돼지, 사슴 같은 동물을 태우고 이쪽을 향해 돌진하고 있었다.

저런 게 돌진하면 손님이나 종업원은 도망치더라도, 가게는 틀림없이 붕괴한다. 그런데도 가만히 보고만 있을 수는 없다.

다리가 여섯 개인 다족형 고렘이 윙윙 소리를 내며 길거리를 돌진했다. 속도는 그다지 빠르지 않았지만 사람의 힘으로는 도저히 막기 힘들었다.

나는 【텔레포트】를 사용해 거리로 나간 다음, 폭주하는 고렘 마차를 피해 가장자리 쪽으로 이동했다. 그리고 내 옆을 스쳐지나가는 폭주 고렘에 마법을 때려 넣었다.

"【크래킹】."

고렘 마차가 내 옆을 완전히 빠져 지나갔다. 【크래킹】은 마도구의 기동식에 끼어들어 설정을 다시 쓰는 마법인데, 고렘에도 응용할 수 있다.

다만, 나는 바빌론 박사나 에르카 기사 정도의 지식이 없어 설정을 크게 바꿀 수는 없다. '오른쪽'으로 돌아라, 라는 명령을 '왼쪽'으로 돌아라, 라고 바꾸는 정도가 고작이다.

길거리를 돌진하던 고렘 마차가 갑자기 방향을 왼쪽으로 바꾸었다. 그 왼쪽 바로 앞에는 레스토랑 '황금 돼지' 가……!

"이, 이쪽으로 온다! 도망쳐라!"

금돼지 레스토랑에 있던 손님이 앞다투어 도망치기 시작했다. 거미 새끼가 흩어지듯이 손님이 떠난 뒤에는 금돼지 오너와 그 부하들만이 남았다.

"어, 어떻게 된 거냐?! 왜 우리 쪽으로 돌진하는 거냐?!"

"모, 모르겠습니다! 저편으로 돌진하라고 명령을 했는데요!"

말다툼하는 사이에도 고렘 마차는 황금 돼지를 향해 돌진했다. 고함을 치던 악당들이 당황해 도망치자, 이윽고 고렘 마차의 다리가 금돼지 레스토랑의 창문을 깨뜨렸다.

"그, 그만둬라! 멈춰라! 멈추라니까!"

얼굴이 새빨개져 호통을 치는 오너의 말을 무시한 채, 다리가 여섯 개인 고렘 마차는 콰득콰득 벽을 파괴하고 가게 안으로 침입해 들어갔다.

그리고 이것도 명령 중 일부였겠지만, 가게 안으로 들어간 고렘 마차는 갑자기 폭발해 대파되었다. 그 충격으로 우리의 자물쇠가 망가져 패닉 상태인 동물들이 밖으로 뛰쳐나왔다.

소, 말, 멧돼지 등이 가게 안으로 쏟아져 들어가 마구 날뛰었다. 이제 더는 손쓸 도리가 없었다.

"내 가게가! 내 가게가!"

동물들의 울음소리와 반쯤 실성한 오너의 외침이 길거리에 울려 퍼졌다. 인과응보. 자신이 하려던 일을 자신이 당해 봐라.

이윽고 동물들이 날뛰는 레스토랑으로 나이트 고렘을 거느린 흰 갑옷의 성도 기사(騎士)들이 우르르르 몰려들었다.

"오오, 잘 왔다! 어, 어서 이 녀석들을 붙잡아다오!"

"아니, 체포될 사람은 너다. 피그레스 통 꾸르히. 상인 길드 직원에게 뇌물을 제공한 죄, 시장에서의 전횡, 어둠의 길드와 불법 거래, 그리고 그 이외의 범죄에 관한 모든 증거를 확보했다. 얌전히 붙잡혀라!"

"아니?!"

멍한 표정의 금돼지 오너의 손에 수갑이 채워졌다. 문득 시선을 돌려보니 기사단과 함께 산초 씨도 와 있었다. 아무래도 산초 씨가 손을 쓴 듯싶었다. 정말 감사할 따름이다.

"헛소리 마라! 나는 귀족분들과 친한 사이야! 그런 근거 없는 소릴……!"

"증거는 확보했다고 했을 텐데. 핑계는 소용없다! 연행해라."

마구 소리치는 금돼지와 부하들을 나이트 고렘이 연행했다. 동물들도 다른 나이트 고렘에게 제압당한 뒤, 다시 우리에 들어가 연행됐다.

"다 정리된 건가?"

"네, 아마도요."

"이제 니나 님도 피즈 님도 안심하고 살 수 있겠습니다."

떠나가는 기사들을 보면서 우리는 안도의 한숨을 내쉬었다.

돌아보니 아기토끼집 안에서는 손님들이 맛있게 요리를 즐기고 있었다. 응. 이 가게를 지킬 수 있어 다행이야.

"미안해! 엄마 혼자서는 힘들어! 언니들, 도와줘!"

웨이트리스 차림의 피즈가 가게에서 뛰쳐나왔다. 루와 야에가 얼른 가게 안으로 들어갔다. 어디 보자, 나도 도울까?

"그럼 오빠는 손님을 데리고 와 줘!"

가게 안으로 들어가려는데 피즈가 구김 없이 웃으며 나를 밖으로 떠밀었다. 정말로요……?

나는 아무 말 없이 문을 닫고 【스토리지】에서 코하쿠 군 마크2를 꺼냈다.

"호른 왕국에서 내전이 벌어지기 직전이라고요?"

"네. 왕위를 둘러싸고 왕손(王孫)파와 왕제(王弟)파가 대립하고 있는 듯합니다."

츠바키 씨의 보고를 받고 나는 무심코 큰 소리를 내고 말았다.

호른 왕국. 서쪽에는 마법 왕국 펠젠이 있고, 북쪽에는 예전에 천제국 유론이 있었다.

호른은 비옥한 토지, 정령의 축복을 많이 받는 기후 그리고 선정을 펼치는 왕 아래에서 농산물 개발에 주력하던 앞쪽 세계의 풍족한 농업국이다.

풍습과 문화는 이셴과 비슷한 듯하면서도 다르다고 한다. 지구로 말하면 아시아 문화권에 속한다고 할 수 있으려나?

그 호른 왕국에 1년 전, 갑작스러운 비극이 벌어졌다. 그 어진 국왕이 갑자기 사망한 것이다.

원래는 제1 왕자가 그 뒤를 이어 새로운 국왕으로 호른 왕국을 이끌어야 했다.

그런데 제1 왕자는 국왕이 죽기 불과 일주일 전에 21세라는 젊은 나이에 죽고 말았다. 듣기로는 갑작스러운 사고사였다고 한다.

국왕에게 다른 남자 후계자는 없었지만, 죽은 제1 왕자에게는 아들이 한 명 있었다. 즉, 국왕의 손자다.

겨우 한 살을 넘은 아기에게 나라를 맡길 수는 없어, 당시의 재상이 섭정의 자리에 올라 나라를 이끌려고 했다.

그런데 그 왕위 계승은 순조롭게 진행되지 못했다. 국왕의 남동생이 그걸 인정하지 않겠다고 선언했기 때문이다.

왕손의 섭정으로 취임하려 했던 재상은 제1 왕자의 장인이었다. 그것을 재상 일족의 나라 탈취라고 단언한 왕의 동생은 스스로 자신이야말로 국왕의 뜻을 잇기에 적합한 사람이라고 주장했다.

여기서부터가 이야기가 복잡해지는데, 사실 국왕과 제1 왕자 사이에는 알력이 있었다. 나라를 현재 상태로 유지하려는 보수파 국왕과 새로운 산업을 받아들여야 한다고 주장한 개혁파 제1 왕자는 사사건건 충돌했다고 한다.

양쪽 모두 나라를 생각하는 마음에서 각자의 주장을 펼쳤겠지만, 그런 두 사람이 동시기에 사망하다니 얄궂은 일이다.

왕의 동생, 즉 왕제는 제1 왕자의 생각은 나라의 근간을 흔드는 위험한 것이라고 국왕이 언제나 자신에게 털어놓았으며, 제1 왕자에게서 왕위 계승권을 박탈해 자신에게 왕위를 물려주겠다는 약속을 했다고 주장했다.

　반면에 재상은 국왕과 제1 왕자는 분명히 대립했지만, 나라를 생각하는 마음에서 우러나온 주장이라 생각해 서로 이해하려고 노력했다고 한다. 그리고 국왕도 제1 왕자도 둘의 사이를 중재해 달라고 자신에게 부탁했었다고 반박했다.

　서로의 주장이 평행선을 달리는 가운데, 드디어 전쟁이 벌어지기 직전이라는 듯했다.

　"왕손파, 왕제파라고는 하지만, 정확하게 말하면 재상과 왕제의 다툼이군요."

　"네. 왕의 동생인 가놋사 더 호른과 재상인 슈바인 아단데의 대립입니다. 슈바인 재상에게도 왕손인 쿠오 더 호른은 딸의 아들, 즉, 손자에 해당합니다."

　내 옆에 서 있던 우리의 재상 코사카 씨에게 츠바키 씨가 대답했다.

　상당히 비비 꼬인 상태네. 왕위 계승권 문제는 어디에서든 생길 수 있는 문제이니 흔하다면 흔한 문제이지만.

　보통은 제1 왕자가 왕위를 이으면 되지만, 예를 들어 제1 왕자가 도저히 답이 없는 바보고, 제2 왕자가 우수하면 참 곤란하다. 나라를 생각하면 뛰어난 사람이 왕위를 이어야 국민에게 도움이 되니까.

　하지만 국왕에게는 양쪽 모두 자신의 아이다. 국왕이라면 그런 감정에 휩쓸려서는 안 되겠지만.

그런데 내전이라. 다른 나라에 직접적인 피해가 가지는 않지만, 어떻게 하지?

"교류가 없는 나라는 이럴 때 곤란하단 말이야……. 다른 나라는 어쩌고 있나요?"

"펠젠은 현재 조용히 지켜보고만 있습니다. 왕손파, 왕제파. 양쪽과 모두 어느 정도 교류가 있는 모양이라서요. 다만……."

츠바키 씨가 조금 머뭇거리며 말했다.

"내전의 이면에 유론의 그림자가 보입니다."

"네?"

유론? 어떻게 된 일이지? 천제국 유론은 프레이즈들의 대습격과 그 후의 내전으로 나라의 기능을 대부분 상실했을 텐데.

그 근처는 몇 개 정도의 작은 도시가 독립해 존재하고 있을 뿐이다. 지금도 도시 영주 사이에는 작은 전투가 벌어지는 중이라고 들었다.

"호른 왕국 북쪽에는 유론의 영토가 있습니다. 대습격 이후, 호른 왕국으로 유입된 유론 사람도 많은 듯, 작지만 문제가 되고 있는 모양입니다."

"문제요?"

"호른 왕국 사람들이 유론 사람들을 쉽게 받아들이기는 역시 어려운 면이 있습니다. 그 결과, 유론 사람들은 도적으로 전락해 풍요로운 호른의 땅을 휘젓고 다닌다고 합니다."

피해가 막심하네. 그런데 호른 왕국은 왜 유론 사람들을 받아들여 주지 않은 거지? 꽤 풍요로운 나라라고 들었는데.

"유론은 분명 서쪽의 하노크와 마찬가지로 남쪽의 호른 왕국도 침략하려고 노리고 있었지요. 그뿐만 아니라 유론 사람들은 호른 사람들을 기회가 있을 때마다 문화적인 수준이 낮다고 경멸했다고 들었습니다. 그런 일이 있어, 호른 왕국 사람들이 유론 사람들을 받아들이기 어려웠던 게 아닐까 합니다."

음~. 코사카 씨의 말이 사실이라면 일면 이해가 가기도 한다. 지금까지 실컷 무시해 놓고 자신이 곤란해지니 손바닥을 뒤집으며 도와 달라니. 너무 뻔뻔하다고 생각해도 이상하지 않다.

"아시다시피 유론에는 암살과 파괴 공작 등의 임무를 수행하던 부대가 존재했습니다. 나라가 와해하여 뿔뿔이 흩어졌던 그들이 호른 왕국으로 흘러 들어갔을 가능성도 충분히 있습니다. 그중 일부 사람들이 이번 소동의 이면에서 암약한다는 소문도 들립니다."

유론의 암살 부대……. 분명 '크라우'라고 했지? 암살 부대가 나를 노린 적도 있다. 가면을 쓴 수상한 조직으로, 암살에 실패하자 자폭을 하는 위험한 녀석들이었다.

"설마 호른 왕국의 국왕과 제1 왕자의 죽음은……."

"유론의 '크라우'를 고용한 가놋사 왕제, 또는 섭정 슈바인의 범행일지도 모릅니다. 아니면 호른을 내전 상태로 유도하기 위한 제삼자가……."

어~. 왕손파가 암살자를 고용했다고 하면…….

재상은 자신의 손자가 왕위를 잇게 하고 싶었던 거겠지. 이 경우 방해가 되는 사람은(왕의 동생이 한 이야기가 사실이라면) 동생에게 왕위를 물려주려고 했던 국왕. 그에 더해 재상의 생각이 제1 왕자와 같은 혁신파가 아닐 경우, 제1 왕자도 방해가 될 거야. 그런데 자기 딸의 남편을 죽인다고? 게다가 국왕을 죽이기보다는 왕제를 죽이는 편이 더 좋잖아.

반대로 왕제파가 암살했다고 한다면……. 아니, 만약 왕의 동생이 한 말이 사실이라면 아무도 죽일 필요가 없어. 그냥 자신에게 왕위가 굴러들어 오는 거니까.

왕위를 넘겨준다는 이야기가 거짓말이고, 재상의 말대로 두 사람이 화해하려고 했다면……. 음, 자신이 왕위에 오르기 위해서는 국왕과 제1 왕자 모두 방해가 될 테지.

왕의 동생으로서는 자신 이외의 왕족을 몰살시켜야 하나? 그렇다면 왕손의 목숨도 노린다? 모순점도 정말 많고 뒤죽박죽인 부분이 있는 듯한…… 으으으음…….

"복잡해."

"그렇군요."

"그러네요."

억측이라면 얼마든지 할 수 있지만 결정적인 근거가 없다.

일단 왕손파 쪽이 더 일리 있는 편인가? 두 사람을 죽여야 하는 이유가 상당히 약한 듯하니까.

"어느 쪽이든 우리는 그냥 가만히 있는 편이 좋을까요?"

"상대가 전혀 접촉해 오지 않는데 굳이 참견할 필요는 없겠지요. 폐하의 힘이라면 억지로 분쟁을 멈출 수도 있겠지만, 조금 지나치게 참견하는 일이 되지 않을지요. 아니면 아예 호른을 무력으로 제압해 세계 정복의 첫걸음으로 삼으시겠습니까?"

저기요……. 농담이겠지만 농담으로 안 들릴 수도 있으니 그런 말은 좀.

솔직히 말하면 못 할 것도 없다. 하지만 세계 정복을 한다 해도 통치하려면 엄청 힘들거든요? 이렇게 작은 나라조차도 고생하고 있는데.

"일단 지금은 다른 나라보다 우리 나라를 더 걱정해야 합니다. 주민도 늘었고, 마을도 점점 확장되고 있는데, 당연히 그에 비례해 범죄도 늘게 될 겁니다. 지금은 기사단과 냥타로 님의 감시묘(猫) 일원 덕에 치안이 유지되고 있지만, 만약 기사단이 출동이라도 하게 되면 인원이 부족해질 염려도 있습니다."

코사카 씨가 무슨 말을 하고 싶은지 잘 안다. 프레임 기어 요원으로 기사단을 데리고 가면, 마을의 경비가 허술해진다는 이야기다. 그 정도의 대규모 전투는 없을 거라고 말하고 싶지만, 변이종이 힘을 키우고 있고 세계의 결계가 점차 약해지고 있으니 무슨 일이 벌어져도 이상하지 않다.

"기사단 말고 별도의 경비대를 편성해야 하려나?"

"그렇군요. 폐하 직속이 아닌 국가 소속의 부대를 편성해 야마가타나 바바 님에게 이끌어 달라고 부탁하십시오. 그렇게 하면 폐하께서 안 계실 때도 어느 정도는 자유롭게 활동할 수 있습니다."

그래, 그 두 사람이라면 문제없을 거야. 게다가 그 두 사람은 프레임 기어에 타길 별로 좋아하지 않는 듯하니까. 아마 그쪽이 더 적성에 맞겠지.

"던전섬의 어업도 궤도에 오르기 시작했습니다. 신선한 물고기를 사러 벨파스트와 레굴루스에서도 행상인이 오더군요."

"어부들에게는 너무 먼바다까지 나가지 말라고 전해 주세요. 섬에서 너무 멀리 떨어지면 마물이 나오거든요."

"그 점은 충분히 숙지하고 있습니다."

섬 주변에는 크라켄을 불러내 순찰을 하며 대형 마물을 내쫓으라고 명령해 두었지만, 그 범위 밖으로 나가면 마물들에게 습격당하지 않을 거란 보장이 없다.

그 이외에도 코사카 씨와 츠바키 씨에게 여러 보고를 받고 오전 중의 일은 마무리되었다.

점심을 다 같이 먹은 다음, 오후에는 뒤쪽 세계로 건너갈 예정이다. 양쪽 세계의 통합 세계회의를 앞두고 가볍게 상의하기 위해서다.

일단은 토리하란 신제국부터 가 볼까. 나는 황제 폐하에게 직접 연락을 해서 약속을 잡았다. 마침 린제와 힐다의 시간이 비어서 같이 가고 싶다기에 데리고 가기로 했다.

【이공간 전이】로 순식간에 뒤쪽 세계의 토리하란 신제국, 그중에서도 제도에 있는 황궁에 도착한 우리는 곧장 맞이하러 나온 사람을 발견하고 가까이 다가갔다.

"오랜만입니다. 리스틴…… 아니, 리스티스 황녀님. 잘 지내셨나요?"

"그래. 원로원도 해체되어 할 일이 아주 많거든. 잘 지내지 않으면 일을 못 하지."

이전에 만났을 때처럼 힘이 들어간 남장 차림은 아니었지만 그렇다고 드레스를 입은 여성스러운 차림도 아닌, 움직이기 쉬운 낙낙한 상의와 바지 차림으로 우리를 맞이한 사람은 이 나라의 제1 황녀, 리스티스 레 토리하란이었다.

리스티스 씨는 내가 데리고 온 린제와 힐다를 약혼자라고 소개하자 놀라기는 했지만 미소로 두 사람과 악수를 하였다.

"아버지와 오라버니도 기다리고 계시다. 그대들과 상의할 일이 많은 모양이야."

그렇게 말하며 리스티스 씨는 우리를 성안으로 데리고 갔다. 상의……? 뭐지?

성의 한 모퉁이에 있는 방에서 우리를 기다리던 사람은 토리하란 신제국의 황제, 해럴드 라 토리하란과 황태자인 루페우스 라 토리하란, 그리고 리스티스 황녀의 교육 담당인 제로릭 경이었다.

황제와 황태자는 양쪽 모두 비슷한 안경을 쓴 모습으로, 이른바 문과 계열 같은 사람들이었던 반면, 제로릭 경은 역전의 용사 같은 분위기가 났다.

원로원이 신제국을 장악하고 있었을 무렵에는 황제와 황태자 모두 어딘가 야윈 듯한 모습이었지만, 지금은 건강해져 피부의 광택도 되돌아와 있었다.

"오오, 잘 와 주었네, 토야."

토리하란 황제가 의자에서 일어나 악수를 청했다.

"건강해 보이셔서 다행입니다."

"그대 덕에 하루하루가 참 즐거워. 마치 다시 젊어진 기분이야."

황제의 말을 듣고 나는 살짝 쓴웃음을 지었다. 지금까지 명목상의 황제일 뿐, 해로운 원로원에 억압을 받고 살았다. 조금은 흥이 나는 것도 어쩔 수 없겠지.

그건 황태자도 마찬가지로, 원로원 의장의 딸과 억지로 약혼해야 했을 때의 그늘은 이제 찾아볼 수 없었다.

이야기를 들었을 뿐이지만, 부모가 부모라 딸도 딸인 모양인지 원로원 의장의 딸이라는 권력을 믿고 법에 저촉되는 일도 마구 해댄 듯, 그 아줌마 약혼자는 원로원이 해체된 후에 체포됐다고 한다.

성격이 비틀릴 대로 비틀린 원치 않던 약혼자에게서 해방됐으니 절로 건강해질 수밖에.

이전에도 전화로 이야기했지만, 양쪽 세계의 통합 세계회의 이야기를 황제 폐하와 황태자 전하에게 한 뒤, 그 이외에도 초대할 만한 나라가 없는지 물어보았다.

"미안하네만, 우리 나라는 외교도 지금까지 원로원이 장악했던 터라, 그다지 우호국이라 할 만한 나라가 없네. 남쪽의 라제 무왕국과는 불가침조약을 맺었지만 그 이상의 교류는 없고, 동쪽의 젬 왕국은 속국이 되라며 협박하는 중이지. 토야가 인연을 맺어 준 프리물라 왕국만이 지금 우리 나라와 우호적으로 교류해 줄 가능성이 있는 나라인 상태네."

으~음. 프리물라도 침략당할 뻔했으니. 그건 원로원이 독단적으로 한 일이라고 한다 해도, 쉽사리 사이좋게 지내기는 어렵겠지?

"그러니 이번 양쪽 세계의 통합 세계회의에 참가해 다시 태어난 토리하란을 보여 줘야만 하지. 다만, 그것과는 별개로 이번에 토야에게 부탁할 일이 있는데……."

"그러고 보니, 리스티스 황녀도 그런 이야기를 했는데…… 무슨 일인가요? 제가 할 수 있는 일이라면 힘이 되어 드리겠습니다."

황제 폐하는 안경을 쓴 옆쪽의 황태자를 힐끔 보고는, 어흠, 하고 헛기침을 했다. 황태자도 어딘가 마음이 불편한 모습인데, 뭐지?

"아~……. 토야는 요즘 스트레인 왕국의 마르가리타 여왕과도 만났다고 들었네만?"

"네. 여러분께 메시지를 보낸 대로, 여왕 폐하도 양쪽 세계의 통합 세계회의에 출석하신다고 합니다. 이웃 국가인 라제 무왕국과 성왕국 아렌트도 초대해 보시겠다고도 했고요. ……그런데 왜 그러시죠?"

"마르가리타 여왕에게는 왕녀와 왕자가 한 명씩 있거든. 제1왕녀인 베를리에타 공주는 올해로 스무 살. 참 아름답고 총명한 공주라고 하더군. 그래서 말인데. 저어~……."

내가 말을 흐리는 황제 폐하를 의심스러운 눈길로 바라보는데, 내 옆에 있던 린제가 말했다.

"……혹시 황태자 전하의 태자비로, 삼고 싶다는, 그런, 말씀인가요?"

바로 그거라는 듯이 황제 폐하가 무릎을 치며 손가락으로 린제를 가리켰다.

"그래! 그거네! 토리하란과 스트레인의 새로운 우호 관계를 위해서이기도 하니 나쁜 이야기는 아니지 않은가! 그래서 토야가 부디 이 이야기를 상대에게 잘 전달해 줄 수 없을까 해서 하는 말인데……."

"직접 연락하시면 되잖아요. 여왕 폐하의 전화번호를 가르쳐 드릴까요?"

"아니, 우리 나라는 불과 얼마 전까지만 해도 원로원에게 휘둘리던 나라가 아닌가……. 솔직히 그런 한심한 황제가 다스리는 나라에 소중한 딸을 줄 수 없다며 거절당할 듯해서……."

그래, 실제로도 그럴지도 모르지……. 눈앞에서 어깨를 떨구며 풀 죽어 있는 황제 폐하 앞에서 그런 말은 못 하겠지만.

"황태자 전하는 이 일을 어떻게 생각하시죠?"

"……저는 기본적으로 아버지의 생각에 찬성입니다. 다만, 상대가 어떤 분인지도 모르고 하는 결혼은 꺼려지는 것도 사실이라……. 상대도 난처하지 않을까 합니다. 싫어하는 상대와 억지로 결혼해 봐야 불행해질 뿐이니까요……."

안경을 고쳐 쓰면서 황태자 전하 역시 분명치 않게 대답한다. 아직 만나지도 않았는데 싫어할 거라니, 너무 부정적 아닌가?

"오라버니는 일을 자꾸만 나쁜 쪽으로만 생각해서 문제군. 결혼해 보니 서로 마음이 잘 맞는 일도 있을 수 있는데."

여동생의 남자다운 말을 듣고 황태자 전하가 쓰디쓴 표정을 지었다. 얼마 전까지 남자로서 인생을 살았던 데다 오빠보다도 군과 함께 더 많이 행동했던 리스티스 황녀이니 더욱 대담하고 활발해도 이상하진 않지만.

형태는 정략결혼에 가깝다고 할 수 있었지만, 서로서로 좋아하게 된다면 형태는 별 상관이 없으리라 생각한다. 나도 그런 면이 있으니까.

"스트레인의 공주님에게 약혼자가 있지는 않나요?"

힐다가 황제 폐하에게 한 질문을 듣고 나는 허를 찔린 표정을 지었다. 아, 상대에게 약혼자가 있다면 역시 중간에 끼어들면 안 된다.

맞아, 생각해 보니 힐다도 나한테 약혼자가 있다는 말을 듣고 충격을 받았었지?

"그 점은 걱정하지 말게. 조사해 본 결과 베를리에타 공주에게는 약혼자도 그 후보자도 없더군. 좋아하는 남성이 있는지 없는지까지는 모르겠다만."

없다고? 그렇다면 뭐…… 잠깐만.

스무 살인 한 나라의 공주님에게 약혼자 후보가 한 명도 없다니 마음에 좀 걸리네. 물론 공주 본인이 딱 잘라 거절하고 있을 가능성도 있지만.

"어쨌든, 일단은 스트레인 왕국의 마리가르타 여왕에게 이야기를 들어 봐야겠네요."

"성가실지도 모르지만 잘 부탁하네. 우리 나라의 미래가 걸려 있는 일이야."

고개를 숙이는 황제 폐하를 보면서, 나는 이런 일은 내 분수에 맞지 않는데…… 하고 혼자서 투덜거렸다.

그렇지만 나라끼리 사이가 좋아진다면 나쁘지 않은 방법이려나? 그런데 잘 진행되면 좋지만, 실패하면 서로 어색해질 텐데.

아예 이번에 양쪽 세계의 통합 세계회의를 개최할 때, 동시에 왕족과 유력 귀족의 적령기 남녀를 모아 맞선 파티라도 열까?

꼭 맞선이 아니라도, 서로 안면을 익히기 위한 파티라든가.

그냥 그런 장소를 마련만 해 주면, 나머진 자기들끼리 알아서 잘 사귈 테니까. 응, 이번에는 아무래도 그런 자리를 마련하기 힘들겠지만, 조금 생각은 해 보자. 다행히 우리에겐 그런 일이 특기인 연애의 프로도 있으니까. 프로가 아니라 신이지만!

일단 스트레인 왕국의 여왕 폐하와 약속을 잡기 위해 나는 품에서 스마트폰을 꺼냈다.

스트레인 여왕 폐하와 약속을 잡는 데 성공해서 잠시 루페우스 황태자와 이야기를 해 보기로 했다.

홍보하러 가야 하는데 어떤 상품인지 몰라서는 팔 수 있는 물건도 못 팔게 되니까.

먼저 사진을 찍은 다음, 나중에 궁정 서기관에게 다듬어 달라고 하기로 하고 일단은 신상에 관해서 적어 달라고 부탁했다.

"이 정도면 될까요?"

"흐음흐음. 네, 문제는 없을 듯하네요. 한 가지를 제외하고."

"아픈 곳을 찌르지 말아 주세요……."

루페우스 황태자가 우중충한 분위기에 휩싸였다.

내가 말한 한 가지란, 약혼 파기 이력이었다. 상대에게 문제가 있었던 거였고, 그런 취지도 잘 적어 두었으니 전혀 부끄러워할 필요는 없었지만, 사람을 보는 눈이 없다고 생각할 가능성도 있다.

하지만 이 경우에는 원로원이 억지로 떠밀었을 뿐, 루페우스 황태자는 전혀 잘못이 없지만.

갑자기 옆에서 내가 가지고 있던 신상명세서를 들여다본 리스티스 황녀가 말했다.

"응? 오라버니. 취미 및 특기 항목이 비어 있다만."

"아니, 그건."

"어차피 부부가 되면 들키잖나. 잘 써두는 게 좋아."

떨떠름한 표정을 짓던 루페우스 황태자가 취미 및 특기 란에 '마공 기계 전반·고렘의 정비 조정'이라고 적어 넣었다.

"와아. 마공 기계를 좋아하세요?"

"좋아하는 정도가 아냐. 오라버니는 공왕 폐하에게 받은 '스마트폰'을 며칠간 계속 만지기도 하고, 틈만 나면 고렘 마차의 조정을 하고 있지. 소재만 있으면 고렘도 만들 수 있지 않을까?"

"아무리 그래도 G큐브나 Q크리스탈을 만들 순 없어. 그런 일이 가능한 사람은 에르카 기사 같은 일부 천재뿐이야."

여동생의 말을 듣고 쓴웃음을 지으며 대답하는 황태자. 그 에르카 기사를 천재라고 하다니, 좀 미묘한 기분이 든다. 성격이야 어쨌든 천재라는 사실은 정말이겠지만. 우리 쪽 바빌론 박사와 자주 어려운 이야기를 하기도 하니까.

여동생의 말을 들어보면 황태자는 상당한 기술자라는 듯하다.

"별로 숨겨야 할 취미는 아닌 것, 같은데요."

"그러네요. 저도 그렇게 생각해요."

린제와 힐다가 서로 얼굴을 마주 보며 고개를 갸웃했다. 그러자 루페우스 황태자는 또 어두운 분위기에 휩싸이며 시선을 돌렸다.

"예전에 '황제가 될 자가 하층민의 흉내를 내다니 한심하군. 기계를 만진 때와 오일 냄새가 옳으니 그렇게 한심한 짓은 당장 그만둬라.' 라고 비난을 받은 적이 있어서……."

아~……. 그 아줌마 약혼자인가. 그럼 트라우마가 될 수도 있지. 이 사람의 부정적인 성격은 그 탓인가.

그렇게까지 몰아붙일 일은 아닌데. 다만 아이젠가르드의 마공왕 같은 사례도 있으니, 뭐라고 평가하기는 힘들다.

옛날 일이 생각났는지 황태자 전하가 추욱 풀이 죽고 말았다. 분위기 탓인지 안경도 살짝 흘러내린 듯이 보여.

아.

"그렇지. 황태자 전하에게 보여 주고 싶은 물건이 있는데요. 마공 기계를 좋아한다면 기뻐하실 것 같아서요."

"네?"

나는 모두를 데리고 토리하란성의 안뜰로 간 다음, 【스토리지】에서 마동승용차^{에 테 르 비 클} 한 대를 꺼냈다.

이전에 앞쪽 세계의 임금님들에게 판매한 피아트 3.5HP 비슷한 차를 더욱 개량한 물건이었다.

"마동승용차^{에 테 르 비 클}라고 해요. 고렘 없이 움직이는 마차죠."

앞쪽 세계에서는 주로 마차로 이동하지만, 이쪽 세계에서는 마차 이외에 고렘 마차를 이용하기도 한다.

그건 말 대신 다족형 고렘이나 무한궤도 고렘이 왜건차를 끄는 방식으로, 많은 인원을 태울 수 있다. 물론 작은 2인용도 있다.

이쪽 세계의 과학은 기본적으로 고렘을 토대로 발전한 탓에 고렘이 없으면 할 수 없는 일이 꽤 많다. 탈것도 마찬가지다. 배마저도 고렘의 일부가 사용될 정도니까.

그런데 마동승용차^{에 테 르 비 클}는 다르다. 연로는 에테르리퀴드를 사용하지만, 그 이외에는 이쪽 세계의 기본적인 마공 기술로 만들 수 있는 게 많고, 고렘은 필요하지 않다.

내가 마동승용차^{에 테 르 비 클}를 타고 가볍게 한 바퀴 돌았다가 다시 돌아오자, 가장 처음에 달려든 사람은 역시 루페우스 황태자였다.

"굉장해! 동력은 마동기…… 아니, 평범한 마동기는 아니지만. 이렇게 작은데 그런 속도가 나오다니……! 차체를 조금 더 크게 만들면 바레켄의 마동기를 탑재할 수 있을지도 몰라……. 그렇지만, 그렇게 하면 무거워 오히려 성능이 떨어질까? 동력을 낭비 없이 전달하기 위해서는 중앙부의 샤프트를…….”

마동승용차를 위에서 아래까지 들여다보며 황태자가 중얼중얼 혼잣말을 했다. 그 모습을 보고 나는 마공 기계에 사족을 못 썼던 드워프와 통하는 데가 있다며 감탄을 했다.

“원하시면 드릴게요.”

“정말인가요?!”

“우리 세계에서도 각국이 이걸 토대로 새로운 마동승용차를 만들려고 시도 중이에요. 이미 황태자의 머릿속에도 새로운 구상이 떠오른 모양인데요?”

“네. 개량해 보고 싶은 마음이 굴뚝같아요. 정말 재미있는 물건이네요. 이렇게 가슴이 뛴 건 정말 오랜만이에요.”

그 마음은 나도 대충 알 듯했다. 나도 어릴 때, 장난감 4륜 구동을 처음으로 선물 받고, 부품을 이리저리 바꿔 보거나 구멍을 뚫어 경량화를 하며 개조했었다.

일단 설계도와 사용법, 정비할 때의 주의점이 적힌 매뉴얼을 황태자에게 건네주었다. 이걸 만든 사람은 박사와 로제타다. 다 분해했다가 다시 되돌리지 못하면 곤란할 테니까.

물론 에테르리퀴드도 몇 개인가 서비스로 제공해 주었다.

한바탕 인사를 마친 황태자 전하는 흥분한 채 마동승용차를 타고 마굿간 쪽에 있는 고렘 공방으로 달려갔다.

"저 모습을 보니 며칠간은 틀어박혀 나오지 않겠군. 음……
역시 신상명세서를 고쳐 쓰게 하지 말았어야 했나?"

여동생인 리스티스 황녀가 팔짱을 끼고 한숨을 내쉬었다.

글쎄. 나는 어두운 분위기에 휩싸여 풀 죽어 있는 모습보다는
훨씬 낫다고 보지만, 상대가 어떻게 생각하느냐가 문제니까.
이것만큼은 취미로 인정해 주는 사람이길 바랄 수밖에 없나?

부부가 취미 문제로 다투는 일도 자주 듣는 문제점 중 하나
니까……. 숨기는 것보다는 낫다고 생각하지만.

"아무튼 스트레인 왕국에 결혼 이야기를 해 보겠습니다. 가
능한 한 기대에 부응할 수 있게 노력할게요. 만약 거절한다면
이유만이라도 물어보겠습니다."

"잘 부탁한다……. 아니, 잘 부탁합니다."

리스티스 황녀의 배웅을 받으며 우리는 깔끔하게 다듬은 신
상명세서와 사진을 들고 스트레인 왕국으로 【게이트】를 열어
건너갔다.

스트레인 왕국의 왕도 시트니아는 도시의 경관이 벨파스트

의 왕도와 아주 비슷한 도시였다.

이곳은 이웃해 있는 성왕국 아렌트의 성도 아렌에도 뒤지지 않을 만큼 번화하고 활기가 넘쳤다. 거리에 가득한 많은 사람과 그들을 따르는 고렘이 활기와 떠들썩한 소리를 만들어 냈다.

"상당히 좋은 도시네요."

도시 경관을 두리번거리며 즐겁게 바라보면서 힐다가 그렇게 말했다. 그 옆에서 같이 걷던 린제도 마을에 넘치는 고렘들을 신기한 듯이 바라보았다.

나는 두 사람을 데리고 정면에 보이는 새하얀 성으로 나아갔다. 진홍색 지붕이 하늘의 파란색과 대비되어 돋보이는 아름다운 성이다.

성문 앞 다리에 있던 문지기에게 이름을 밝히자 공손히 안으로 안내해 주었다. 여왕 폐하에게 이야기를 들었던 모양이었다.

안내된 성안의 커다란 객실에서 잠시 기다리자, 몇 명의 시녀와 기사를 거느리고 스트레인 왕국의 마르가리타 여왕이 나타났다.

"어서 오십시오, 공왕 폐하. 또 만났군요."

"실례합니다. 갑자기 방문하게 되어 죄송합니다."

불과 얼마 전에 레스토랑에서 회담을 했는데, 또 이렇게 만나게 될 줄은 몰랐다. 다음에는 양쪽 세계가 모이는 통합 세계 회담에서나 만날 수 있을 거라 생각했는데.

"이쪽 아가씨들은 누구신가요?"

"제 약혼자들로 린제와 힐다라고 합니다. 린제는 고대 마법도 사용 가능한 마법사고, 힐다는 기사 왕국의 공주님이기도 합니다."

"어머나. 얼마 전의 그 세 사람 이외에도 또 있었군요."

여왕 폐하가 놀란 듯한, 어이없는 듯한 표정을 지었다. 얼마 전에 같이 식사할 때는 유미나, 사쿠라, 스우가 있었다. 그에 더해 두 명이 더 있어 놀란 듯한데…… 총 아홉 명입니다. 면목 없게도.

그러고 보니 뒤쪽 세계의 결혼관은 어떤지 아직 모르네. 왕족도 부인을 한 명씩만 두는 건가?

의문이 생겨 물어보니 그렇지는 않은 듯했다. 앞쪽 세계와 마찬가지로 귀족이나 왕족은 아내를 여럿 두거나 측실을 들이기도 한다고 한다.

스트레인 왕국은 이전 국왕이 아내를 두 명 맞이했는데, 각각 낳은 아이가 모두 여자아이로, 그 장녀가 현재의 스트레인 여왕이라는 듯했다.

그 여왕 폐하는 공작 가문의 아들과 결혼해 남매를 낳았는데, 남편은 몇 년 전에 죽었다는 모양이었다. 그리고 태어난 남매 중 누나가 바로 베를리에타 왕녀였다.

마침 그 화제가 나와, 나는 토리하란 신제국에 부탁받은 그 말을 꺼냈다.

"토리하란 황제가 그런 이야기를⋯⋯. 감사한 말씀이지만⋯⋯."

여왕 폐하가 조금 눈썹을 일그러뜨린 표정을 지으며 미안하다는 듯이 말했다.

주변 사람들의 표정도 미묘했다. 어라라~. 별로 반응이 안 좋네. 기껏 루페우스 황태자에게 신상명세서까지 써 달라고 했는데.

"저~어, 베를리에타 왕녀는 마음에 둔 사람이라도 있나요? 아니면 토리하란에 시집 보내기는 불안하신가요?"

"아니요, 그런 건 아닙니다. 반대로 토리하란의 루페우스 황태자 전하에게 죄송해서요."

조금 쓴웃음을 지으며 여왕 폐하가 대답했다.

"벨⋯⋯ 베를리에타는 뭐라고 하면 좋을까요, 조금 별난 데가 있어서⋯⋯. 어릴 때부터 고렘에 관심을 가지더니, 마공학 방면의 기술을 배웠답니다."

어라라? 그렇다면⋯⋯ 오히려 더할 나위 없는 상대잖아!

"나를 닮아 그럴까요? 그 아이는 일단 한번 푹 빠지면 이렇게⋯⋯ 앞만을 바라볼 뿐, 주변을 돌아보지 않아요. 몇 번인가 약혼 이야기도 나왔지만 '아이를 만들 여력이 있으면, 마동기를 만들겠어.'라고 하며 쌀쌀맞게 거절해서⋯⋯."

으음. 일단 결혼보다도, 이쪽에 흥미를 가지게 이야기를 유도해야 하는 건가.

다만, 그런 쪽이라면 낚을 수 있을 미끼가 아주 많으니까. 황태자와 같은 수를 써도 되지 않을까?

"일단 베를리에타 왕녀를 만나 볼 수 없을까요? 얘기를 나눠 보고 싶기도 하고, 선물도 있거든요."

"알겠습니다. 그 아이라면 항상 성안의 개인 공방에 있으니 불러오겠습니다."

시녀 중 한 명이 베를리에타 왕녀를 부르러 간 사이에 우리는 차원을 표류해 전이해 온 사람들에 관해 이야기했다.

스트레인에서 보호하고 있는 사람은 여덟 명. 그중 세 명은 귀국을 원하지 않는다고 한다. 나머지 다섯 명은 태어난 고향으로 돌아가고 싶다는 듯해 나중에 같이 데리고 돌아가기로 했다.

마르가리타 여왕 폐하는 마법에 관심이 있는 듯, 린제에게 많은 질문을 했다.

"그럼 그 적성이 있다면, 이쪽 세계의 사람도 마법을 사용할 수 있는 거군요?"

"네. 저희 세계에 비해 마소가 희박해 웬만한 재능이 없는 한 강력한 마법을 사용할 수는 없겠지만…… 사용할 수는, 있어요. 충분히 활용할 만한 수준, 이라고 생각, 합니다."

"그럼 그 적성은 어떻게……."

여왕 폐하의 말을 중간에 자르듯이 객실의 문이 열리더니 여성 한 명이 뛰어들어 왔다.

그 여성은 마르가리타 여왕과 마찬가지로 밝은 갈색 머리카락을 위로 올려 하나로 묶었지만, 달려온 탓인지 군데군데 흐트러진 곳이 있었다.

스무 살이라고 들었는데 검은색의 수수한 안경을 쓴 데다 동안이라 나와 비슷한 나이처럼 보였다. 이 사람이 베를리에타 왕녀인가.

옷도 바빌론의 로제타가 입고 있는 듯한 점프슈트 차림으로 색기는 전혀 찾아볼 수 없었다. 오일이 스며든 가죽 장갑이 더욱 기술자다운 면모를 돋보이게 했다. 대부분의 사람은 이 사람을 봐도 설마 한 나라의 공주라고는 생각하기 힘들지 않을까.

"벨…… 베를리에타. 그 차림이 뭔가요. 옷을 갈아입고 오라고 전달했을 텐데요?"

"어머니, 잔소리는 나중에 한꺼번에 듣겠습니다! 그보다 이쪽 분이 그 '스마트폰'을 주신 마법사인 공왕 폐하이신가요?!"

떨떠름한 표정을 지으며 타이르는 어머니의 말을 받아넘긴 베를리에타 왕녀가 반짝거리는 눈으로 나를 바라보았다.

"처음 뵙겠습니다. 베를리에타 왕녀님. 브륀힐드 공국 공왕, 모치즈키 토야라고 합."

"저한테도 '스마트폰'을 주세요! 그건 굉장해요! 획기적이에요! 양산을 한다고 들었는데, 그럼 고대 기체처럼 고대 왕국 시대의 출토품이 아니라는 거죠?! 대체 어떤 기술을 사용

레거시

하면 그토록 작게 만들 수 있나요?! 역시 고대 마법 기술을 사용해서."

"잠깐잠깐잠깐! 너무, 너무 가까워!"

성큼성큼 나에게 다가오는 베를리에타 왕녀를 손으로 막으며 힐다가 그 전진을 가로막았다.

그렇게 나와 베를리에타 왕녀 사이에 들어온 힐다가 자신을 노려보자, 그제야 베를리에타 왕녀는 전진을 멈췄다.

"죄송하지만 그걸 만든 사람은 제가 아니에요. 우리 나라의 기술자죠. 그러니 전 왕녀님의 질문에 대답해 줄 수 없어요. 아쉽지만."

"······그런가요? 모처럼 유익한 이야기를 들을 수 있을 거라고 생각했는데."

열이 식은 듯 갑자기 기세가 꺾인 베를리에타 왕녀는 근처에 있던 소파에 털썩 앉으며 한숨을 내쉬었다. 이봐요, 기세가 꺾여도 너무 꺾였잖아요.

"죄송합니다, 공왕 폐하. 딸이 실례되는 소릴······."

"아니요. 신경 쓰지 마세요. 조금 놀라긴 했지만요. 베를리에타 왕녀는 마공 기술에 흥미가 있는 모양이네요. 그럼 기뻐하실 만한 선물이 있는데요."

"선물?! 호, 혹시 '스마트폰'인가요?!"

"······아니에요."

다시 낙담하는 베를리에타 왕녀와 여왕 폐하를 데리고 밖으

로 나간 나는 잠시 안뜰을 빌리기로 했다. 【스토리지】에서 꺼
내야 하는데 방안에서는 역시 좀 힘드니까.

"굉장해! 정말로 이걸 받아도 되는 건가요?!"

"네, 그럼요."

이미 마동승용차를 이리저리 뜯어보던 베를리에타 왕녀가
내 말을 듣고 기뻐하며 활짝 웃었다.

"정말로 괜찮은가요?"

"괜찮습니다. 토리하란 황태자 전하에게도 드렸거든요. 사
실은 황태자 전하도 마공 기계를 다루길 좋아하신대요. 베를
리에타 왕녀와 이야기가 꽤 잘 통할 듯한데요."

"어머, 그게 정말인가요?!"

나와 여왕 폐하의 이야기에 자신의 이름이 등장하자 베를리
에타 왕녀는 어리둥절한 표정을 지었다.

"무슨 이야기인가요?"

본인만 아무것도 모르고 있어선 안 되니, 사정을 설명해 주
었다. 토리하란 황태자와의 혼담이 오가고 있다는 점과 상대
도 마공 기술에 흥미가 있다는 사실을 왕녀에게 전하고, 신상
명세서와 사진도 건네주었다.

"흐~음……. 일단 외모는 나쁘지 않지만……."

황태자의 사진을 보면서 베를리에타 왕녀가 작게 중얼거렸다. 아무래도 바로 혼담이 깨지지는 않을 듯했다. 역시 같은 취미를 가지고 있는 사람이라 조금 흥미가 가는지도 모른다.

"일단 만나서 이야기를 나눠 보시는 게 어떨까요? 황태자 전하도 마동승용차(에테르 비클)를 개량하는 일에 푹 빠져 계시니 서로 재미있는 이야기를 나눌 수 있으리라 생각하는데요."

"그러네요……. 만나는 정도라면야 뭐……."

살짝 얼굴을 붉히면서 작은 목소리로 베를리에타 왕녀가 그렇게 대답하자, 여왕 폐하를 비롯한 주변의 기사와 시녀들이 모두 술렁이기 시작했다.

"아니, 베를리에타 님이……!"

"공방에 틀어박혀 계시던 베를리에타 님이……!"

"치장이나 신사분에게는 전혀 흥미를 보이지 않으시던 베를리에타 님이……!"

"시끄럽네! 참!"

새빨간 얼굴로 버럭 소리를 친 공방의 방콕족 베를리에타 왕녀는 마동승용차(에테르 비클)를 타고 바람처럼 떠나갔다. 운전 잘하네?

"저 아이가 저런 표정을……. 조금 기대할 만하겠어요. 공왕 폐하, 토리하란과의 혼담, 잘 부탁드립니다. 어쩌면 저 아이에게는 마지막 기회일지도 모르니까요."

"그렇지는 않으리라 생각하지만…… 일단 두 사람이 만날 수 있는 장소를 마련하겠습니다. 나중에 저희가 연락을 할게요."

상당히 느낌이 좋다. 어떻게든 이야기가 잘 진행될 듯해 다행이야.

서로 취미도 같으니, 이야기도 잘 통하지 않을까?

————하지만 이때 나는 취미가 같으니까 벌어질 만한 일도 있다는 사실을 완전히 잊고 있었다.

우리의 뒤쪽 세계 거점은 일단 드래크리프섬이다.

은룡인 시로가네가 이끄는 많은 드래곤이 살며, 인간의 상륙을 가로막고 있다.

배가 다가오면 사람의 말을 이해하는 엘더가 경고하고, 그 말을 따르지 않으면 쫓아낸다.

가능하면 죽이지 말라고 했지만, 그게 절대적이지는 않다. 용이 위험하다면 섬과 자신의 방어를 위해 공격을 해도 좋다고 허가했다.

각설하고, 이 드래크리프섬 말인데, 뒤쪽 세계에서는 마침 토리하란, 스트레인, 젬, 아렌트라는 나라에 둘러싸인 내해의 거의 중앙에 위치한다.

토리하란의 황태자와 스트레인의 왕녀가 맞선을 보기에 나쁘지 않다는 판단이 들어 나는 드래크리프섬을 만날 장소로 결정했다.

당일, 토리하란에서는 황제와 황태자, 스트레인에서는 여왕과 왕녀가 각각 호위 기사 몇 명과 함께 이 드래곤이 날아다니는 드래크리프섬의 저택에서 대면했다.

루페우스 황태자는 평소보다 더 정중한 정장을 입은 정도의 인상이었지만, 베를리에타 왕녀는 처음 만났을 때 봤던 검은 테 안경과 점프슈트 작업복 차림에서 확 바뀐 모습이었다.

살짝 광택이 나는 드레스를 입고, 위로 올렸던 밝은 갈색 머리카락을 내리고 위에는 티아라를 쓴 모습인데, 옅은 화장과 세련된 안경은 동안인 얼굴을 예쁘게 꾸며 주었다. 여자는 이렇게 변신하기도 하는구나…….

아무튼, 가벼운 인사와 각자의 소개를 하고 저택의 한 방에서 맞선을 시작했다.

나는 두 사람…… 아니, 양국의 중매인이긴 하지만 외부인이라 온화하게 진행되는 대화에는 가능한 한 끼어들지 않으려고 했다. 그게 아니라도 이쪽 나라들의 사정은 잘 모르기도 하니까.

하지만 이야기하는 사람은 토리하란 황제 폐하와 마르가리타 여왕 폐하뿐이라, 정작 본인들은 아직 긴장이 풀리지 않았다는 사실을 나도 알 수 있었다.

 "이 저택의 정원에는 아름다운 꽃이 피어 있고, 섬의 전경도 볼 수 있습니다. 단둘이서 조금 돌아보시면 어떨까요?"

 "네? 앗, 네에. 베를리에타 왕녀만 좋다면……."

 "앗, 어, 저는 상관없어요. 그, 그럼 가시죠."

 두 사람은 서로 수줍어하면서, 각자 한 명씩 호위 기사를 거느리고 정원으로 나갔다.

 혹시 무슨 일이라도 벌어지면 안 되니, 코교쿠에게 상공에서 살펴보라고 해 둘까.

 "의외로 첫인상은 나쁘지 않은 느낌이군요."

 "네. 정말 나쁘지 않은 분위기예요."

 황제 폐하도 여왕 폐하도, 지금은 각 나라의 정상이라기보다는 부모로서 안도하는 표정을 지었다.

 하지만 나라의 정상이라는 점에서 보면, 지금은 정상끼리 대화를 나눌 몇 안 되는 기회였다. 그런 탓인지 부모님 두 사람은 두 사람이 없는 틈을 타 다양한 제안과 의논을 시작하더니, 어느새 임금님 모드로 돌입해 있었다.

 그사이에 개입하기는 뭐해서, 양 폐하를 집사 모습의 시로가네와 루비, 사파, 에메랄 고렘 세 자매에게 맡기고 나도 정원으로 나갔다.

 물론 맞선 중인 그 두 사람을 방해할 생각은 없었다. 잠깐 모습을 들여다볼 생각을 했을 뿐. 아주 조금만.

나뭇가지에 앉아 있는 코교쿠의 시야와 내 시야를 싱크로하자 미묘한 거리를 유지하면서 정원을 걷는 두 사람이 보였다.

역시 아직은 허물없이 이야기하기는 힘든가? 서로 뭔가 이야기를 하고 싶지만, 그 계기를 잡지 못한 느낌이었다. 공통된 화제가 있는데 왜 그걸 사용하지 않는 거지?

"양쪽 모두 이런 자리에는 익숙지 않은 듯하니……."

한쪽은 아줌마 약혼자에게 구속되어 자유가 없었던 남자. 한쪽은 세상에 흥미가 없어 공방에 틀어박혀 있었던 여자. 새삼스럽지만 이 두 사람은 정말로 왕족인가? 하는 의문마저 들었다.

"토야가 살짝 등을 떠밀어 주면 되잖아."

"으~음. 쓸데없는 참견이 아닐지……."

"그렇지만 저대로는 설사 결혼을 해도 서먹서먹한 부부 사이가 돼 버릴걸?"

"확실히 그렇게 돼도 이상하지 않아……라니, 으아아악?!"

어느새 옆에 서 있는 카렌 누나를 두 번 바라보며 나는 무심코 소리를 지르고 말았다. 진짜 매번, 매번……!

"제발 기척을 죽이고 다가오지 마요! 심장 터지는 줄 알았네! 그런 것보다 왜 여기에 온 거죠?!"

"누나 센서가 반응했거든. 하지만 이번엔 토야랑 크게 관계없는 사람들이라 감도가 그저 그랬어."

아깝다는 듯한 표정을 짓는 연애의 신. 그런 센서는 그냥 망가져 버리면 좋을 텐데.

"역시 도와주는 편이 좋아. 봐, 점점 말수도 줄어들어서 같이 있기 거북한 분위기로 변해 가고 있잖아?"

앗, 정말이네. 으~음. 어쩐지 놀아나는 듯한 느낌도 들지만, 잠깐 갔다 올까.

나는 【스토리지】에서 마동승용차(에테르 비클) 한 대를 꺼내 마동기에 시동을 걸었다. 그러자 카렌 누나가 빈틈없이 조수석을 차지하고 앉았다. ……별로 상관은 없지만.

엔진음, 아니, 마동기음을 울리면서 우리는 두 사람이 있는 곳으로 달려갔다.

"앗?!"

"공왕 폐하, 그건……!"

두 사람은 내가 나타났다는 사실이나 옆에 카렌 누나가 앉아 있다는 사실보다도, 가장 먼저 우리가 타고 있는 마동승용차(에테르 비클)를 뚫어져라 쳐다보았다.

두 사람에게 선물한 마동승용차(에테르 비클)는 피아트 3.5 HP를 모델로 한 녀석이었지만, 지금 우리가 타고 있는 마동승용차(에테르 비클)는 르노의 타입K라는 차를 모델로 만든 녀석이었다.

프랑스의 르노 자동차가 1902년에 열린 파리·비엔나 도시 간 레이스에서 우승을 차지한 자동차다. 실제 성능은 최고 속도가 125km/h에 달하지만, 이건 그렇게까지 속도가 나오지는 않는다. 어디까지나 모델로 삼았을 뿐, 내용물은 완전히 별개이니까.

하지만 방식에 따라서는 그보다도 훨씬 빠르게 달릴 수도 있다. 보디가 버티지 못할 가능성이 있어 속도를 못 내게 만들어두었지만.

두 사람(정확하게는 호위 기사까지 포함해 네 명) 앞에서 마동승용차(에테르 비클)를 정차한 후 우리가 차에서 내리자 곧장 두 사람이 다가왔다.

"이건 얼마 전의 마동승용차(에테르 비클)와는 또 다른 거군요!"

"죄송합니닷! 아, 안을 봐도 괜찮을까요?"

베를리에타 왕녀의 말을 듣고 나는 고개를 끄덕이고 타입K의 보닛을 열었다.

두 사람은 앞다투어 안을 들여다보며 두 눈을 반짝였다.

"에테르 라인이 세 개야. 게다가 이 마동기…… 처음 봐."

"갈디오 제국의 고렘 마차에 사용되던 게 아닐까? 그리텐 제품 말이야."

"아니. 그건 더 커. 이렇게 섬세하지는 않아."

"그렇다면……."

두 사람이 갑자기 이런저런 이야기를 하기 시작하자 호위 기사 두 사람이 멍하니 그 모습을 바라보았다.

마동기란 다시 말해 마력으로 움직이는 엔진인데, 평범한 사람의 마력으로는 절대 움직일 수 없다. G큐브를 탑재한 고렘의 마력을 통해야만 비로소 엔진이 된다.

마동승용차는 그 G큐브 대신에 에테르리퀴드를 사용해 증폭시킨 마력을 마동기에 전달해 움직인다.

당연히 마동기에 따라 내구성, 품질, 출력, 에테르리퀴드의 연비 등의 차이가 생긴다. 그게 재미있는 부분이라고 한다.

"이건 우리 세계에서 최근에 만든 마동기예요. 지금 앞쪽 세계에서도 잇달아 새로운 마동승용차가 만들어지는 중이죠."

이 타입K를 틈틈이 만든 사람은 로제타지만. 바빌론 박사나 에르카 기사에게 맡겨 두면 터무니없는 물건을 만들지도 몰라 그쪽은 사양해 두었다.

그 외에도 드워프나 펠젠 왕국의 마공사 등이 독자적인 마동승용차를 만드는 중이다. 박사의 말을 빌리면 꽤 유니크한 성능과 형태라 '재미있다'고 한다.

"조만간 각국의 마동승용차를 모아 레이스도 할 수 있을 듯해요. 지금은 그 테스트 단계인데, 가까운 시일 내에 시험적으로 만든 코스에서 몇 대인가 마동승용차를 운행해 볼까 생각 중입니다."

일단 어느 정도 규칙을 정해 두지 않으면 위험하지만. 안전하게 주행할 수 있는 기준이 필요하다.

단, 이번 레이스는 어떤 마동승용차가 어떤 코스를 달리면 어떤 결과가 나올지 몰라 테스트하는 면도 있어, 어느 정도 무리한 주행도 해 보려 한다.

마법으로 어느 정도 위험성은 줄일 수 있고, 또 그 덕에 재미있는 코스를 만들 수도 있기 때문이다.

밟으면 10초간 속도가 떨어지는 패널이나, 반대로 속도가 빨라지는 터널도 만들까 한다.

【텔레포트】가【인첸트】된 좌석도 준비했다. 너무 강한 충격을 받으면 안전한 장소로 드라이버를 순간이동시키기 위해서다. 프레임 기어에도 쓰이고 있고, 에어백보다 편리하다.

"두 분 모두 그 테스트 레이스에 참가해 보지 않으실래요? 분명히 재미있."

"할게요! 참가할게요!"

"물론입니다! 그렇게 재미있는 이벤트에는 참가해야죠!"

내 말을 단칼에 잘라 먹으며 두 사람이 참가를 표명했다. 너무 흥분했잖아.

바로 타입K의 구조를 알고 싶어 해서, 나는 로제타가 그린 도면을 꺼내 건네주었다. 박사나 나라면【애널라이즈】로 단번에 알 수 있는데 말이야.

다만, 박사는 몰라도 나는 구조를 인식해도 이해는 할 수 없다.

"그렇구나…… 이런 방법이 있었어…….."

"하지만 이래선 급격히 마력이 방출될 경우…….."

"그걸 위해 이 부품이…….."

"그렇다면 여길 깎아서…….."

도면을 보면서 이미 둘만의 세상으로 들어가 버린 남녀를 놔

두고 우리는 발길을 돌렸다.

"겨우 평범하게 이야기할 수 있게 됐다고 보면…… 될까요?"

"이제 막 시작했을 뿐이야. 서로를 의식하며 상대를 알고 싶어져야지. 저 두 사람이 알고 싶은 건 아직 마동승용차^{에테르 비클} 쪽일 뿐이니까."

그렇긴 하다. 조만간 그걸 통해 서로를 의식해야 할 텐데. 단, 이것만큼은 본인에게 달린 거고 타이밍도 중요하니까. 앗, 난 뭐 잘났다고 이런 소릴.

저택으로 돌아가 보니 황제 폐하와 여왕 폐하가 잡담하며 편히 쉬는 중이었다.

"오오, 토야. 두 사람은 어땠나?"

"사이좋게 이야기를 나누고 있어요. 분위기는 나쁘지 않습니다."

"어머. 참 잘됐군요."

두 폐하가 서로 얼굴을 마주 보며 기쁜 표정을 지었다. 역시 부모로서는 걱정이 많이 된 듯하다.

두 사람에게 카렌 누나를 소개한 다음, 우리도 시로가네가 끓여 준 홍차를 마시며 양쪽 세계의 통합 세계회의에 관해 조금 대화를 나눴다.

스트레인 왕국의 호소를 듣고 성왕국 아렌트는 참가하겠다고 약속해 주었지만 라제 무왕국은 아직 주저하는 모습이었다고 한다.

아무래도 라제 무왕국에는 아직 변이종으로 인한 피해가 없었고, 앞쪽 세계에서 전이해 온 사람이 나타나지 않았다는 등의 이유 탓에 이세계 운운하는 말을 좀처럼 믿지 않는다는 듯했다.

그렇지만 그 나라에 피해가 생기길 기다릴 수는 없으니, 이쪽이 어떻게든 이야기를 들어보도록 설득할 필요가 있을 듯했다.

"그 나라라면 걱정하지 않아도 될 테지. 토야가 조금 실력을 보여 주면 바로 믿을 테니까."

"그게 무슨 말씀인가요?"

"무왕국(武王國)이라는 나라 이름에서도 알 수 있듯, 그 나라 사람들은 개인의 힘을 존중하는 경향이 있습니다. 정정당당하게 정면으로 승부를 겨뤄 실력을 보여 주면 적어도 이야기는 들어주리라 생각합니다."

으~음. 뇌가 근육으로 된 나라인가. 무신인 타케루 삼촌을 보내면 그냥 문제가 해결될 듯한 느낌이 든다…….

"토야가 무슨 생각을 하는지 대충 알겠지만, 일이 성가셔지니 그만두는 게 좋아."

"앗, 역시나?"

카렌 누나가 이미 생각을 꿰뚫어 보고 있었다. 그래, 정말 엄청난 일이 벌어질 거야.

파나셰스 왕국 쪽은 그 호박 팬츠 왕자님이 열심히 편을 들어 줬다고 한다. 제멋대로 자신의 친구라고 소문을 퍼뜨린 듯한데, 난 친구가 됐던 기억이 없다. 그냥 얼굴만 아는 사이야, 얼굴만 아는 사이.

일단은 토리하란, 프리물라, 아렌트, 파나셰스 그리고 가능하면 라제까지 뒤쪽 세계의 다섯 개 나라를 양쪽 세계의 통합세계회의에 초대하는 방향으로 일을 진행하자.

대략적인 스케줄을 조정하려고 하는데 코교쿠에게서 텔레파시가 날아들었다.

〈주인님. 조금 문제가 발생했습니다.〉

〈무슨 일인데?〉

〈그 두 사람이 아무래도 말다툼을 시작한 듯합니다.〉

"뭐?!"

"무슨 일이신가요?"

내가 무심코 크게 목소리를 내자, 여왕 폐하가 고개를 갸웃했다.

"앗, 죄송합니다. 연락이 들어와서 잠깐 가 보겠습니다."

나는 품에서 스마트폰을 꺼낸 뒤, 쓴웃음을 지으며 "여보세요. 난데. 응, 그 일은……." 하고 연기를 하며 정원으로 나갔다. 그리고 두 폐하가 보이지 않는 위치에서 나는 【텔레포트】를 사용해 코교쿠가 있는 곳으로 단숨에 이동했다.

"그러니까! 일단 마동기를 강화하지 않으면 얘기가 성립되지 않는다니까!! 그다음 그걸 살릴 차체를 생각해야 해!"

"일단 차체 밸런스가 먼저잖아! 안전성을 무시하면 아무런 소용도 없어!"

"누가 그걸 무시했다고 그래?! 그냥 튼튼함만 내세워 무슨 의미가 있냐는 거지! 밸런스를 생각해 만들기보다 특화형으로 만드는 편이 더 좋아!"

"그렇게 만들면 타는 사람만 부담스러워! 타는 사람에게 반드시 무리가 가지! 사람은 기계가 아냐!"

서로 얼굴을 마주 보며 큰소리로 자신의 주장을 펼치는 두 사람. 그 뒤에서는 호위 기사들이 벌벌 떨며 어쩔 줄 몰라 하고 있었다.

아무래도 마동승용차를 어떻게 만들면 좋을지 방침이 서로 다른 듯했다.

"자자, 두 분 모두 일단 진정하고……."

어떻게든 서로 노려보는 두 사람을 진정시키려고 말을 걸었는데, 두 사람이 시선을 돌리더니 나를 강하게 노려보았다. 이게 뭐야, 무서워.

"공왕 폐하는 어떻게 생각하시죠?! 마동기의 성능과 품질을 꼼꼼하게 향상시키면 전체적인 가능성이 확장되지 않을까요?! 그렇게 하지 않으면 마동승용차는 발전하지 않을 거예요!"

"모든 사람이 다룰 수 없다면, 아무리 성능이 좋아도 소용없는 일이라 생각하시죠?! 더 다루기 쉬운 차체가 내구성도 높고, 어떤 상황이든 극복할 수 있는 범용성도 갖출 수 있어요!"

“죄송합니다. 전 잘 모르겠어요…….”

내가 만든 게 아니라…….

“알겠습니다! 그렇게까지 말한다면 테스트 레이스 때 증명해 보이겠어요! 루페우스 님의 마동승용차^{에 테 르 비 클}에는 지지 않을 거예요!”

“그 승부를 받아들이죠! 스피드만이 레이스의 승부수가 아니라는 사실을 증명해 보이겠습니다!”

아니, 저기요. 아직 코스도 정확히 정해지지 않았는데 그렇게 멋대로 결정해 버리면 좀. 두 사람만 달리는 것도 아니고.

잘해 보려고 한 일인데 오히려 일이 꼬이고 말았어!

“아주 좋아! 서로 정정당당하게 전력으로 대결해 봐!”

“저기요! 왜 부추기고 그래요! 누님!!!”

어느새 엄지를 들어 올린 양 주먹을 내밀며 바보 누나가 등 뒤에서 나타났다. 성가신 순간에 성가시게 등장하지 마요!!

“너무 그러지 마. 이렇게 충돌해야만 피어나는 사랑도 있는 법이거든. 일단 상대를 의식하게 만드는 일이 중요하니, 아예 힘껏 맞부딪쳐 보게 하는 것도 한 방법이야.”

“……정말요? 그냥 재미있어서 그러는 거 아니고요?”

나는 슬쩍 귓엣말하는 카렌 누나를 의심스러운 눈초리로 바라보았다. 물론 두 사람은 더는 없을 만큼 서로를 의식하고 있기는 하지만…….

정말 괜찮을까? 이거…….

서로 대담한 미소를 지으며 대치하는 두 사람을 보면서, 나는 뭔지 알 수 없는 불안감에 휩싸였다.

◇ ◇ ◇

"코스는 드래크리프섬 한 바퀴. 그냥 평탄한 코스가 아니라 여러 장애물을 설치해도 괜찮은 거지?"

"일단 마동승용차의 성능 테스트도 겸하고 있으니까. 험한 길을 달릴 때 어떻게 되는지도 살필 생각이야."

애초에 테스트가 메인일 텐데. 어느새 지금은 레이스가 메인이 되어 가는 중이다.

다양한 데이터를 얻기 위해 레이스 코스는 박사가 고안해 만들기로 했다. 조금, 아니, 굉장히 불안했지만, 내가 만들어 봐야 별로 도움이 되는 데이터는 얻지 못할 듯하니까.

'연구소'의 모니터에 코스가 표시되었다. 딱 보기에는 평범한 코스 같은데…….

"왜 이곳은 길이 나뉘어?"

"쇼트커트야. 잘 달리면 지름길이 되지. 단, 실패하면 큰일이지만."

"여기 길이 끊긴 곳은?"

"점프로 넘어가면 돼. 비거리가 모자라면 당연히 떨어지지만."

"여긴 바다인데……."

"구름다리 구역인가. 절대 코스 아웃은 할 수 없는 장소지."

……괜찮을까? 일단 너무 심하게 하지는 말라고 못을 박아 두었다.

뒤쪽 세계에 있는 드래크리프섬에 어떻게 만들지 걱정이 되었는데, 프레임 기어의 탄환을 양산하는 '작은 공방'을 일시적으로 뒤쪽 세계로 전송해 만든다는 모양이었다.

'공방'에는 성능이 뒤떨어지지만 복잡한 기계를 만들지만 않으면 충분한 성능이라고 한다.

"레지나, 부탁했던 물건 설계가 끝났어~."

연구실의 문이 열리더니 늑대형 고렘인 펜릴을 데리고 에르카 기사가 들어왔다.

이 사람도 코스 만들기에 참가한다니 더 불안해지는데…….

"아무튼 안전성을 우선해 줘. 부디 충돌해서 크게 다치지 않게. 알겠지?"

"괜찮아, 괜찮아. 설사 보디가 산산조각이 나도 탑승자에게는 상처 하나 나지 않게 할 테니까. 네 내연녀를 믿어."

누가 내연녀야?! 히죽거리는 박사를 방치하고 나는 '연구소'를 떠났다.

그리고 곧장 '격납고'에 있는 모니카에게 가 보니, 모니카는 정비소 하나에서 '공방'의 로제타, 미니 로봇들과 함께 마동승용차(에테르 비클)를 정비하는 중이었다.

"뭐야, 마스터인가. 미안, 그쪽의 렌치 좀 갖다 줘."

작업대에 있던 렌치를 건네주자 모니카는 바퀴의 볼트를 조이고, 숨을 후우하고 뱉어냈다. 그러자 로제타가 바퀴를 움직이며 움직임을 확인했다.

정비소 안쪽에는 외장이 없어서 마동기가 다 드러난 차체가 몇 대 정도 늘어서 있었다. 각각 특성이 다 다른 마동승용차(에테르 비클)다.

"이쪽은 순조로워?"

"그렇지 뭐. 프레임 기어에 비하면 별것 아냐. 잠깐씩 짬짬이 해도 충분히 시간에 맞출 수 있어. 박사 쪽은?"

"이상한 코스를 만들고 있더라고."

"어떤 코스를 만들든 반드시 완주할 수 있는 마동승용차(에테르 비클)를 만들어요. 두고 보세요."

스패너를 꽉 쥐면서 푸웃, 하고 거칠게 콧김을 내뱉는 로제타.

이번에는 이 두 사람도 레이스에 참가한다. 로제타와 모니카는 드라이버, 바빌론 박사와 에르카 기사는 코스 제작 담당이다. 묘한 대항 의식을 불태우고 있는데, 기술자로서의 프라이드 때문인가?

일단 규칙까지는 아니지만, 바빌론의 기술은 사용하지 않고 제작하기로 했다.

마동승용차는 앞쪽 세계든 뒤쪽 세계든 일반적인 기술자들이 만들지 못해선 의미가 없으니까. 연료인 에테르리퀴드만큼은 만들 수 없지만.

"지상에서는 드워프들도 만들고 있지? 절대 질 수 없어."

그 토목 작업용 로봇 '드베르그'를 만든 드워프들도 이번 레이스에 참가한다.

드워프의 독특한 기술로 어떤 마동승용차를 만들지 기대가 되지만, 달리는 곳이 그 민폐 콤비가 만드는 코스라……. 달리자마자 리타이어가 되지 않아야 할 텐데.

그리고 우리의 메이드장인 라피스 씨도 참가한다. 드라이빙 테크닉이 꽤 뛰어나기도 하고, 운전 기술의 차이에 의한 마동승용차 주행 데이터도 필요한 참이니까.

그 외에 '홍묘'의 니아가 억지로 참가하게 해 달라고 떼를 써서 일단 허가를 했다. '빨간색' 왕관 사용자도 마동승용차라면 터무니없는 짓을 쉽게 하지 못한다. 하더라도 부수령인 에스트 씨에게 혼나는 사람은 니아 본인이다.

그 두 사람의 마동승용차도 로제타와 모니카가 제작 중이다. 너무 특수한 차량을 만들지는 않는다니 아마 괜찮으리라.

토리하란과 스트레인 이외의 나라에서는 앞쪽 세계의 마법 왕국인 펠젠이 참가한다.

마공학의 발전에도 의욕적으로 참가하는 나라답게 이미 마동승용차에 힘을 쏟았던 터라, 테스트 레이스에 참가하겠다고 나섰다.

　일부러 판을 벌릴 목적은 아니지만, 다양한 차종이 참가해야 여러 가지 데이터를 얻을 수 있으리라 생각해 허가했다. 단, 드라이버가 펠젠 국왕 본인이라는 점은 좀 그렇지만.

　마법 왕국의 국왕이면서 영웅 무기 오타쿠인 데다 근육 마초인 그 임금님이 타는 마동승용차라니……. 덤프카는 아니겠지?

　그렇게 여러 불안이 머리를 스치는 가운데 테스트 레이스 당일이 점차 다가왔다.

　물론 마동승용차도 중요하지만, 맞선을 본 그 두 사람이 서로를 인정하는 사이가 되면 좋을 텐데.

　전화로 양쪽 부모님에게 근황을 물어보니, 양쪽 모두 잠을 자는 시간도 아끼며 마동승용차 개량에 힘을 쏟고 있는 듯했다. 정말 괜찮을까?

ꯪꯪ 제3장 사랑의 줄다리기 레이스 대소동

용의 울음소리가 들리는 하늘은 푸르고, 구름 한 점 없었다. 바람도 없고 바다는 온화해 레이스를 하기에 아주 좋은 날이었다.

드래크리프섬을 한 바퀴 도는 테스트 레이스를 위해 오늘은 용들에게 사람을 습격하지 말라고 명령해 두었다. 용이면서 레이스 자체에 흥미가 있는 녀석들도 꽤 있는 듯했다. 방해만 되지 않는다면 얼마든지 구경은 해도 좋지만.

평소처럼 발키리들을 불러내 촬영을 하게 하였고, 레이스 상황은 해안의 모래사장에 설치한 대형 모니터에 비치게 해 두었다.

기본적으로 드라이버 이외에는 그 모니터를 보고 레이스 상황을 관전한다.

자, 이제부터 출전자를 소개하겠다.

【번호1 강철 도끼호】드라이버: 그리프.

드워프 공방 대표인 소장님, 그리프가 드라이버. 드워프 기술로 만든 마동승용차, '강철 도끼호'로 참가.

【번호2 은별(銀星)호】 드라이버: 로제타&모니카.
　'공방'의 관리인인 로제타와 '격납고'의 관리인인 모니카가 제작. 동시에 드라이버도 맡았다. 둘이서 참가.

【번호3 백조호】 드라이버: 라피스.
　브륀힐드의 메이드장인 라피스가 드라이버. 마동승용차는 로제타와 모니카가 제작.

【번호4 홍묘호】 드라이버: 니아.
　'홍묘'의 수령인 니아가 탑승. 이쪽도 로제타와 모니카가 제작.

【번호5 스트레인호】 드라이버: 베를리에타.
　스트레인 왕국의 왕녀인 베를리에타가 직접 만든 '스트레인호'로 참가.

【번호6 토리하란호】드라이버: 루페우스.

　토리하란 신제국의 황태자인 루페우스가 직접 만든 '토리하
란호'로 참가.

【번호7 펠젠호】드라이버: 펠젠 국왕.

　펠젠 마법 왕국의 기술을 집약한 '펠젠호'로 참가. 대형
마동승용차(에테르 비클).

【번호8 브륀힐드호】드라이버: 모치즈키 토야.

　표준적인 마동승용차(에테르 비클), '브륀힐드호'로 참가. 모델이 된 차
는 르노의 타입K.

　이렇게 마동승용차(에테르 비클) 여덟 대가 경쟁한다.

　보통내기가 아닌 마동승용차들에 과연 어떤 능력이 감추어
져 있을까. 당장은 알 수 없다. 나도 참가자라 아무도 알려 주
지 않았다.

　일단 딱 봤을 때 펠젠호가 다른 차보다 조금 대형이라는 정
도인가. 저거야 드라이버의 거대한 몸에 맞추기 위해 크게 만

든 느낌이긴 하다.

그 외에는 강철 도끼호가 군용 차량처럼 정말 튼튼해 보였다. 저 차체, 미스릴로 만든 거 아닌가?

각 드라이버에게는 며칠 전부터 코스의 전체 지도가 배포되었다. 장애물이 자세하게 뭔지까지는 그려져 있지 않았지만, 대체로 어떤 코스인지는 그려져 있었다.

섬을 동서남북이라는 네 개의 구역으로 나누었는데, 남쪽 구역에서 출발해 빙글 반시계방향으로 돌아 서쪽 구역을 빠져나와 다시 남쪽 구역에 도착하면 골인이었다.

박사가 나눠준 코스 설명에는 아래와 같은 글이 적혀 있었다.

■남부■
구름다리 코스. 모래사장과 바다 위에 만든 구름다리 코스.

■동부■
밀림 코스. 더트 코스로 거친 야산을 빠져나가는 코스.

■북부■
빙설 코스. 얼음으로 만들어 쉽게 미끄러지는 미끌미끌 코스.

■ 서부 ■

장애물 코스. 다양한 장애물이 기다리는 위험한 코스.

이봐요, 너무 대략적이잖아! 역시 그 녀석에게 맡기지 말아야 했나……?

이번 레이스의 규칙은, 각 구역을 규정 시간 이내에 통과하지 못하면 그 자리에서 리타이어.

타이어만 지면에 붙어 있으면 망가진 차를 밀어서 구역을 통과해도 규정 시간 이내라면 통과.

그리고 각 구역에는 피트 포인트(차량 정비소)가 몇 군데 설치되어 있어, 그곳에서 수리와 부품 교환을 할 수 있게 정해졌다.

꽤 본격적인 레이스장이네. 어디까지나 주행 테스트가 메인으로, 레이스는 보너스 개념이었을 텐데 말이야.

레이스 시작 한 시간 전.

모니터 앞에는 초대받은 각국의 대표와 호위들이 모여 있었다. 다들 준비해 둔 테이블 앞에 편히 앉아 있는 듯했다.

앞쪽 세계의 국가는 거의 다 초대했다. 은근히 처음으로 뒤쪽 세계에 초대했는데, 이 섬은 관광할 데도 없어 앞쪽 세계와 별다를 게 없었다.

뒤쪽 세계에서는 토리하란, 스트레인, 프리물라, 갈디오, 이렇게 네 나라만이 초대되었다.

그중에서도 갈디오 제국에서는 황위 계승권을 포기한 루크레시온 황자…… 앗, 아니, 레베 변경백──이 대표로 참가했다.

"오랜만입니다. 전에는 정말 많은 신세를 졌습니다."

"오랜만이네요. 부모님은 건강하신가요?"

"네. 제위에서 물러나 느긋한 생활을 하고 계십니다."

잠시 못 본 사이에 소년은 열 살이라고는 생각하기 힘들 만큼 어른스러워졌다. 남자는 3일만 못 만나도 확 변한다더니 그런 건가?

변경백이라고는 해도 아직은 관리가 대리로 영지의 정무를 보는 중이다. 어엿한 영주가 되기 위해서 지금은 열심히 공부 중이겠지. 오늘은 기분 전환이 됐으면 하는 바람이다.

나이가 가까워 파르프 소년왕을 소개했다.

아무리 파르프 왕국의 국왕인 에르네스트라고는 해도, 역시 오늘은 장기판을 가지고 오지 않았다.

다른 세계의 소년이라 그런지 서로 금방 마음을 터놓고 여러

이야기를 나누었다.

소년왕의 약혼자인 레이첼이 '쓸데없는 짓을' 했다는 듯이 나를 노려봐서, 나는 얼른 물러나기로 했다. 쟤는 단둘이서 지내고 싶었나 보네.

토리하란 신제국의 황제, 스트레인 왕국의 여왕, 프리물라 왕국의 국왕은 각각 우리 세계의 국왕들과 환담을 나눴다.

양쪽 세계의 통합 세계회담이 열리기 전에 서로 안면을 익혀 두는 것도 나쁘지 않다.

다른 세계에 있는 국왕끼리 신중하게 탐색하는 대화를⋯⋯.

"납치를요? 하하하, 정말 그럴 수도 있는 인물이죠."

"그 아이젠가르드라는 나라는 그를 적으로 돌린 시점에 이미 끝이나 마찬가지입니다. 이쪽에서도 두 나라 정도가 지도 상에서 사라지고 말았지요."

"평범하게 어울릴 때는 문제가 없습니다. 조금 엉뚱한 점도 있습니다만. 이번처럼 말입니다."

으응? 뭔가 화제가 이상하지 않아?

이야기가 한창 무르익고 있는 듯해서 딴지는 걸지 않았지만.

임금님들을 슬쩍 보면서 출전자들의 정비소가 늘어서 있는 장소로 이동했다.

정비소 반대편에는 【게이트】가 설치된 문이 있는데, 조금 전에 설명했던 몇몇 피트 포인트로 연결되어 있었다. 레이스 중에 차가 고장 나면 그 문을 통해 돌아와 정비소에서 정비를 받으면 된다.

나는 '8'이라는 숫자가 적힌 정비소에 들어갔다.

들어간다고 표현했지만, 문도 없이 활짝 트인 정비소다. 이제 슬슬 레이스 준비를 해야 한다.

정비소 안에서는 미니 로봇 네 대가 타입K의 마지막 체크를 하는 중이었다. 이 미니 로봇들이 내 정비 스태프다.

정비 스태프 네 명과 내비게이터 역할을 하는 한 명의 동승자는 허가되어 있다. 기본적으로 무게가 늘어나면 그만큼 속도가 느려져 로제타&모니카조 이외에는 동승자를 태우는 사람이 없긴 했지만.

"아무튼 운전하기 쉽게 잘 부탁해."

옛서! 그렇게 말하듯 미니 로봇들이 손을 들어 올렸다. 굳이 우승을 노리고 있지는 않다. 나로서는 일단 완주가 목표였다. 그래서 속도는 부차적인 문제다.

그런 우리 등 뒤로 그림자 두 개가 길게 늘어졌다.

"이게 토야가 탈 차야? 꽤 멋진걸?"

"저어, 가벼운 식사를 준비해 왔어요."

정비소에 에르제와 린제 쌍둥이 자매가 찾아왔다. 작은 바구니를 들고 왔는데, 안에는 샌드위치 몇 개와 과일이 들어가 있었다.

가볍게 음식을 먹으면서 다른 사람들은 어디 갔는지 물어보니, 각자 관계자가 있는 곳으로 갔다고 한다.

유미나와 스우는 벨파스트 국왕에게, 루는 레굴루스 황제에게, 힐다는 레스티아 국왕에게, 린은 미스미드 수왕에게, 사쿠라는 제노아스 마왕에게, 야에는 이셴의 왕에게.

정확하게 말하자면, 야에는 왕이 데리고 온 이에야스 씨……더 나아가 그 호위를 맡은 오빠인 주타로 씨에게 간 거지만.

그리고 사쿠라는 어머니인 피아나 씨에게 이끌려 마지못해 갔다.

에르제와 린제는 그런 관계자가 없어 이럴 때 자유롭게 움직일 수 있다.

굳이 말하자면 출신국인 리프리스 황왕이 관계자지만, 그냥 가볍게 인사만 하고 끝인 관계다.

"어때? 이길 것 같아?"

"이기기 위해 달리는 게 아니니까. 어디까지나 이건 성능 테스트야."

"뭐야, 패기가 없네~. 반드시 이기겠다는 마음은 없어?"

에르제는 그렇게 말했지만, 이겨 봐야 상품도 없다. 루페우스 황태자와 베를리에타 왕녀의 승부는 관심이 가지만.

아무튼, 무사히 완주하면 그 정도로도 감지덕지야. 무슨 장치가 설치되어 있는지 모르니까……. 아무리 그래도 지뢰 같은 물건을 설치해 두진 않았겠지만.

이윽고 인사를 마치고 다른 약혼자들도 몰려와 떠들썩한 분위기가 계속되는 중에 미니 로봇들이 모든 정비를 마쳤다.

"이보게, 토야. 우리도 이거에 타면 안 될까?"

"아~……. 안전하긴 하지만 가능하면 타지 마. 바다에 떨어져 물에 흠뻑 젖기는 싫잖아?"

스우가 타고 싶어 했지만 거절했다. 물에 흠뻑 젖는 정도라면 괜찮지만, 더 불쾌한 함정이 없다고 단언할 수 없으니까.

스우 이외의 약혼자들도 눈치를 챈 듯, 아무도 타고 싶다는 말을 꺼내지 않았다. 내비게이터 역할을 하는 사람을 한 명 태울 수 있지만, 굳이 없어도 그럭저럭 주행은 가능하다. 직접 지도 표시를 할 수 있으니까.

그런데, 그렇다면 내가 탈래~라고 하듯이 곰 인형이 손을 들었다. 아니, 네가 타 봐야…….

"후후. 방해는 되지 않을 테니 태워 줘."

"……그래 뭐, 상관없지만."

린이 부탁하니 어쩔 수 없다. 야호~! 그렇게 외치듯이 폴라는 정비소 밖까지 달려갔다. 어디 가?

그렇게 기쁜가? 물론 저것도 【프로그램】된 표현일 테지.

"좋아, 이제는 출발을 기다리면 그만인가?"

정비가 끝난 타입K를 보면서 혼자 중얼거리는데, 정비소 밖에서 돌아온 폴라가 쪽쪽 내 바지를 잡아당겼다.

"왜 그래?"

까딱거리며 손짓하는 폴라를 따라가 보니 정비소 밖에서 불길한 웃음을 지으며 대치하고 있는 루페우스 황태자와 베를

리에타 왕녀가 보였다. 우와아…….

"무사히 완성하신 듯하네요. 축하드립니다. 하지만 우승은 저의 스트레인호가 받아가겠어요!"

"그 말을 그대로 돌려 드리죠. 기껏 만든 자신작도 제 토리하란호의 뒤꽁무니만 보다가 끝나리라 생각합니다. 아쉽게도."

"후후후후후후."

"하하하하하하."

두 사람 모두 눈은 안 웃고 있어……. 주변 스태프들도 오싹한 표정을 짓고 있잖아…….

"저것이 아수라장이라는 겐가……?"

"아, 아니야."

정비소 벽에 숨어 들여다보는 내 등 뒤에서 스우와 에르제의 목소리가 들려왔다.

저래도 괜찮은가? 카렌 누나의 말대로 엄청나게 의식을 하고는 있지만, 방향이 다른 듯한…….

〈레이스 시작 15분 전입니다~. 참가자 여러분은 레이싱 슈트로 갈아입고 본부 앞으로 집합해 주십시오.〉

정비소 위에 설치한 스피커에서 에르카 기사의 목소리가 들려왔다. 앗, 이제 시작인가.

서로 노려보던 두 사람도 각자의 정비소로 돌아갔다. 좋아, 나도 준비하자.

하~……. 아무튼 무사히 레이스가 끝나길.

일단 마음속으로 하느님에게 기도한 뒤, 나는 정비소 안쪽의 방으로 걸어갔다.

◇ ◇ ◇

〈통지한 대로 규정 시간 이내에 구역 하나를 돌파하지 못하면 리타이어입니다~. 차가 망가져도 제한시간 이내라면 밀어서 돌파해도 OK야!〉

단상에서 에르카 기사가 코스에 관해 설명했다.

〈상대의 행동을 방해해도 OK. 마동승용차끼리는 직접 접촉할 수 없게 마법이 부여되어 있으니 막 밀어도 상관없어. 단, 그래도 무게가 가벼운 차가 날아가 버리니 조심해.〉

출장하는 마동승용차에는 마동기와 싱크로하여 반발 필드가 생성된다. 쉽게 말하면 자석의 같은 극이 반발하는 현상과 같다.

10센티미터까지는 접근할 수 있지만, 그 이상 접근하면 반발한다. 그걸 이용해 서로 밀어 상대를 물러나게 만들 수도 있다. 부딪치지 않기 위한 안전책이지만, 배틀에 적극적으로 쓰일 듯하다.

〈크게 다칠 정도로 부딪치면 그전에 드라이버가 여기로 강제 전이돼. 전이된다고 실격되지는 않지만, 아마 차는 크게 파손되었을 테니 결국 리타이어를 해야 할 거야. 긴급 전이용 버튼도 있으니 무슨 일이 있으면 누를 것!〉

각 시트에 부여된【게이트】효과다. 그래도 다쳤을 때를 대비해 본부에는 '연금동'의 플로라가 대기한다.

〈아, 그리고 레이스 중에는 마법 금지야. 사용하면 실격이니 주의하도록. 특히 토야.〉

"알았어~!"

마법을 사용할 수 있다면 다른 참가자 모두에게【슬립】을 걸어 단독 질주를 할걸?

〈한편 레이스의 실황 중계는.〉

〈고양이는 사람을 위해! 사람은 고양이를 위해! 하늘이 알고, 땅이 알고, 고양이가 안다! 화려한 고양이 기사 냥타……아니! 달타냥에게 맡겨 두라냥!〉

깡총! 하고 단상에 사쿠라의 소환수인 카트시 냥타로가 레이피어 대신 마이크를 들고 뛰어 올라왔다.

저 녀석이 실황 중계를 한다고? 발음 괜찮아?

〈그럼~. 레이스를 시작하겠다냥! 각자 마동승용차^{에테르 비클}에 올라타 출발 신호를 기다려라냥!〉

모래사장에 뻗어 있는 넓은 돌바닥 길에 붉은 라인이 그어져 있었고, 우리 차는 라인 앞에 옆으로 쭉 늘어서 있었다. 동시 출발이구나.

드라이버가 각자 자신의 차에 올라타 마동기에 시동을 걸었다. 나도 타입K에 올라타 마동기에 시동을 걸면서 지도를 펼쳤는데…… 앗, 마법 금지였어.

조수석에 있던 폴라가 인쇄된 코스 지도를 건네주었다. 오, 뭘 좀 아네?

어~. 이 돌바닥은 똑바로 뻗어 있지만, 도중부터 모래사장이 되는구나. 그 앞에서 오른쪽으로 꺾으면, 해상 구름다리 코스로 진입이라.

구름다리의 폭은 마동승용차의 2.5배밖에 안 된다. 한가운데를 달리면 추월하긴 힘들겠어. 다리 위에서 억지로 추월하려고 하다가 바다에 떨어지기라도 하면 얕은 바다라고는 하지만 거의 리타이어 아닌가? 이거, 처음부터 난이도가 높지 않아?

아무튼, 좋다. 일단 완주를 가장 첫 번째 목표로 삼고 착실히 달리자. 출발은 조금 늦어도 돼. 상황을 지켜보고 싶으니까.

나는 헬멧을 쓰고 고글을 내렸다.

〈준비는 됐냥? 그럼 제1회 바빌론 레이스, 스타트다냥!〉

냥타로의 신호와 동시에 신호총이 하늘로 발사되었다. 그 소리를 확인한 여덟 대의 차가 일제히 출발했다.

〈오오, 먼저 뛰쳐나간 5번! 베를리에타 왕녀가 모는 스트레인호다냥! 이어서 4번인 홍묘호, 2번인 은별호가 뒤를 따르는 중이다냥!〉

기세 좋게 뛰쳐나간 베를리에타 왕녀의 스트레인호, 니아의 홍묘호, 로제타&모니카의 은별호. 그 뒤를 이어 라피스 씨의 백조호, 루페우스 황태자의 토리하란호. 나는 바로 그 뒤로 현재 6위다.

내 뒤로는 바로 펠젠 국왕의 펠젠호. 드워프의 소장 그리프가 탑승한 강철 도끼호가 달리는 상황.

내 위치에서는 상위 다섯 명이 보였는데 아직 그렇게 많은 차이는 나지 않았다.

돌바닥 직선 코스는 곧장 끝나고 모래땅 코스로 바뀌었다. 약간 젖어 있는 모래땅은 달리기 어려운 편이긴 했지만, 개미지옥 같은 상태는 아니어서 아무렇지 않게 달릴 수 있었다.

"하하하! 공왕, 먼저 실례하지!"

"앗."

〈펠젠호가 여기서 맹공격! 단숨에 순위를 하나 끌어올렸다냥!〉

모래땅이든 말든 펠젠호가 내 옆을 지나 추월했다. 대형 차체는 마치 작은 불도저처럼 그대로 앞쪽의 토리하란호까지 제쳤다.

윽. 순위에 집착할 생각은 없었지만, 추월당하니 욱하네.

〈선두 집단은 이미 바다 방향으로 꺾어 구름다리 코스로 돌입! 이 구름다리 위에서는 추월이 어려워 이대로 가면 거의 순위 변동이 없을 것으로 보인다냥! 하~지~만~! 작은 실수로도 첨벙 바다로 빠지기 때문에, 어떻게 될지는 모른다냥! 두

근거린다냥!〉

구름다리 코스는 얕은 바다여서 깊은 곳도 1.5미터가 채 되지 않는다. 출전 차량의 운전석은 밀폐형이 아니라 떨어져도 안전벨트가 망가지지 않은 이상에는 곧장 탈출할 수 있다. 일단 긴급 전이용 버튼도 있으니까.

아주 얕은 곳이라면 코스를 이탈해도 모래사장으로 돌아와 레이스에 복귀할 수도 있다. 가솔린 엔진처럼 불을 사용하지는 않으니, 물에 떨어져도 못 움직이지는 않는다. 물론 순위는 떨어지겠지만.

모래사장에서 구름다리 코스로 접어들었다. 백미러를 보니, 후방의 강철 도끼호와는 꽤 차이가 벌어져 있었다. 갑자기 추돌할 걱정은 없었다.

그렇다고 해서 앞쪽에서 달리는 토리하란호를 바짝 추격하고 싶지도 않았다. 토리하란호는 내 차와 중량이 거의 비슷하다. 서로 밀치면서 누가 바다에 떨어질지 대결하기에는 너무 위험 부담이 크다.

단, 당연하지만 명백히 자신의 자체가 더 무겁다면 팍팍 공격해야 하는 법으로……

〈펠젠호, 눈앞의 백조호에 바짝 접근! 여기서 부딪치면 틀림없이 백조호가 떨어져 나간다냥!〉

구름다리의 직선 코스를 달리는 우리의 메이드, 라피스 씨의 백조호에 펠젠 국왕의 펠젠호가 바짝 다가갔다.

"우격다짐으로 추월하겠다! 나쁘게 생각하지 마라!"

"윽!"

라피스 씨의 백조호 옆으로 펠젠호가 나란히 달렸다. 조금 대형인 펠젠호와 백조호가 나란히 달리면 구름다리의 폭에는 거의 여유가 없어진다.

펠젠호가 옆에서 부딪치자 백조호가 흔들거렸다. 간신히 구름다리 가장자리를 달리고 있지만, 한 번 더 공격당하면 틀림없이 떨어지고 만다.

백조호가 가속했다. 펠젠호 앞으로 나서려는 건가?

놓치지 않겠다는 듯이 가속한 펠젠호가 드디어 백조호를 추월했다.

"후하하하! 어떠냐! 음?!"

뽐내는 펠젠 국왕 앞에 왼쪽으로 꺾이는 직각 커브가 다가왔다.

"우오오오오오오오!"

급브레이크를 밟으면서 차체를 왼쪽으로 꺾어 아슬아슬하게 펠젠호가 코너를 돌았다……고 생각했는데.

그 타이밍에 펠젠호의 인을 파고들며 백조호가 돌진했다.

드리프트를 하듯이 커브를 돌며 백조호가 아슬아슬하게 버티고 있던 펠젠호를 쿵, 하고 밀어 버렸다.

"앗."

구름다리에서 균형을 잃고 펠젠호가 바다로 떨어졌다. 커다란 물보라를 남기고 백조호가 구름다리를 빠져나갔다.

〈오오오~!! 펠젠호, 코스 아웃! 바다에 거꾸로 떨어졌다냥!〉

우와아……. 무리하지 않길 잘했어!

부글부글 거품을 내뿜는 펠젠호를 남겨 두고 루페우스 황태자의 토리하란호와 내 타입K가 통과해 갔다. 물론 속도를 떨어뜨려 천천히 직각 커브를 돌았다.

가장 뒤쪽에 처져 있던 강철 도끼호가 마찬가지로 속도를 줄여 커브를 돌자, 펠젠 국왕이 푸핫 하며 바다 위로 고개를 내밀었다.

〈펠젠호의 드라이버는 무사하다냥. 아직 리타이어는 아니니 어떻게든 모래사장으로 차를…… 냥?!〉

"쿠오오오오오오오오오오오!"

냥타로의 놀란 목소리를 듣고 펠젠호가 떨어진 곳을 돌아보니, 펠젠 국왕이 바다에 떨어진 펠젠호를 엄청난 표정을 지으며 들어 올리는 중이었다.

잠깐만. 그래도 되는 거야?!

"흐엇!"

펠젠 국왕은 바로 차를 집어던져 구름다리 위로 돌아오더니, 자신도 구름다리 위로 기어올라 마력을 흘려 다시 마동기에 시동을 걸었다.

거리가 상당히 벌어졌지만 리타이어는 면한 듯했다.

"그런데 뭐라고 해야 하나…… 너무 막무가내야."

내가 어이없다는 듯이 중얼거리자 조수석에 있던 폴라도 팔짱을 끼며 응응, 하고 고개를 끄덕였다. 저 사람이 마법 왕국의 국왕이라니, 역시 뭔가 잘못됐어.

〈여기서 선두 집단에도 변화가! 냥! 다시 모래사장 코스로 돌아온 현재, 홍묘호, 스트레인호를 단숨에 제치고 은별호가 선두에 나섰다냥!〉

호오. 로제타와 모니카가 선두인가. 꽤 하는걸?

나도 모래사장 코스로 접어들어 다음 구름다리 코스를 향해 서둘러 달렸다. 앞쪽을 달리는 토리하란호도 이 구역에서는 상황을 지켜보기로 했는지 서두르는 기색이 없었다. 다시 핸들을 오른쪽으로 꺾어 구름다리 코스로 진입.

분명히 이 앞에는 S자인 구불구불한 코스가 많았었지?

조금 전에 펠젠호가 바다로 떨어진 모습을 봐서 그런지, 의식적으로 속도를 줄여 신중하게 코너를 돌게 되었다.

그런데 앞쪽에서 달리는 토리하란호는 속도를 그다지 줄이지 않고 구불구불한 코스를 빠져나갔다. 그립력이 다른가? 타이어 성능 차이인가?

반대로 이런 코스는 껄끄러운지 베를리에타 왕녀의 스트레인호는 순위가 뒤처졌다.

현재 선두는 은별호. 이어서 홍묘호. 스트레인호는 3위까지 순위가 떨어졌다.

〈오오오! 스트레인호의 옆을 빠져나간 백조호가 타이어를

미끄러뜨리며 직각 커브를 클리어냥! 화려한 테크닉으로 3위로 부상!〉

아무래도 라피스 씨한테까지 추월당한 듯했다. 그런 것보다 이렇게 좁은 구름다리에서 드리프트라니, 어떻게 한 거야?!

이로서 3위는 백조호, 4위는 스트레인호, 5위는 토리하란호가 되었다.

숙명적인 두 사람의 거리가 서서히 좁혀졌다.

토리하란호가 추월하려고 했지만, 스트레인호는 그 진로를 철저히 막았다.

"으……!"

"추월하게 두지 않겠어요!"

자칫 잘못하면 바다에 첨벙 빠질 수밖에 없는 구름다리 위에서 좌로 우로 마구 움직이는 배틀이 벌어졌다.

당연히 속도가 떨어질 수밖에 없어 나도 두 사람의 바로 뒤까지 바짝 추격하게 되었다.

음. 방해되네.

뒤에서 보면 알 수 있는데, 토리하란호가 오른쪽으로 움직이면 그렇게 둘 수 없다는 듯이 앞쪽의 스트레인호도 오른쪽으로 움직였다. 구름다리 위에서 똑같은 방향으로 움직이고 있다.

폴라가 조수석에서 GO! GO! 라고 하듯이 팔을 앞으로 내뻗었다. 역시 그렇지? 가 볼까?

직선 구름다리 위에서 눈앞의 두 대가 모두 옆으로 이동한

틈을 노리고 나는 단숨에 액셀을 밟았다.

"어?!"

"앗?!"

두 사람이 놀란 표정을 지었지만, 내 타입K는 앞쪽의 두 대를 쉽게 추월해 버렸다.

미안하지만 먼저 갈게요. 그럭저럭 속도를 유지하면서 구름다리 코스의 코너를 도니, 앞에 라피스 씨가 탄 백조호가 보였다.

현재 나는 4위인가. 어떻게든 이 순위를 유지하면서 이 구역을 빠져나갔으면 하는데.

구름다리 코스를 빠져나가 나는 다시 모래사장 코스를 달렸다. 앗, 앞쪽에서 달리는 라피스 씨의 백조호가 니아의 홍묘호를 사정거리까지 따라잡은 듯했다.

〈자아, 남쪽 구역도 이제 곧 끝나려는 참에 백조호가 공격적으로 나섰다냥! 모래사장에서 메인 코스로 돌아와 데드히트! 커브 안쪽으로 백조호가 날카롭게 침입했다냥! 추월! 백조호, 2위로 올랐다냥!〉

모래사장에서 다시 메인 코스로 돌아오자마자 바로 순위가 뒤바뀌다니. 순위 싸움이 뜨겁네.

나도 앞쪽에서 달리는 니아의 모습을 포착한 채, 페이스를 유지하며 코스를 빠져나갔다.

길은 돌바닥 위에 모래가 뿌려져 있어 미끄러운 편이었다.

코스를 이탈해도 바다에 빠지지는 않았지만 역시 신중해질 수밖에 없네.

〈은별호가 1위로 구름다리 코스의 게이트를 통과했다냥! 이어서 그대로 동부의 밀림 코스로 돌입! 이 코스는 거친 산길을 어떻게 달릴지가 열쇠다냥!〉

로제타 일행이 1위로 통과인가. 2위인 라피스 씨가 탄 백조호도 게이트를 통과했고, 내 앞을 달리던 니아의 홍묘호도 어려움 없이 규정 시간 내에 구름다리 코스를 클리어했다.

나도 4위로 게이트를 지나 구름다리 코스를 클리어.

"어어억, 꽤 충격이 크네."

동부 밀림 코스에 접어들자 덜컹거리는 거친 산길이 우리를 맞이했다. 게다가 길의 높낮이 차이도 심해 굉장히 위험했다. 오른쪽만 길이 높기도 하고 그 반대이기도 해서, 자칫 액셀을 잘못 밟았다간 차가 옆으로 넘어질 듯했다.

잠시 달리자 길옆에 '오른쪽 500미터 앞에 피트 포인트'라는 간판이 보였다.

"일찍 타이어랑 서스펜션을 바꿔 두는 편이 좋을까?"

내가 중얼거리는 소리를 듣고 조수석에 있던 폴라도 고개를 끄덕였다. 그렇겠지? 계속 이 상태가 계속되면 힘들다. 펑크가 날지도 모르고. 그리고 분명히 멀미한다.

〈오오, 여기서 선두를 달리던 은별호가 피트 포인트로 들어갔다냥. 이어서 백조호도 피트 포인트로…… 냥냥! 3위로 달

리던 홍묘호가 피트 포인트를 지나치며 그대로 폭주! 선두로 나섰다냥!〉

"좋았어! 내가 1등이다~!"

뭐야뭐야. 니아 저 녀석 그대로 달릴 셈인가? 저 녀석이라면 멀미를 할 일은 없겠지만, 타이어 괜찮을까?

앗, 남 걱정을 하고 있을 때가 아니야. 나도 코스를 오른쪽으로 벗어나 피트 포인트로 들어갔다.

마법진이 그려진 지면을 통과하자, 시작 지점에 있는 정비소로 가는 길로 전이되었다.

나는 '8'이라고 적힌 정비소로 타입K를 몰았다. 우리가 차에서 내리자 안쪽에서 다가온 미니 로봇들이 곧장 타이어와 서스펜션을 오프로드 사양으로 바꾸기 시작했다.

정비소 안에 있는 소형 모니터로 레이스 상황을 확인해 보니, 이미 스트레인호와 토리하란호도 구름다리 코스를 지나 밀림 코스로 돌입한 듯했다. 드워프의 강철 도끼호와 하마터면 리타이어할 뻔했던 펠젠호도 간신히 규정 시간 이내에 구역을 통과할 수 있을 것 같았다.

이 구역에서는 아무래도 탈락하는 사람은 없어 보였다. 그 박사가 만든 코스치고는 아직 정상적이라 할 만한 코스였어. 아니, 한 명은 바다에 빠졌으니 꼭 그렇지도 않은가?

로제타와 모니카가 탄 은별호가 정비소 옆을 지나 코스로 돌아갔다. 오프로드 사양으로 교체가 끝난 모양이다.

이어서 라피스 씨가 탄 백조호도 코스로 돌아갔다. 라피스 씨와 교대하듯이 베를리에타 왕녀의 스트레인호와 루페우스 황태자의 토리하란호가 경쟁하며 정비소로 돌입했다.

"크으으!"

"크그극!"

서로 밀치닥하며 돌입해 온 두 대는 거의 동시에 자신의 정비소 안으로 사라졌다.

그런데 차에서 내린 두 사람은 곧장 정비소에서 뛰쳐나와 서로를 노려보며 이상한 미소를 지었다.

"꽤 하는군요. 하지만 다음 구역은 이번 구역 같지 않을 거예요! 각오하세요!"

"그건 이쪽이 할 말입니다. 그쪽이야말로 호들갑스럽게 뒤집혀 리타이어하지 마세요! 그럼 재미없으니까요!"

"우후후후후."

"하하하하하."

이게 뭐야. 무서워.

서로 웃고는 있는데 눈은 완전히 맛이 갔다……. 이 모습만 보면 두 사람은 엄청나게 잘 어울릴 듯한데.

앗, 안 되지. 지금은 이럴 때가 아니야.

내 정비소로 돌아가 보니 마침 타이어 교체가 끝난 참이었다. 나와 폴라는 다시 좌석에 올라타 마동기에 시동을 걸고 정비소 밖으로 뛰쳐나갔다.

내가 코스로 돌아가니 내 뒤로 드워프의 강철 도끼호가 바짝 따라왔다. 아무래도 강철 도끼호도 피트 포인트를 그냥 지나친 듯했다.

하긴 애초부터 오프로드 주행이 메인인 마동승용차였었지? 펠젠호는 착실히 피트 포인트를 통해 정비소로 들어간 듯했다.

〈자자자자, 이번 구역은 밀림 코스다냥! 현재 선두는 홍묘호. 그리고 그 뒤를 은별호, 백조호, 브륀힐드호, 강철 도끼호가 이어서 달리는 중이다냥! 앗, 방금 피트 포인트에서 스트레인호와 토리하란호가 뛰쳐나왔다냥!〉

냥타로의 실황 중계를 들으며 운전하는데, 커브를 돌자마자 갑자기 진흙이 질척거리는 진창이 나타나 타이어가 헛돌고 말았다. 위험해!

"교묘한 곳에 이런 배치를 하다니……! 아무래도 이 코스는 방심해선 안 되겠어!"

나무들이 우거진 터널처럼 거친 길을 달리면서, 나는 핸들을 꽉 다잡았다.

〈밀림 코스, 선두는 니아 베르무트가 운전하는 홍묘호! 조금

뒤처져 로제타&모니카의 은별호와 라피스의 백조호가 그 뒤를 쫓는 중이다냥!〉

그리고 그 라피스 씨를 나의 브륀힐드호가 뒤쫓고 있었다.

달려 보고 알았는데 이 밀림 코스는 상당히 성가시다. 시야가 숲의 나무 탓에 차단되어 앞이 잘 안 보인다.

"으아악!"

게다가 길이 갑자기 튀어 올라와 있기도 해서, 액셀을 조금만 강하게 밟아도 작게 차체가 점프를 한다.

일단 코스가 미리 공개되어 있다는 점이 그나마 다행일까. 조수석의 폴라가 밀림 코스 페이지를 나에게 보여 주었다.

"여기서부터는 코스가 나뉘네……."

밀림 코스 도중에 갈림길이 있어, 코스가 두 개로 나뉜다.

하나는 거리가 짧지만 험한 길로, 장애물이 많은 A코스.

또 하나는 멀리 돌아가지만 비교적 편한 B코스.

그리고 A와 B코스는 나중에 다시 합쳐진다.

어느 쪽으로 갈지 보통은 고민하겠지만 나는 무조건 B코스를 선택하기로 했다.

그 두 사람이 만든 코스다. 어떤 장애물이 설치되어 있을지 알 수 없다. 피할 수 있다면 피해서 가고 싶다.

게다가 나는 별로 순위에 신경 쓰지 않는다. 안전하게 통과할 수 있다면 그보다 나은 선택은 없다.

〈앗! 선두를 달리는 홍묘호가 A코스를 선택하고 2위로 달리

던 은별호가 B코스를 선택하여 코스가 달라졌다냥!〉

음? 로제타 일행도 B코스를 선택한 건가. 역시 괜히 박사와 오래 같이 지내지 않았구나. 니아는 A코스를 선택한 듯한데…… 그 녀석은 별생각도 없이 고른 거겠지. 그냥 가까워서 고르지 않았을까?

앞을 달리던 백조호가 왼쪽으로 꺾어 들어갔다. 라피스 씨도 A코스인가. 괜찮으려나……?

그런 걱정을 하면서도 나는 갈림길에서 B코스로 진입하려고 오른쪽으로 핸들을 꺾었다.

잠시 달려 숲속을 빠져나가 보니 갑자기 시야가 트이며 해안을 따라 달리는 길이 나타났다.

길도 평탄해 달리기 쉬웠고, 경치가 무척 좋았다. 바다 위에는 갈매기가 날아다니고……라고 생각했는데 드래곤이었다. 그야 당연한가.

크게 우회하는 이 B코스에는 시야를 차단하는 물체가 없어 앞쪽에서 달리는 로제타 일행의 모습도 눈으로 확인할 수 있었다. 꽤 차이가 벌어졌네.

B코스라고 해서 전혀 장애물이 없다고 생각해선 안 된다. 방심하지 말자.

〈브륀힐드호는 B코스로! 그 뒤를 따르던 강철 도끼호는 A코스로 진입했다냥! 그리고 뒤처진 스트레인호는 B, 토리하란호는 A, 펠젠호는 B코스로 갈라져 진입했다냥!〉

베를리에타 왕녀는 B코스고, 루페우스 황태자는 A코스라. 의외네. 성격상 반대여야 할 것 같은데.

험한 길도 돌파할 수 있을 듯한 파워를 지닌 강철 도끼호와 펠젠호는 A코스를 선택해도 이상하지 않을 듯하지만, 펠젠호는 B코스를 선택한 건가. 한 번 코스를 이탈했으니, 안전책을 선택한 걸까?

A코스는 홍묘호, 백조호, 강철 도끼호, 토리하란호.

B코스는 은별호, 브륀힐드호, 스트레인호, 펠젠호.

정확히 둘로 나뉘었다.

〈냥냥냥! A코스에서 선두를 달리는 홍묘호 앞에 커다란 강이! 앞쪽의 점프대를 이용해 단숨에 뛰었다————! 아슬아슬, 정말 아슬아슬하게 클리어다냥!〉

아슬아슬했다니 얼마나 넓은 강이길래……. 역시 B코스를 선택하길 잘했어.

〈뒤를 이은 백조호는 어려움 없이 돌파! 앗, 여기서 강철 도끼호가 가속해 점프대로 돌진했다냥! 크게 뛰어서————착지! 오, 오, 오, 뒷바퀴가 떨어질 듯하다냥! 떨어지는 건가, 과연, 과연, 떨어……지지 않았다냥! 위험했다냥!〉

강철 도끼호는 딱 봐도 무거워 보이니까. 용케도 뛰어서 건너갔네.

A코스와는 달리 이쪽 B코스는 느긋한 비포장 길이 이어졌다. 지방의 시골길 같은 느낌이다.

그때 뒤쪽에서 엄청난 기세로 이쪽을 추격하는 마동승용차^{에테르 비클}가 있었다. 베를리에타 왕녀가 탄 스트레인호였다.

상당한 속도로 추격해 오네. 나는 순위 싸움에는 관심이 없으니 굳이 방해할 생각은 없었다.

"먼저 갑니다!"

포장도 되지 않은 길을 스트레인호는 흙먼지를 날리며 나를 추월해 달려나갔다.

내 앞으로 나선 스트레인호는 그 앞을 달리는 로제타 일행의 은별호를 향해 기세 좋게 내달렸다. 저렇게 마동기를 풀로 사용해도 되는 건가?

오버히트는 아니지만, 한계를 넘으면 마력의 순환이 정체되어 엔진 고장과 같은 상태가 될 수도 있는데.

그런 걱정을 하는 중에 놀란 듯한 냥타로의 목소리가 날아들었다.

〈오오옷! 갑자기 A코스의 숲속에서 뭔가가 튀어나왔다냥! 저건…… 파이다냥! 생크림 파이가 선두를 달리던 홍묘호 니아의 얼굴에 적중했다냥! 어쩔 수 없이 정차한 홍묘호의 옆으로 파이를 피하며 백조호가 빠져나가 선두로————!〉

파이라니. 역시 A코스는 악질적인 코스인 듯하다. 니아도 고생이네.

파이를 맞은 니아는 그 후, 강철 도끼호에도 추월당한 듯했다.

〈자자자자! A코스의 선두를 달리는 백조호가 갈림길이 합쳐진 통합 코스에 진입했다냥! 그에 이어 강철 도끼호와 파이투성이가 된 홍묘호가 뒤를 잇고 있다냥! 저편에서는 B코스의 선두를 달리는 은별호, 이어서 스트레인호가 통합 코스를 향해 달리고 있다냥!〉

생각보다 수월했던 B코스였지만, 그래도 크게 우회했다는 점은 변함없었다.

통합 코스에 가장 먼저 복귀한 차량은 백조호. 다음으로 은별호. 그 뒤로는 강철 도끼호와 홍묘호, 토리하란호, 스트레인호, 브륀힐드호, 펠젠호의 순서로 갈림길 코스를 통과해 통합 코스로 진입했다.

에구. 갈림길 코스에 진입할 때는 4위였는데 7위까지 떨어졌네. 우회하는 B코스를 선택한 데다 페이스를 올리지도 않았으니, 당연하다면 당연하지만.

나는 앞을 달리는 스트레인호에게서 멀어지지 않도록 험한 산길 코스를 내달렸다.

"앗!"

숲을 빠져나가자 진창이 여기저기에 산재해 있는 넓은 구역이 나타났다. 마치 습지대, 아니, 논이야, 이건. 거미줄이나 미로처럼 차 한 대가 달릴 수 있는 길이 있기는 했다.

게다가 진창보다도 주변에 설치해 둔 머라이언과 비슷한 무수히 많은 조각상이 신경 쓰이는데. 뭔가 불길한 예감이 든다…….

아무튼, 어떻게 해서든 진창에 빠지지 않게 피해서 달려야
만 한다. 진창에 빠지면 움직이지 못할 수도 있으니까.

다른 차도 신중하게 주행할 수밖에 없어, 각 차의 거리가 좁
혀졌다. 나도 신중하게 핸들을 조종하며 간신히 진창을 피해
달리는데 어딘가에서 커다란 분사음이 들렸다.

"우와아앗!"

"아야야야야야야!"

〈오오! 갑자기 물이 뿜어져 나와 은별호를 덮쳤다냥! 정말
짜증 나는 함정이다냥!〉

설치해 둔 멀라이언의 입에서 갑자기 분출된 물이 은별호에
올라탄 로제타와 모니카를 직격했다. 마치 소방차의 호스에
서 뿜어져 나오는 듯한 강렬한 물세례를 맞아 은별호는 진창
안으로 밀려 들어갔다.

"흐갹!"

은별호는 그대로 옆으로 쓰러졌고, 로제타 일행도 진흙 속
으로 떨어졌다. 그와 동시에 뿜어져 나오던 물이 멈췄다. 우
와…….

"박사답게 굉장히 불쾌한 함정이에요!"

"그 자식!"

코스 설계자를 향한 원망 섞인 말을 내뱉으면서 진흙투성이
가 된 로제타와 모니카는 진흙 쪽으로 쓰러진 은별호를 간신

히 세운 뒤, 둘이 같이 길이 있는 곳으로 밀었다.

그 틈에 뒤를 따르던 차들이 로제타 일행을 잇달아 추월했다. 물론 멀라이언이 뿜어 대는 물을 조심하면서.

진흙투성이가 된 은별호는 내 앞을 달리며 겨우 논 구역을 빠져나갔다.

빠져나가 도달한 곳은 매우 거친 직선 코스였다. 울퉁불퉁한 그 길은 우리의 앞길을 방해했다. 아니, 이미 이 길은 매우 거친 수준을 넘어섰다.

"으아아아아아아아."

로데오를 하는 기분이 들 만큼 덜커덩거리는 길이었다. 조수석에 앉은 폴라가 가만히 있는데도 트램폴린에서 노는 것처럼 보일 정도다. 서스펜션을 분명히 달았는데 이렇게 흔들리니, 교체하지 않은 차는 더욱 심하게 흔들린다는 말로…….

"어?"

앞서 달리던 니아의 홍묘호가 정차했다. 그 그늘에는 네발로 기는 자세로 웅크리고 파이로 범벅이 된 니아의 모습이.

"우웨에에에에에에엑…….'"

……못 본 척하자. 그러니까 피트인했으면 좋았을걸.

토하는 니아를 가엾게 생각하며 나는 그 옆을 통과해 갔다.

〈오오, 여기서 파워풀한 주행을 이어가던 강철 도끼호가 드디어 백조호를 제치고 선두로 치고 나갔다냥!〉

오. 니아와 마찬가지로 피트 포인트를 그냥 지나쳤던 강철 도끼호가 선두로 나선 건가. 이건 마동승용차^{에테르 비클}의 성능 차이라 기보다는 드라이버가 얼마나 튼튼한가의 차이가 아닐까. 술 이든 차량이든 드워프는 좀처럼 취하지 않으니까.

"그건, 그렇고, 엄청, 흔들리네!"

빨래판 위에서 달리는 기분이다. 겨우 초대박 더트 코스를 빠져나왔을 때는 나도 멀미가 심해져, 조금 전에 먹은 린제의 샌드위치가 다시 올라오지 않게 버티는 게 고작이었다.

"메슥거려……."

이런 상태이니 제대로 달릴 수 있을 리가 없었다. 느릿느릿 서행 운전을 하자, 뒤에서 펠젠호가 나를 추월해 버렸다.

"와하하하하! 공왕, 단련이 부족하군!"

시끄러워요! 제가 섬세해서 그런 거라고요. ……우읍. 솔직히 보통은 다 이렇게 되지 않나?!

〈자아, 동부의 밀림 코스도 이제 곧 끝이다냥! 현재 선두는 강철 도끼호! 그 뒤를 이어 백조호, 토리하란호, 스트레인호, 은별호, 펠젠호, 브륀힐드호, 홍묘호의 순으로 달리고 있다냥!〉

평탄한 코스를 달리고 있는데도 마치 아직 흔들리는 듯한 기분이다. 나는 실황 중계를 하는 냥타로의 목소리를 들으면서 어떻게든 뒤처지지 않으려고 차를 내달렸다. 슬쩍 뒤를 보니 니아도 겨우 악마 같은 빨래판 로드를 돌파한 듯했다.

"……좀 춥네."

밀림 코스가 거의 끝나감에 따라 몸이 으스스해졌다. 다음이 빙설 코스라 그런가?

〈밀림 코스를 1위로 통과한 차량은 강철 도끼호! 그리고 백조호가 2위로 통과냥! 두 대 모두 곧장 빙설 코스로 돌입! 이 구역은 거의 모든 길이 얼음으로 뒤덮여 있어 위험하다냥!〉

빙설 코스는 얼음 코스. 역시 이곳은 제대로 달리려면 타이어를 교환해야 한다.

나는 밀림 코스의 마지막 관문을 통과했다. 7위 통과인가.

빙설 코스로 들어서자 곧장 코스 위에 눈이 뒤섞이기 시작했다. 마법으로 만들어 낸 눈이겠지만 잘 미끄러진다는 특징은 똑같았다. 이미 앞서 달린 차가 훑고 지나가 셔벗 상태이기도 하고 말이지.

밀림 코스에 접어들었을 때와 마찬가지로 피트 포인트의 간판을 발견했다. 물론 들어갑니다.

정비소가 있는 구역으로 들어가자마자 추위가 사라졌다. 당연한가?

5번과 6번 정비소 앞에서 또 웃으며 서로를 노려보는 두 사람을 발견했다.

"우후후후후후."

"하하하하하하."

왕녀도 황태자도 서로 노려보고는 있었지만, 양쪽 모두 안색이 안 좋았다. 악마의 빨래판 로드의 후유증이 남아 있는 듯했다.

나도 정비소에 브륀힐드호를 넣고 미니 로봇들에게 타이어 교환을 맡긴 다음 그 자리에 드러누웠다. 조금이라도 멀미를 진정시키고 싶어.

"미안, 폴라. 얼음 좀 가져와 줘~."

그 엄청난 트램펄린 상태에도 불구하고 힘이 넘치는 파트너(당연하지만)에게 나는 정비소 안쪽의 아이스박스에서 음료수에 넣는 얼음을 가져와 달라고 부탁했다.

【리프레시】를 사용하면 한 방인데. 레이스 중에는 마법 금지이니.

폴라가 가져다준 조금 커다란 얼음 하나를 입에 던져 넣었다. 잠시 핥고 있으니 조금 전의 메슥거림이 많이 진정되었다.

차량 멀미는 부교감신경이 과잉 반응한 결과다. 그러니 최대한 큰 얼음을 천천히 핥아 교감신경을 자극하면 부교감신경을 억누를 수 있다……라는 이야기를 옛날에 텔레비전에서 본 적이 있다.

개인마다 차이는 있는 듯하지만, 확실히 상쾌해졌다.

참고로 이 방법은 숙취에도 효과가 있다고 한다. '숙취엔 물'이라고 하는데, 그것도 이 효과라고 한다. 단, 미성년자라서 시험해 본 적은 없다.

교감신경을 자극하기 위해 매운 음식…… 고추를 하나 깨물어 먹는 방법도 있는 듯하지만, 그건 패스.

타이어 교환이 끝나고 방한 재킷을 걸쳤다. 이렇게 하면 조금이나마 추위를 버틸 수 있겠지.

핀스파이크 타이어로 바꾼 브륀힐드호를 타고 나는 코스로 돌아갔다.

이미 내 앞에 있던 여섯 대는 레이스로 돌아가 빙설 코스에 발을…… 바퀴를? 내디딘 상태였다.

어느새 코스는 완전히 얼음 코스로 변해 있었다. 얼음이 마찰 계수는 높아 그나마 나은 편이었던가? 녹은 얼음에 물이 막을 형성했을 때가 제일 미끄러지기 쉽다고 들었다.

"앗!"

살짝 타이어가 미끄러져 나는 핸들을 고쳐 잡았다. 쳇…… 녹아 있잖아. 조심해야겠어.

〈선두를 달리는 강철 도끼호! 빙설 코스임에도 전혀 거리낌 없이 폭주 중이다냥! 앞바퀴와 뒷바퀴를 무한궤도로 연결해 얼음을 깨면서 앞으로 나아가고 있다냥!〉

U자형 회전 커브여서 선두를 달리는 강철 도끼호의 모습을 나도 확인할 수 있었다.

이봐요, 무한궤도라니. 탱크도 아니고……. 아니, 굳이 따지자면 불도저에 가까운가?

그런 것보다, 저래도 돼? 분명히 안 된다는 말은 없었지만.

드워프들은 토목공사용 드베르그를 만들고 있으니 아마 박사가 가르쳐 준 모양이었다. 나중에 정말로 하반신이 무한궤도인 탱크고, 상반신은 인간형인 드베르그를 만들지도 모르 겠어…….

〈다만 무게 탓인지 속도는 떨어졌다냥! 2위인 백조호에 따라잡혀————— 추월당했다냥! 백조호, 강철 도끼호를 제쳤다냥! 하지만 앞에는 얼음벽이 가로막고 있다냥!〉

코스 위에 얼음 블록이 벽돌처럼 쌓인 벽이 오른쪽 절반을 막고 있었다. 높이는 약 1미터. 게다가 그 앞의 왼쪽 절반을 또 얼음 블록이 가로막았다. 그런 장애물이 번갈아서 앞쪽에 도 계속 이어져 있었다.

코스 위에서 벽을 피하며 나아가려면 오른쪽, 왼쪽으로 급격하게 핸들을 조작해야 한다. 미끄러운 얼음 위에서 조종하려면 매우 난이도가 높은 기술이었다.

"큭……!"

라피스 씨가 조금 미끄러지면서도 벽 구역을 돌파하려고 노력하는데, 강철 도끼호가 놀랍게도 얼음 블록 벽을 부수면서 저돌적으로 돌진하기 시작했다.

"겨우 이 정도 벽은 아무것도 아니다~!"

장갑차 같은 보디와 무한궤도를 지닌 강철 도끼호이기에 가능한 돌파 방법을 보고 모두 할 말을 잃었다.

강철 도끼호는 순식간에 다시 선두 자리로 나서며 빙벽 구역을 클리어했다. 드워프는 정말 머리가 좋은 건지 바보인 건지.

돌파 방법은 무식했지만, 결과적으로 부숴 버린 얼음 블록이 코스 위에 마구 흩어져 뒤따라 오는 차량의 방해물이 되었다. 생각하고 한 짓이라면 상당한…… 아니아니, 그럴 리가, 그럴 리가 없다.

마구 흩어져 있는 얼음 블록을 모두 피하면서 앞으로 나아갔다.

작은 덩어리는 그냥 타고 넘거나 튕겨 내면 됐지만, 커다란 덩어리는 피해서 갈 수밖에 없었다. 단, 펠젠호는 커다란 타이어로 전부 튕겨 버렸지만.

〈자~! 빙벽 구역 다음은 비탈길 에리어냥! 여기는 특히 잘 미끄러지니 조심해야 한다냥! 뒤따르는 차도 미끄러져 떨어지는 앞차에 말려들지 않게 조심하라냥!〉

길의 폭이 넓은 코스가 완만한 비탈길이었다. 쭉 뻗어 있는 길의 저편이 보이지 않으니, 저편은 내리막길이란 이야기다.

확실히 이 비탈길에서 미끄러지기라도 하면 단숨에 아래로 되돌아가 버린다. 속도를 붙여 단숨에 올라가야 할까?

이미 비탈을 오르기 시작한 선두 그룹을 보면서 그런 생각을 하는데, 언덕 꼭대기에서 갑자기 직경 2미터 정도의 눈덩이가 나타나 비탈길을 데굴데굴 굴러 내려오기 시작했다.

우와앗!

◇ ◇ ◇

"크오오오오옷!?"

굴러떨어지는 직경 2미터짜리 눈덩이와 정면으로 충돌한 차량은 선두를 달리던 강철 도끼호였다. 마법으로 강화했는지 빙벽을 부수었던 강철 도끼호의 파워로도 눈덩이를 부수지 못했다.

거대한 눈덩이의 무게가 온전히 강철 도끼호를 짓눌렀다.

"크ㅇㅇㅇㅇㅇㅇㅇㅇ……!"

드워프의 소장인 그리프가 강철 도끼호의 출력을 높였다. 무한궤도가 윙윙거리는 소리를 내며 얼음 비탈길을 오르려고 했지만, 겨우 눈덩이를 받아내 버티고 있는 상태였다.

그때 결정타라는 듯이 또 다른 눈덩이가 비탈길 아래로 굴러내려와 강철 도끼호가 받아내고 있던 눈덩이와 충돌했다.

"으가악?!"

키리릭, 하고 무한궤도가 한 바퀴 헛돌더니, 그 이후로는 더 버티지 못했는지 강철 도끼호는 비탈길을 눈덩이와 함께 미끄러지며 역주행하기 시작했다.

"크와악————————?!"

순식간에 아래로 떨어진 강철 도끼호는 그대로 눈덩이에 밀리며 내 옆을 지나 뒤쪽으로 빠져나가 코너 부근에서 코스를 이탈하고 말았다.

〈오오! 선두를 달리던 강철 도끼호가 순식간에 최하위로 처지며 코스 이탈! 설벽(雪壁)에 부딪쳤다냥! 옆으로 넘어졌다냥! 드라이버인 그리프는 긴급 전이되어 자신의 정비소로 보내졌다냥!!〉

우와아. 드라이버는 무사하겠지만 마동승용차는 과연 괜찮을까? 어차피 지금부터는 드라이버가 설사 돌아온다고 해도 규정 시간 이내에 클리어하기는 거의 불가능하지 않을까 한다. 강철 도끼호는 실질적으로 리타이어 상태다.

"저렇게 리타이어라니…… 으앗!"

위험해! 나는 어느새 정면까지 다가온 눈덩이를 피했다. 비탈길을 굴러떨어져 내려온 다른 눈덩이가 그새 여기까지 오다니. 지금 남의 걱정을 하고 있을 때가 아니야.

조금 전의 참상을 눈앞에서 목격했기 때문에, 모두 신중히 비탈길을 올랐다.

강철 도끼호가 떨어져 선두에 올라선 라피스 씨의 백조호가 가장 먼저 비탈길을 넘은 듯했다. 그리고 토리하란호와 스트레인호가 그 뒤를 이었다.

눈덩이가 언덕 꼭대기의 어디에 떨어졌는지를 확인하고 곧장 핸들을 꺾으면서 나도 비탈길을 끝까지 올라갔다. 크윽, 엄청난 긴장감이야. 맞으면 단번에 저 아래까지 되돌아가니 당연한가.

언덕을 끝까지 오른 이후에는 내리막길이다. 그다지 급격한 비탈길은 아니어서 나는 브레이크(거의 먹히지 않지만)를 밟으며 미끄러져 내려갔다.

비탈길을 끝까지 내려가니 보통 코스가 다시 시작되었다. 단, 여전히 노면은 얼어 있었지만.

〈선두인 백조호가 얼음 헤어핀 커브를 빠져나갔다냥! 그 앞은 코스 최대의 난관, 빙설 미로가 기다리고 있다냥!〉

지도를 봤을 때 바보 아니냐고 생각했는데, 이걸 정말로 만들었구나.

눈을 굳힌 블록으로 만든 미로의 끝에는 빙설 코스의 골인 지점이 있다. 이곳을 빠져나가면 이 미끌미끌 지옥과도 안녕이다.

〈선두로 미로에 돌입한 백조호, 곧장 막다른 길로 접어들어다냥! 유턴해서 원래의 위치로 돌아왔다냥! 이건 정말! 정말 악질이다냥!〉

하지만 의외로 이치에 맞는 일이라고도 할 수 있다. 여기서 시간을 소비하게 만들면 규정 시간에 늦어 리타이어가 되니까.

미로를 빠져나가는 요령은 한쪽 손을 벽에 대고 그대로 따라서 나아가야 좋다는 듯하지만, 그래서는 시간이 너무 많이 걸린다. 자, 어떻게 하지?

앞서가는 펠젠호를 따라서 나도 설벽 미로로 뛰어들었다.

바로 좌우로 갈라지는 삼거리가 나를 기다렸다. 펠젠호가 오른쪽으로 꺾어 들어가, 나는 반대로 왼쪽으로 꺾어 들어갔다.

나아가니 그곳엔 더 심하게 사거리가 나왔고, 나는 이곳에서도 왼쪽으로 꺾어 들어갔다. 새하얀 설벽이 좌우를 둘러싼 길을 그대로 나아가 보니 막다른 길이었다. 으악!

길의 폭은 유턴이 충분히 가능한 정도여서 나는 왔던 길을 되돌아갔다. 갈림길로 되돌아갔는데, 어라? 내가 어디에서 왔더라?

타이어 자국을 보면 알 수 있으리라 생각했는데, 다른 차도 지나갔는지 바퀴 자국이 마구 뒤섞여 있었다.

〈자아아아, 홍묘호도 미로에 돌입해, 이것으로 주행 중인 차는 모두 미로에 진입했다냥! 누가 가장 먼저 이 미궁에서 빠져나갈 수 있을까냥?!〉

상공을 보니 우리의 시합을 중계하고 있을 내가 소환한 발키리가 양산형 스마트폰을 들고 하늘을 날고 있었다. 저 아이와 내 시야를 싱크로만 시키면 상공에서 미로의 전체 모습을 손쉽게 확인할 수 있지만, 역시 그건 치사한 방법인가?

마법도 사용할 수 없고, 폴라가 가지고 있는 코스 지도에는 정확한 미로 지도까지는 실려 있지 않으니……. 응?

조수석의 폴라와 눈이 마주쳤다. 문득 시선을 상공으로 들어 올렸다.

폴라. 봉제 인형. 가볍다. 상공.

……가능할까?

내가 뭘 하려는지 눈치채고 도망가려고 하는 폴라를 내가 꼭 붙잡았다.

"괜찮아, 괜찮아. 잠깐만 다녀오면 돼. 절대 떨어뜨리지 않을게."

붕붕붕 고개를 가로젓는 폴라. '싫어~!' 라고 하듯이 버둥대는 폴라를, 나는 힘껏 바로 위쪽으로 집어 던졌다.

"잘 보고 와~!"

설벽의 높이를 훌쩍 넘어 폴라가 공중에서 잠시 멈추더니, 당연히 아래를 향해 떨어져 내렸다.

나는 그런 폴라를 놓치지 않고 확실히 캐치했다.

"어때? 잘 봤어?"

발끈하며 팔을 들어 올리고 화를 내는 자세를 취하던 폴라였지만, 이윽고 털썩 조수석에 앉더니 사거리의 정면을 가리켰다.

오케이, 내비게이터. 가자!

나는 브륀힐드호를 내달리다가 갈림길에 접어들 때마다 폴라 내비를 발동시켰다. 그냥 상공을 향해 폴라를 집어 던졌을 뿐이지만.

새삼스럽지만 이 녀석, 기억력이 좋네. 상공에 머무는 그 잠깐 막다른 길을 다 확인하다니.

그러고 보니 린한테 들은 이야기인데, 요즘에는【프로그램】을 걸지 않은 움직임까지 보여 주기 시작했다는 모양이다.

설마하니, 린이 내 권속이 된 덕에 린의 권속 같은 존재인 폴라까지 변화하고 있는 건가?

신의 권속의 권속이면, 정령 클래스? 설마. 애초에 나는 아직 신족이 아니라고 한다.

몇 번인가 위로 던진 탓에 녹초가 된 파트너 폴라를 바라보면서도, 나는 폴라가 가리킨 방향을 향해 핸들을 꺾었다.

이래선 골인까지 버티지 못하려나 싶었는데 갑자기 시야가 트였다.

오오, 빠져나왔다!

〈냥냥! 빙설 미로를 가장 먼저 빠져나온 차량은 브륀힐드호! 빙설 코스의 골인 게이트까지는 일직선이다냥!〉

뜻밖에 선두로 나선 나는 브륀힐드의 액셀을 꽉 밟아 빙설 코스의 골인 지점을 향해 내달렸다.

신기하네. 순위는 신경 쓰지 않으려고 했는데 선두에 서고 보니 이 순위를 지키고 싶어졌어.

〈브륀힐드호, 선두로 빙설 코스를 통과, 드디어 마지막 구역인 장애물 코스에 돌입했다냥!〉

오오. 선두로 통과했다는 말을 들으니 기분이 굉장히 좋아.

다음 코스에 진입하자 노면을 뒤덮었던 얼음이 사라진 평범한 코스였다. 좋~아. 기껏 선두로 올라섰으니 속도를 내볼까? 이 틈에 2위와의 차이를 벌려 두자.

장애물 코스라고 이름까지 붙어 있었지만, 장애물다운 장애물은 특별히 눈에 띄지 않았다. 난 또 쇠못이나 그 비슷한 물건이 뿌려져 있을 줄 알았는데…… 응?

커브를 돌았더니 바로 그게 보였다. 뭐지……? 땅에 그림이 그려져 있네. 검은색 바탕에 흰색으로…… 저건 해골 마크……!

늦었다. 눈치챘을 때는 이미 브륀힐드호의 앞바퀴가 그 해골 마크 패널을 밟은 상태로, '딸각' 하는 소리도 확실히 내 귀에 전달되었다.

다음 순간, 나를 밀어 올리는 충격과 부유감이 느껴졌다. 그리고 엄청나게 큰 폭발음.

정신을 차려 보니 나와 폴라는 우리의 정비소로 전송되어 매트리스 위에 머리부터 떨어지는 중이었다.

〈냥냥냥냥~?! 브륀힐드호가 대폭발했다냥!! 드, 드, 드, 드라이버는 무사…… 앗, 무사하다냥! 성공적으로 전송됐다냥! 정말 무시무시한 코스다냥……!〉

"이건 너무하잖아~!"

나는 매트리스 위에서 무심코 그렇게 소리쳤다. 지뢰라니 말도 안 되잖아?! 그치?! 아무리 내구성 테스트라지만, 장갑차를 만드는 것도 아니고!

정비소 내의 소형 모니터를 보니 브륀힐드호는 정말 끔찍한 모습이었다.

고치려고 하면 못 고치지야 않겠지만, 이 레이스 중에 고치기는 힘들다. 아쉽지만 리타이어다. 크흑!

레이스 본부에 리타이어 연락이 전달되었다.

〈오오! 브륀힐드호, 여기서 리타이어다냥! 정말 아쉽다냥!〉

쳇. 설마 첫 탈락자가 될 줄이야. 실질적으로는 강철 도끼호도 리타이어일 테니 이제는 나머지 여섯 대의 싸움인가.

미니 로봇들에게 브륀힐드호의 회수를 부탁한 뒤, 나는 폴라와 함께 【게이트】를 지나 대형 모니터가 있는 관객석으로 전이했다.

"오오, 토야. 아쉽게 됐군."

"젠장! 토야의 우승에 걸었는데!"

같은 테이블에 앉은 레굴루스 황제와 미스미드 수왕이 나를 보자마자 그렇게 말했다. 그런 것보다, 돈을 걸었단 말이야?!

"속 편한 소릴."

쓴웃음을 짓고 그렇게 말하며 나는 대형 모니터를 올려다보았다. 아직 다른 차는 미로 탓에 고생하는 듯했다.

새삼 바로 위에서 미로를 보니 상당히 복잡했다. 이러니 시간이 걸릴 수밖에.

규정 시간이 모니터 오른쪽 위에 나와 있는데 괜찮을까? 여기만 빠져나가면 바로 빙설 코스의 골인 지점인데.

"토야 오빠, 괜찮으세요?"

돌아보니 유미나와 약혼자들이 테이블 앞에 앉아 있었다. 폴라가 총총총 의자의 앉아 있는 린에게 달려갔다. 나도 비어 있는 자리에 앉았다.

"괜찮다는 사실을 알면서도 폭발할 때는 간담이 서늘했습니다."

"깜짝 놀랐어."

야에와 사쿠라가 그렇게 말했는데, 나도 솔직히 놀랐다. 방심했다. 설마 장애물 코스에 들어가자마자 그런 함정이 설치되어 있을 줄이야.

"더 조심해서 달렸어야지. 그렇게 알기 쉬운 함정에 다 걸리다니."

"아니, 그때는 속도를 꽤 내기도 했고, 커브 앞의 길이 보이지 않기도 해서……."

으~음. 무슨 말을 해도 변명 같네. 잠깐 선두에 나섰다고 우쭐한 마음이 든 것도 사실이니까.

"처음부터 그걸 노리고 설치한 거니까. 가장 처음으로 도달하는 한 대 정도는 걸리지 않을까 생각했는데, 설마 토야가 걸릴 줄은 몰랐어."

"맞아~."

"……나왔구나, 만악의 근원."

나는 어느새 등 뒤에 서 있던 흰 가운을 입은 어린 소녀와 뱅뱅이 안경을 쓴 여성을 노려보았다.

"이봐. 지뢰는 해도 너무한 거 아냐?!"

"너무했는지도 모르지만, 이것으로 탈출 시스템의 안전성은 보증된 거나 마찬가지잖아."

너무하다는 사실을 인정했구나. 크으으윽! 바빌론 박사와 에르카 기사에게 코스를 맡긴 이상, 이런 일 정도는 예상하긴 했지만.

"혹시라도 탈출 시스템에 문제가 있었으면 어떻게 하려고 했어?"

"문제없어. 이중삼중으로 안전성이 확보되게끔 만들었거든. 그보다 아무도 밟지 않으면 어쩌나 하는 걱정을 더 많이 했지."

"폭발했을 때는 '야호!' 라고 생각할 정도였어."

정말 터무니없는 녀석들이다. 진짜. 마공학자는 많든 적든 어딘가 이상하다.

〈냥냥! 미로를 두 번째로 빠져나간 차량은 은별호! 그 바로 뒤를 의외로 펠젠호가 탈출했다냥!〉

냥타로의 실황 중계를 듣고 모니터로 시선을 돌렸다. 로제타 일행과 펠젠 국왕이 빠져나온 건가.

이어서 루페우스 황태자의 토리하란호, 라피스 씨의 백조호, 베를리에타 왕녀의 스트레인호가 빠져나왔고, 마지막으로는 니아의 홍묘호가 미로에서 탈출했다.

제일 마지막인 니아는 아슬아슬하게 규정 시간 이내로 코스를 빠져나왔다.

〈아아앗, 여기서 타임 오버가 됐다냥! 따라서 강철 도끼호는 리타이어다냥!〉

비탈길 눈덩이 존에서 뒤로 날아가 버려 차체가 쓰러졌던 강철 도끼호는 그 이후에 드라이버 그리프가 코스로 돌아와 차를 타고 달리기 시작했지만, 역시 규정 시간 이내에 통과하는 데는 실패했다.

나라면 바로 포기했을 텐데, 드워프는 마지막까지 포기하지 않는 정신을 지닌 모양이었다.

장애물 코스를 달리기 시작한 나머지 여섯 대. 내가 대폭발한 사실을 알고 있는 만큼, 빙설 코스를 빠져나온 모든 참가자의 레이스는 어딘가 신중함이 깃들어 있었다.

가끔 나타나는 해골 마크를 크게 우회해 달리는 바람에 순위 변동도 없이 그대로 모든 참가자는 장애물 코스의 피트 포인트에 도착했다.

장애물 코스는 구체적인 내용이 전혀 알려지지 않아, 어떻게 차를 조정하면 될지 알기 힘들다. 결국 평범하고 기본적인 상태로 달릴 수밖에 없지 않을까?

타이어 교환을 끝낸 순서대로 은별호, 백조호, 펠젠호, 토리하란호, 스트레인호, 홍묘호가 정비소를 잇달아 뛰쳐나갔다.

노면에는 해골 마크가 군데군데 산재해 있어서 다들 속도를 내지 못했다. 그런 상황에서 앞으로 나선 차는 날카로운 테크닉으로 해골 마크를 피하는 라피스 씨의 백조호와 섬세한 움직임으로 아슬아슬하게 해골 마크를 피해 가는 루페우스 황태자의 토리하란호였다.

그 두 대는 순식간의 앞의 차량을 추월해 백조호가 선두로 나섰고, 토리하란호는 3위로 부상했다.

〈자자자자, 지뢰밭 구역을 빠져나간 곳에는 직선 해협 존이 다냥! 앗, 오른쪽도 왼쪽도 깎아지른 낭떠러지. 떨어지면 물론 리타이어다냥!〉

모니터에 외나무다리 같은 코스가 비쳤다. 아래는 바다로, 그곳에서 떨어지면 마동승용차^{에테르 비클}를 끌어 올리기란 불가능했다. 드라이버는 긴급 전이로 무사하다 해도 리타이어하는 수밖에 없다.

코스에는 가드레일도 없어, 작은 핸들 조종 실수만으로도 아래로 떨어질 수 있었다.

"또 악질적인 코스를……. 분명 무슨 장치를 설치해 뒀을 거야."

"글쎄, 과연 어떨까?"

"어떨까~?"

나는 모니터를 히죽거리며 올려다보는 두 사람을 흘깃 노려보았다. 발치에서는 에르카 기사의 호위인 늑대형 고렘인 펜릴이 한숨을 내쉬었다. 고렘도 한숨을 쉴 수 있구나…….

〈냐앙?! 해협 코스에 접어들어 뒤쪽에 있던 스트레인호가 단숨에 치고 올라온다냥! 빠르다, 빨라! 단숨에 펠젠호를 제쳤다냥!〉

오오. 엄청난 속도야. 속도를 중시한 마동기를 실었다면 분명히 이 기회를 놓칠 수는 없다.

〈순식간에 토리하란호를 제친 스트레인호! 그대로 은별호도, 앗, 뭐냥?!〉

스트레인호 앞쪽의 노면에서 검은 액체가 스멀스멀 분출되어 물웅덩이 비슷한 뭔가가 확산되었다.

"꺅?!"

검은 물웅덩이로 돌진한 스트레인호는 앞바퀴가 미끄러져 차체가 회전했다. 앗! 저건 기름인가?!

베를리에타 왕녀가 미끄러진 차를 진정시키려고 간신히 핸들을 꺾었지만, 스핀을 일으킨 차체는 멈추지 않고 낭떠러지로 돌진했다. 이대로는 코스에서 이탈해 낭떠러지 아래의 바다로 다이빙하고 만다.

그런데 코스에서 이탈하기 직전, 뒤쪽에서 토리하란호가 엄청난 속도로 돌진해 스트레인호를 코스 중앙으로 튕겨 냈다.

옆으로 쓰러진 스트레인호의 앞바퀴 타이어가 떨어져 구르더니, 그대로 낭떠러지 아래로 떨어졌다.

부딪친 토리하란호도 스핀을 일으켜 정차하더니 보닛에서 연기가 피어올랐다.

〈냥냥! 스트레인호와 토리하란호가 충돌! 앗, 드라이버는 두 사람 모두 긴급 전이되어 무사한 듯하다냥! 다행이다냥!〉

"잠깐 갔다 올게."

냥타로의 목소리를 들으면서 나는 다시 두 사람이 전이되었을 정비소로 연결되는【게이트】를 열었다.

◇　◇　◇

　정비소 앞에서는 말다툼하는 두 사람의 목소리가 들려왔다. 두 사람이 엄청나게 험악하게 대치하고 있었다. 아무래도 내가 왔다는 사실은 눈치채지 못한 모양이다.

　"왜 거기서 돌진해 온 거죠?! 당신까지 충돌할 필요는 없었잖아요?!"

　"그럼 너는 그때 낭떠러지 아래로 떨어져 완전히 리타이어 되어도 괜찮았다는 말이야?! 그렇게 탈락하다니, 난 납득할 수 없어!"

　"그렇지만……! 이대로는 당신까지 리타이어인데……!"

　점차 베를리에타 왕녀가 슬픈 표정을 지으며 고개를 숙였다.

　"아직 리타이어가 아니야. 가능성은 남아 있잖아. 다행히 우리는 드라이버이자 기술자이기도 해. 현장에서 고쳐 달릴 수도 있어. 우승은 어려울지 모르지만, 완주는 하고 싶잖아?"

　확실히 규정상, 리타이어를 선언하지 않고 규정 시간을 오버하지 않는다면 수리를 해도 상관없다. 물론 코스 안에 드라이버 이외의 다른 사람이 들어가면 그 팀은 실격이지만.

잘각잘각 소리를 내며 커다란 공구 상자에 도구를 넣고 루페우스 황태자가 자리에서 일어섰다.

베를리에타 왕녀는 고개를 숙인 채 움직이지 않았다. 거의 반강제로 황태자가 왕녀의 손을 잡더니 잡아끌기 시작했다.

"아무튼 돌아가자. 생각은 그때 해도 늦지 않아."

"⋯⋯응."

두 사람은 피트 포인트의 게이트를 통해 장애물 코스로 전이해 돌아갔다.

루페우스 황태자, 꽤 행동력이 있는걸? 그러고 보니 그 아줌마 약혼자를 포박할 때도 선두에 서서 가장 먼저 행동했었지. 물론 그건 개인적인 감정이 상당히 커서 그랬던 듯하지만.

어떻게든 레이스에 복귀했으면 좋겠는데. 이 마지막 코스의 규정 시간은 기니 충분히 가능성은 남아 있다.

여기까지 온 김에 자신의 정비소를 들여다보니 미니 로봇들이 브륀힐드호를 수리하는 중이었다. 어라? 생각보다 빨리 고치네. 대미지가 그렇게 크지 않았던 건가?

그러고 보니 차체에 탄 흔적이 전혀 없다. 설마⋯⋯ 그 폭발은 보기에만 그럴 뿐 환영 마법이었나? 날아간 건 바람 마법 탓?

큭⋯⋯ 속았다. 이럴 줄 알았으면 리타이어하지 않아도 됐을지도 모른다. 너무 성급했나.

그리고 미니 로봇들의 힘을 너무 얕봤다. 잘 생각해 보니 이 녀석들도 고대 문명 기술력의 결정체였어. 당연히 실력이 뛰어나다. 프레임 기어까지 다룰 수 있을 정도니까.

〈오오오! 끈끈이 존에 펠젠호가 돌진했다냥! 억지로 앞으로 가려고 하지만…… 안 움직인다냥! 정말 터무니없이 강력한 끈끈이다냥! 냐아앙?! 펠젠 국왕, 차에서 내려 자신의 차를 들어 올렸다냥?!〉

정비소 안에 있는 소형 모니터에는 끈적이는 끈끈이투성이가 되어서도 자신의 차를 들어 올리는 펠젠 국왕의 모습이 비쳤다. 저 사람, 뭐 하는 거지……?

그대로 차를 끈끈이 존 밖으로 옮기려고 했지만, 당연하게도 자신의 발에 끈끈이가 붙어 떨어지지 않았다.

그때가 되어서야 겨우 '아차!' 싶은 표정을 짓는 펠젠 국왕이 화면에 비쳤다. 아니아니아니아니, 보통은 처음부터 알 수 있는 상황이잖아!

어떻게 해서든 발을 내디디려고 했지만 녹은 엿 같은 끈끈이가 발을 휘감아 꼼짝도 할 수 없었고, 결국에는 균형을 잃고 차와 함께 쓰러지고 말았다.

"우오오오오오옷!"

그래도 여전히 빠져나오려고 펠젠 국왕이 굼실거리며 움직였다. 그 모습은 마치 부엌에 설치한 살충제에 걸린 검고…… 아니, 그런 비유만큼은 하지 말자.

이래서야 펠젠호는 사실상 리타이어다.

루페우스 황태자와 베를리에타 왕녀는 우승하기 힘들 테니, 이제 남은 차량은 라피스 씨의 백조호와 로제타&모니카의 은별호, 그리고 니아의 홍묘호인가.

이 3대는 모두 로제타네가 제작한 차로, 아마 스펙 자체는 크게 다르지 않을 것이다. 그렇다면 결국 드라이버의 실력에 달렸다는 말인데…….

장애물 코스에 설치된 끈끈이 존을 백조호와 은별호가 훌륭하게 통과한 데 비해, 니아는 아주 위태롭게 통과했다. 저 녀석, 괜찮나?

모니터 가장자리에 분할된 서브 화면에는 끈끈이에서 벗어나려고 발버둥 치는 펠젠 국왕의 모습이 비쳤다. 이제 그만 리타이어 하면 될 것을.

그 아래의 서브 화면에는 해협 존에 도착해 자신들의 차로 가는 루페우스 황태자와 베를리에타 왕녀의 모습이 비쳤다. ……수리는 잘 되려나?

신경이 쓰여 나는 현장으로 【게이트】를 통해 이동했다. 나는 이미 리타이어됐고, 차에 관해서는 전혀 모르니 도와줄 수는 없지만.

"어때요? 고칠 수 있겠나요?"

"공왕 폐하?"

보닛을 열고 뭔가 확인하던 황태자가 내 목소리를 듣고 고개를 들었다.

"마동기의 기동 각인과 에테르 라인이 완전히 연소되었습니다. 너무 무리하게 가속했으니까요. 차체의 강도에만 신경을 쓰다, 마동기 내부의 강도까지는 손을 쓰지 못했습니다."

황태자가 분하다는 듯이 목소리를 쥐어 짜냈다. 뒷바퀴 중 하나도 비틀려 있어 차체 쪽도 무사하다고는 하기 힘들었다.

"그쪽은 어때요?"

타이어가 빠져서 없는 상태인 베를리에타 왕녀에게도 말을 걸어 보았다. 스트레인호는 앞바퀴가 두 개나 빠져 리어카 상태였다.

"앞바퀴가 하나 바다에 떨어진 모양이라, 이대로는 달릴 수 없어요. 남은 바퀴를 한가운데에 달아 삼륜차를 만들면 어떻게든 달릴 수야 있겠지만요……."

삼륜 오토바이……. 트라이클로 만들 생각인가?

그렇다면 어떻게든 가능하지 않을까…… 생각하던 나에게 베를리에타 왕녀가 좌석 아래에 떨어진 물건을 보여 주었다. 그걸 본 나는 무심코 "아이고~!" 하고 외치고 말았다.

핸들이잖아.

"부러졌어요. 너무 속도를 추구한 나머지, 강도는 부차적으로 생각해서……."

이래선 트라이클로 부활시켜도 아무 의미가 없다. 방향을 바꿀 수 없으니…….

……응?

나는 눈앞의 고장 난 두 대를 번갈아 가며 쳐다봤다. 그런 내 시선에 이끌려 두 사람도 자신과 상대의 차를 보다가, 이윽고 두 사람의 시선이 교차했다.

아.

"저기요……. 두 대의 부품을 합칠 수는."

""그거다!""

'없나요?' 하고 물어보려다 말을 집어삼켰다. 가능한가 보다. 분명히 협력해서 달려선 안 된다는 규칙은 없었다.

"스트레인호의 마동기는 아이젠가르드의 키에리스 마차에 탑재된 타입이야?"

"응. 테리온 제품. 고렘 마차 중에서도 상당한 고급품이야."

"좋아, 그럼 괜찮겠어. 마동기에 옮기는 일은 내가 할게."

"나는 스트레인호의 타이어를 토리하란호의 비틀린 녀석과 교환하겠어. 앗, 파란 핀부터 빼야 에테르리퀴드가 새지 않으니 조심해."

"알았어."

눈앞에서 나는 알아들을 수 없는 지시를 서로 척척 내리며 두 사람은 엄청난 속도로 작업을 진행했다.

"오호라……. 기동 각인을 조금 비켜 뒀구나. 어쩐지 간섭이 안 일어나더라니."

"흐~응……. 여길 이 부품으로 보충해 둬서 내구성이 강해진 거였어. 이쪽도……."

상당히 곤란한 상황인데도 두 사람은 즐겁다는 듯이 웃었다. 대체 어떻게 된 건지.

"계기가 생긴 거야. 단숨에 거리가 좁혀졌어."

"……나왔구나, 구경꾼 신."

"너무해! 이 누나는 연애신이야!"

등 뒤에서 들려온 익숙한 그 목소리를 듣고 나는 가볍게 한숨을 내쉬었다. 갑자기 나타나도 이젠 안 놀라요.

"서로를 인정하기 시작한 거야. 아직 희미한 사랑이지만, 분명하게 싹이 텄어."

"그~래요?"

잘 모르겠지만, 그쪽 분야의 하느님이 말하는 거니 그런 거겠지? 조금 전까지만 해도 서로 소리 지르며 싸웠는데, 벌써 사이가 좋아진다니 그럴 수도 있는 건가?

원래 취미가 같으니 성격이 안 맞지는 않았을 테지만. 톱니바퀴가 맞물리지 않았던 것뿐일까?

〈오오오! 선두를 달리는 백조호, 갑자기 눈앞을 가로지르는 고양이 가족을 보고 꼼짝도 못 하고 있다냥!〉

뭐? 냥타로가 갑자기 이해할 수 없는 말을 하기 시작해서, 나는 촬영 담당인 발키리와 시각을 링크시켰다.

그랬더니 정차한 백조호의 앞을 부모 고양이와 새끼들이 주르르 일렬로 늘어서 횡단하는 모습이 보였다. 길어! 새끼 고양이가 대체 몇 마리야?!

이것도 코스의 장애물인가?! 분명히 무시하고 달릴 수는 없지만…….

등 뒤에서 쫓아온 2등인 은별호도 그 자리에서 멈췄다. 에구. 추격당했네.

고양이의 횡단은 끝날 줄을 모르고 계속됐다. 라피스 씨와 로제타는 난처한 표정을 지을 뿐이었지만, 모니카는 조바심을 내기 시작했다. 그래, 그 마음은 안다.

이대로 가면 니아한테도 추격당해. 앗, 봐. 뒤쪽에서 오잖아.

니아도 새끼 고양이들을 보자 급브레이크를 밟고 멈춰 섰다. 결국 세 대 모두 같은 위치에 나란히 서고 말았다.

어떤 의미에서 보면 정말 무시무시한 함정이다. 굉장히 훈훈하지만.

〈냐냥……. 이게 장애물이라니 입장상 굉장히 복잡한 기분이다냥…….〉

워워. 냥타로는 카트시잖아.

그 사이에도 야옹야옹야옹, 하고 울면서 새끼 고양이들이 계속 횡단했다. 101마리일지도 모르겠는걸……. 그건 개인가.

앗. 모니카가 차에서 뛰어나왔다. 아무래도 더는 참지 못하고, 자기가 직접 새끼 고양이를 저편으로 옮겨 줄 생각인 듯했다.

모니카가 횡단하는 새끼 고양이 한 마리를 부드럽게 들어 올리려고 하는 순간.

〈냐앙?! 새끼 고양이가 손에서 빠져나갔다냥?!〉

새끼 고양이들의 영상이 흔들렸다. 환영 마법인가! 모니카가 계속 새끼 고양이들을 건드리려고 했지만, 전부 손에서 빠져나갈 뿐 실체는 없었다.

니아의 홍묘호가 발진했다. 그 뒤를 이어 라피스 씨의 백조호도 달려나갔다. 모니카가 차로 돌아오기를 기다려 은별호도 발진했다.

즉, 그 환영은 시간 벌기였던 건가. 참 심술궂다, 정말.

위이이이이이이잉……… 위이이이이이이이잉……

루페우스 황태자와 베를리에타 왕녀가 조립한 마동승용차는 토리하란호의 뒤쪽 후크에 뒷바퀴만 남은 스트레인호를 접속해, 6륜이 되었다.

토리하란호만 달리면 스트레인호가 리타이어한 것으로 간주되기 때문이지만, 너무 억지스러운 면이 없잖아 있었다.

그 토리하란…… 아니, 합체했으니 토리레인호인가? 그 마동기가 조금 전부터 윙윙 소리만 낼 뿐 전혀 기동할 생각을 하지 않았다. 마력이 제대로 순환되지 않아서 그런가?

"부탁이야, 움직여 줘……!"

"움직여…… 부탁이야!"

운전석에 앉아 마력을 흘리는 루페우스 황태자. 그 모습을 기도하는 심정으로 조수석에서 바라보는 베를리에타 왕녀.

응? 어라? 방금······.

"걸렸다!"

"야호!"

부르르릉! 하고 유난히 큰 굉음을 울리며 조금 전까지 침묵하던 마동기가 갑자기 눈을 떴다. 윙윙거리는 소리를 내며 에테르리퀴드의 잔광이 뒤쪽 소음기에서 반짝거리며 뿜어져 나왔다.

"간다!"

"응!"

6륜으로 다시 태어난 토리레인호가 엄청난 기세로 해협 구역에서 달려나갔다. 토리레인호는 순식간에 시야에서 사라졌다.

"오~. 빠르네, 빨라. 벌써 안 보여."

"······카렌 누나, 조금 전에 신력을 사용했죠?"

"글쎄~? 무슨 말일까?"

딴청을 피우고 있지만, 저 마동기가 제대로 움직인 이유는 누나가 뭔가 손을 썼기 때문이다. 아주 희미하지만 신기(神氣)의 활동이 느껴졌다. 뭘 했는지까지는 모르겠지만.

"사랑하는 처녀의 기도는 언제나 기적을 일으키는 법이야."

윙크하면서 카렌 누나가 즐겁다는 듯이 미소 지었다.

◇ ◇ ◇

뒤처진 거리를 만회하려는 듯이 두 사람이 탄 토리레인호는 폭주를 계속했다.

그리고 끈끈이 존을 최단 거리로 빠져나갔다. 힐끔 모니터를 보니 발버둥 치는 펠젠 국왕이 비쳤다. 아직 리타이어 안 했어?

새끼 고양이 존도 이미 정체가 밝혀진 상태라 아무런 장애가 되지 않았다. 토리레인호는 새끼 고양이의 환영을 뚫고 계속 달렸다.

〈냐냥! 토리하란+스트레인호가 엄청나게 추격 중이다냥! 하지만 선두를 달리는 셋에게는 좀처럼 접근하지 못하고 있다냥! 선두의 셋은 장애물 코스의 마지막 구역으로 돌입했다냥!〉

장애물 코스 최종 구역은 코스 중간에 '?' 이라고 적힌 패널이 곳곳에 설치된 함정 구역이었다.

패널을 밟지 않고 달릴 수도 있지만, 그러려면 상당히 먼 길을 우회해야 한다.

나는【플라이】를 사용해 상공에서 패널의 배치를 보고 상당히 성가신 함정이라고 생각했다.

무엇보다 내가 가장 먼저 당했던 그 폭발 이미지가 참가자들의 머리에 선명히 새겨져 있다. 폭발은 환영 마법, 차체가 날아간 이유는 바람 마법 탓이라 실제 받은 대미지는 적었지만, 그렇게 호들갑스럽게 날아갔으니 어쩔 수 없다. 그런 장치가 섞여 있을지도 모른다는 생각이 머릿속에 있으니 당연히 움츠러들 수밖에 없다.

〈아~. 한편 패널 중에는 함정 이외에 러키 패널도 있으니 한 번 밟아 보는 것도 소소한 재미가 있을 거라고 한다……냥. 정말이냥……?〉

그렇다고 해서 밟는 녀석이 있을까? 지금까지의 상황을 생각하면 너무 수상하잖아. 보통은 안 밟는데…… 앗, 니아가 패널을 밟았어!

〈냥?! 홍묘호가 그 자리에서 꼼짝도 않는다냥! 이건…… 60초간 정지 타임인 듯하다냥!〉

"크학————!"

니아가 머리를 쥐어뜯으며 소리쳤다. 꽝인가. 건곤일척의 승부를 벌였다기보다는, 저 녀석이니 아마 성가셔서 그랬을 가능성이 크다.

함정 구역을 가장 능수능란하게 통과해 가는 사람은 백조호의 라피스 씨였다. 그 뒤를 이어 로제타와 모니카의 은별호도 신중하게 패널을 피하며 앞으로 나아갔다.

가장 먼저 함정 구역을 빠져나간 차량은 백조호. 조금 뒤늦게 탈출한 차량은 은별호였다. 둘은 거의 차이가 나지 않았다.

두 대는 서로 부딪치면서 장애물 코스의 게이트를 빠져나갔
다.

〈자자자자! 이제는 출발했던 남쪽 구역의 골인을 향해 가면
그만이다냥! 라스트 런! 우승은 누구인가━━━!〉

골인점을 향해 두 대가 치열한 데드히트를 벌였다. 골인 지
점은 관객석의 바로 앞이었다. 나도 지상으로 내려가 관객석
에서 두 대가 도착하기를 기다렸다.

최종 코너를 돈 두 대의 마동승용차의 모습을 우리도 직접
확인할 수 있었다. 나란히 달리고 있어. 아니, 살짝 백조호가
빠른가?!

2인승이라는 핸디캡이 여기에 와서 명암을 가르는 건가?!

두 대가 골인 게이트를 향해 돌진했다! 치열한 마지막 접전
이다! 게이트를 지나면 골인이 되어 레이스는 끝난다.

그리고 지금 그야말로 백조호와 은별호가 골인을 앞둔 그 순
간!

골인 게이트 코앞의 길이 풀썩 지하로 꺼지더니, 두 대의 차
량도 지하 주차장에 들어가듯이 골인 지점 바로 아래쪽으로
사라졌다.

〈……………………………………………………………우냐앙?!〉

관객도 나도 멍~하니 지하로 이어진 경사로 코스를 바라볼

뿐이었다.

어? 방금 뭐야? 홈플레이트 앞에서 사라진 투수의 마구처럼 슝~ 하고 지하로 사라졌는데요?

아무 일도 없었다는 듯이 코스가 원래대로 돌아왔을 때, 내 등 뒤에서 바빌론 박사가 훗, 하고 웃는 소리가 들렸다.

"마지막의 마지막까지 긴장을 늦추면 안 되는 법이야. 방심은 금물, 한 치 앞은 어둠이라는 아야아야아야아야아야, 토야. 이건 소녀 학대라, 눈을 뜨고 말걸? 이상한 변태 성욕에 눈을 뜨게 될 거야."

"시끄러워!"

나는 양 주먹으로 박사의 머리를 빙글빙글 압박했다. 마지막의 마지막 순간에 저런 함정을 설치해 두다니. 차체 테스트와는 전혀 관계없는 완전 악질적인 장난이잖아!

"백조호랑 은별호는 어디로 갔어?!"

"지하도를 계속 똑바로 가면 골인 지점 저편의 반대쪽 지상으로 나와. 아파아파아파, 이제 놔 줘. 정말로 새어 나오겠어."

뭐가 새어 나오는지는 모르겠지만 일단 나는 박사를 풀어 주었다.

옆에서 이야기를 듣던 냥타로도 정신이 번쩍 들어 마이크를 다잡았다.

〈어, 엇. 이, 일단 두 대 모두 무사한 모양이다냥. 오옷! 토리하란+스트레인호가 어느새 함정 구역으로 접어들었다냥!〉

모니터를 올려다보는 냥타로에게 이끌려 나도 그쪽으로 시선을 돌려보니, 두 사람이 탄 토리레인호가 패널을 피하면서 앞으로 나아가는 중이었다.

"좋아! 60초!"

니아도 함정 패널티에서 풀려난 듯했다. ……라고 생각했는데, 그대로 다른 패널을 밟았다. 저 녀석, 바보인가?!

〈오오오오?! 함정 구역의 패널이 전부 사라졌다냥!〉

"어라? 모두 해제 패널을 밟은 건가? 딱 하나밖에 없었는데 용케도 밟았군."

내가 빙글빙글 압박했던 머리를 문지르면서 바빌론 박사가 중얼거렸다. 정말로 러키 패널도 설치해 뒀구나. ……분명히 거짓말이라고 생각했는데.

패널이 사라진 함정 구역을 홍묘호와 토리레인호가 일직선으로 내달렸다.

그리고 장애물 코스의 게이트를 통과해 두 대 모두 골인을 향해 폭주를 계속했다.

〈냐앙?! 골인 지점 반대편 지하에서 은별호와 백조호가 나타났다냥! 유턴해서 골인 지점을 향해 오고 있다냥! 홍묘호와 토리하란+스트레인호도 최종 코너를 돌아 골인 지점 앞의 직선 코스에 접어들었다냥!〉

이건……! 저편에서 홍묘호와 토리레인호, 이편에서 은별호와 백조호. 골인 게이트를 한가운데에 두고 양쪽 사이드에서 네 대(정확하게는 토리하란호+스트레인호라 다섯 대지만)의 마동승용차가 빠르게 다가왔다.

가장 먼저 골인 게이트를 통과하는 사람이 승리자가 된다. 자, 과연……!

〈고오오오오오오오오오오오오오오올!〉

네 대는 두 대씩 스쳐 지나가듯이 우리의 눈앞에서 서로 교차했다. 에르카 기사가 체커 플래그를 흔드는 모습이 보였다.

"어, 어느 쪽……이 아니라, 누가 1등이었어?"

"네 대가 거의 동시에 들어온 것처럼 보였는데……."

"판정은?!"

관객석에서 술렁이는 목소리가 들렸지만, 나는 누가 1위로 통과했는지 보였다. 아마 카렌 누나도 보였으리라 생각한다.

〈모니터 영상을 틀게~.〉

에르카 기사가 비춘 정지 영상으로 정말 아주 작은 차이였지만, 1위로 통과한 마동승용차가 무엇인지 모든 사람이 눈으로 확인할 수 있었다. 예상외였어, 이건…….

〈우승은, 홍묘호! 니아 베르무트━━━━━━━!〉

"이얏호━━━━━━━━!"

홍묘호에 탄 채, 양 주먹을 높이 들어 올린 니아. 손 떼고 운전하지 마.

관객석에 있던 몇 명의 홍묘 관계자도 자신들의 수령이 우승해 매우 떠들썩하게 축하해 주었다.

관객석에서도 박수를 보내 주었는데, 그중의 한 사람, 스트레인 여왕이 내 옆으로 와서 작게 중얼거렸다.

"공왕 폐하. 새삼스럽지만 '홍묘'라면 혹시, 그……."

뜨끔.

아차. '홍묘'는 스트레인 왕국과 성왕국 아렌트에서는 수배자였다. 지금은 시치미를 떼는 수밖에 없는 건가?!

"……그, 글쎄요~. 무슨 말씀이신가요?"

"……그렇군요. 부패한 귀족들을 혼내 준다는 의적 관계자라고 생각했는데, 제 착각이었던 듯하네요."

생긋 웃고는 있지만 분명히 눈치챘다. 이 사람……. 으악, 실수했어……. 차 이름 정도는 바꾸라고 해야 했는데~.

덧붙이자면 2위와 3위는 거의 동시에 골인한 백조호의 라피스 씨와 은별호의 로제타&모니카였다. 그리고 4위가 루페우스 황태자와 베를리에타 왕녀였다.

정차한 토리레인호에 다가가 나는 차에서 내린 두 사람에게 말을 걸었다.

"아쉬웠어요."

"아니요. 이기지 못해 아쉽지만, 완주할 수 있어 기쁩니다. 무엇보다 즐거웠어요!"

"저도요!"

웃으면서 그렇게 말하는 두 사람을 보고 나는 초대하길 잘했다는 생각이 들었다. 한때는 쓸데없는 짓을 한 게 아닐까 걱정도 했는데.

"베를리에타 왕녀."

"네?"

황태자가 옆에 서 있는 왕녀를 바라보더니 그 자리에서 무릎을 꿇었다.

"당신은 멋진 여성입니다. 당신과 함께라면 잘 지낼 수 있으리라 생각합니다. 부디 토리하란에 와 줄 수 없을까요? 그리고 절 도와주십시오."

"……네."

뺨을 붉히며 황태자의 손을 잡는 베를리에타 왕녀. 어? 뭐야, 이 전개는.

"어머어머. 아무래도 원만하게 잘 진행된 모양이군요."

"그렇군요. 이것 참. 이제야 어깨의 짐을 내려놓게 되었습니다."

스트레인 여왕과 토리하란 황제가 서로 시선을 나누며 고개를 끄덕였다. 그런가?

잘 모르겠지만 비가 온 뒤에 땅이 굳는다, 정도로 생각해 두면 될까? 애초에 첫인상은 서로 마음에 들었던 모양이기도 하니까.

그렇게 레이스가 끝나고, 그대로 곧장 야외 파티가 열렸다.

해변에 설치된 특설 장소에서 참석자들에게 다양한 요리를 대접했다. 이건 처음부터 예정됐던 행사로, 앞쪽 세계, 뒤쪽 세계의 각국에서 궁정 요리인을 초청해 각 나라의 요리를 먹어 보자는 취지였다.

각 나라의 특색이 드러나 흥미롭고, 다양한 사실을 서로 알 수 있는 계기가 되지 않을까 하고 막연하게 생각했는데, 의외로 순조로운 모양이다.

약혼을 발표한 루페우스 황태자와 베를리에타 왕녀에게 각국 대표가 축하의 말을 건넸다. 어떻게 보면 다른 나라 사람들이 얼굴을 다 기억할 테니 마침 잘된 건지도 모른다.

"원만히 해결되어 잘됐어요."

"그러게. 저 두 사람이라면 싸우면서도 사이좋게 잘 지낼 수 있을 것 같아."

행복해 보이는 두 사람을 다른 테이블에서 바라보며 나는 유미나의 말을 듣고 그렇게 대답했다. 서로 충돌할 때도 있겠지만, 저 두 사람이라면 틀림없이 괜찮을 것이다.

"그렇지만 개최자가 가장 먼저 리타이어 하다니, 꼴사납긴~."

"큭……. 그건 어쩔 수 없는 일이었잖아."

놀리는 에르제의 말을 듣고 뾰로통해 있는데, 저편에서 같은 리타이어 동료인 펠젠 국왕이 다가왔다.

"여여, 수고가 많아. 서로 아쉽게 됐군, 브륀힐드 공왕."

끈끈이에 달라붙은 채 레이스가 종료되어 원통하게도 리타이어. 그대로 구조된 펠젠 국왕은 저택에서 목욕해 말끔해진 상태였다. 펠젠 국왕이 곧장 내 맞은편 의자에 털썩 앉았다.

"아주 재미있는 레이스였네. 여러 개량점이 보이더군. 마동승용차가 앞으로 어떻게 발전할지 기대돼."

"즐겁게 즐기신 듯해 다행입니다."

"그래. 게다가…… 이쪽 세계의 녀석들도 우리와 큰 차이가 없다는 사실을 알게 됐지."

그렇게 말하며 펠젠 국왕은 젊은 커플을 슬쩍 돌아보았다. 그러고 보니 이 임금님도 약혼 중이었지?

앗, 맞아~. 그랬어. 이 사람은 일단 내 형님이 될 사람이었던가……? 내가 루와, 펠젠 국왕이 루의 언니인 엘리시아 씨와 결혼하면 그렇게 된다. 되어 버린다. 일부러 생각을 안 하고 있었어.

"그건 그렇고 얼마 전에 살짝 정보를 얻었거든. 호른 왕국에 관한 일이네."

"호른 왕국?"

그 내전이 발발하기 직전이라는 나라인가? 분명히 왕손파와 왕제파로 나뉘어 다투고 있다고 했지? 펠젠은 이웃 나라이니, 그쪽에서 무슨 말을 꺼내기라도 한 걸까?

"우리 펠젠에 양 진영 모두 지원을 요청했다는 사실은 알지? 지금까지 우리 나라는 중립을 유지하며 그 어느 쪽에도 가세하지 않고 한 번 더 이야기를 나눠 보면 어떤가 제안했지. 이번에 겨우 왕손파와 왕제파의 대표가 우리의 입회하에 한 번 더 이야기를 나눠 보겠다고 허락했네. 그 대화가 3일 후에 열려."

그렇구나. 중립인 펠젠의 중개를 발판 삼아 정식으로 대화를 나눠 보려는 건가. 일이 잘 진행되면 내전을 피할 수 있을지도 모른다.

　"그 대화에 꼭 브륀힐드 공왕도 참가해 주길 바라네. 솔직히 말해 나는 도무지 이해가 안 되어서 말이야. 호른 왕국의 선왕은 현명한 분이었지. 그분이 화근을 남겼으리라고는 도저히 생각하기 힘들어. 뭔가 이면이 있지 않을까 하네만."

　세상을 떠난 호른의 선왕은 남동생에게 사이가 나빴던 제1 왕자를 폐하고 너에게 왕위를 물려 주겠다고 말했고, 재상에게는 제1 왕자와의 사이를 중재해 달라고 부탁했다 한다.

　이 시점에 이미 이야기가 이상하다. 선왕이 둘 중 한 명에게 거짓말을 했든가, 왕제나 재상 중 한 명이 거짓말을 하고 있는 셈이다. 물론 선왕이 정신이 오락가락해서 의견을 이리저리 뒤바꾸었을 가능성도 있긴 하다.

　게다가 츠바키 씨의 보고에 포함되어 있던 묘한 소문도 마음에 걸린다. 유론의 암부 조직 '크라우'의 존재. 이게 왕의 동생이나 재상의 앞잡이가 되었다면 일이 성가셔질지도 모른다.

　'크라우'에는 드문 무속성 마법을 사용하는 암살자와 잠입대원이 있다는 소문도 들린다.

　"알겠습니다. 그 대화에 저도 참석하겠습니다. 문제를 해결해 호른 왕국도 양쪽 세계의 통합 세계회의에 참여했으면 하기도 하고요."

"그런가. 고맙네. 브륀힐드 공왕이 있으면 안심이지."

그렇게 말하고 펠젠 국왕은 우리 테이블에서 떠나갔다.

흐음. 거짓말을 하는지 아닌지를 간파하려면 라밋슈 교황 예하의 힘을 빌리는 방법도 있다. 그 사람의 마안은 '진위의 마안'. 거짓말을 간파하는 힘을 지녔다.

왕의 동생과 재상. 어느 쪽이 거짓말을 하고 있는가. 바로 알수 있다. 박사가 만든 거짓말 탐지기도 좋지만, 일이 일인 만큼 신중히 처리하고 싶다.

나는 협력을 부탁하기 위해 다른 테이블에 있을 라밋슈 교황예하를 찾기 시작했다.

호른 왕국.

앞쪽 세계의 대륙 동쪽에 있는 농업국. 비옥한 대지와 온화한 기후 덕에 그 땅은 독자적인 문화권을 이루었고, 극히 제한된 나라와만 외교를 펼쳤다.

그 계기가 된 이유 중 하나가 예전에 존재했던 천제국 유론의 침략이었다.

호른 왕국은 약 100년 정도 전까지 북부에도 영토를 소유하고 있었다. 그 풍성한 토지를 유론이 힘으로 빼앗아 갔다.

당연히 호른 왕국은 유론과 단교하고 펠젠 왕국과 동맹을 맺어 유론을 견제했다. 그 이후로 반쯤 쇄국인 상태를 100년 가까이 유지했다고 한다.

독립된 문화와 국력을 지녔다고 하면 듣기에는 좋지만, 그것은 즉 새로운 문화가 유입되지 않아 세계에서 고립된다는 말이기도 하다. 호른 왕국은 동맹인 펠젠에서도 새로운 문화를 받아들이려고 하지 않았다.

그런 상황에 위기감을 느낀 사람이 이전 국왕인 토남 더 호른의 아들인 제1 왕자, 캄라 더 호른이었다.

이대로 가면 호른 왕국은 새롭게 발전하지 못한다고 생각해, 제1 왕자는 다른 나라에서 사람을 초빙해 가르침을 구하고 적극적으로 그 문화를 받아들여야 한다고 아버지인 국왕에게 진언했다.

하지만 부왕은 그런 진언을 받아들이지 않았고, 결국 국왕과 제1 왕자 사이에 알력이 생겼다. 서로서로 인정하지 않아 얼굴만 마주치면 서로 매일같이 고함을 질렀다고 한다. 양쪽 모두 고집 센 성격이라 서로 양보할 생각을 하지 않았고, 두 사람의 사이는 매년 험악해져 갔다.

그리고 1년 전, 왕가에 비극이 일어났다.

제1 왕자의 갑작스러운 사고사. 비가 내리던 날, 마차와 함께 낭떠러지 아래로 떨어져 자국의 발전을 바라던 젊은이는 21세로 짧은 생애를 마쳤다.

장례식은 대대적으로 열렸고 국민 모두가 그 너무나도 젊은 왕자의 죽음을 추모했다. 엎친 데 덮친 격으로 이번에는 호른 국왕이 급사했다. 제1 왕자가 죽은 지 불과 일주일 후의 일이었다.

그 원인을 마음고생이 너무 심했기 때문이라고 말하는 사람이 있는가 하면, 최근 몇 년간의 몸 상태 불량으로 인한 지병의 악화가 원인이라고 말하는 사람도 있었다.

즉시 국장(國葬)이 열렸고, 온 나라가 상복을 입었다. 잇따른 비극에 국민은 슬픔으로 날을 지새웠다.

하지만 호른 왕국의 불행은 그것으로 끝이 아니었다.

보통이라면 차기 국왕은 제1 왕자다. 그런데 제1 왕자는 일주일 전에 죽었다. 보통이라면 직계인 제1 왕자의 아들, 쿠오더 호른이 1세의 나이로 즉위해야 한다.

당연하지만 1세인 아이가 국정을 운영할 수는 없다. 따라서 모두 호른 왕국의 재상이자, 어린 왕 쿠오의 외조부인 슈바인 아단테가 섭정이 되리라 생각했다.

하지만 그 일에 이의를 제기한 사람이 왕의 동생이었던 가놋사 더 호른이었다.

그는 이전 국왕이 제1 왕자의 왕위 계승권을 박탈하고 자신의 남동생인 자신에게 왕위를 물려 주리라 명언했다. 따라서 이건 슈바인의 전횡이며 왕권 찬탈이라고 선언했다.

한편 재상인 슈바인 측은 이전 국왕은 제1 왕자와 알력을 어떻게든 해소하고자 관계를 회복하길 바랐으며 그 가교 역할을 자신에게 부탁했다고 반박했다.

"서로 한 걸음도 물러서지 않아 왕손파와 왕제파의 권력 다툼이 발발. 드디어 내전 바로 직전까지 오고 말았다……라는 이야기인가요."

"네, 그렇게 된 겁니다."

라밋슈 교황의 말을 듣고 펠젠 국왕이 작게 고개를 끄덕였다.

호른 왕국의 왕도, 레일민. 그 왕성으로 이어진 길을 펠젠 왕국의 대형 마차가 계속 달렸다. 마동승용차가 아닌 이유는 상대국에 대한 배려였다.

마차 안은 매우 편안했고, 내 맞은편에는 라밋슈 교황 예하와 펠젠 국왕 폐하가 앉아 있었다.

그리고 내 양 사이드에 앉아 있는 사람은 호위라는 명목으로 따라온 야에와 사쿠라였다.

"펠젠이 양쪽 진영을 중개하여 대화의 자리를 마련했습니다. 그때 교황 예하는 그들의 거짓말을 꿰뚫어 봐 주셨으면 합니다."

"그 결과에 따라 펠젠은 양쪽 중 한 곳을 지지한다는 말씀이신가요?"

"음. 우리 나라가 배후에 있다면 내전을 하려고 하지 않을 겁니다."

그래, 아무래도 그렇겠지. 하지만 교황 예하가 거짓말을 간파하는 역할이라고 하면, 난 대체 뭘 하면 좋지?

"토야는 마법으로 경계해 주었으면 하네. 설마 그럴 일은 없겠지만, 왕제 또는 재상에게 위해를 가하는 자가 없으리라고는 보장할 수 없으니까. 우리만으로는 눈치채지 못하는 무언가가 있을지도 몰라."

그렇구나. 확실히 유론의 암부 집단이 관련되어 있다는 소문이 사실이라면 무슨 일이 벌어질 가능성도 있다. 목적을 위해 자폭마저 하는 녀석들이다. 무슨 짓을 할지 알 수 없다.

마음을 다잡기 위해 심호흡을 하는 중에 마차가 왕성 앞에 도착했다.

왕성이긴 하지만 벨파스트나 레굴루스만큼 크지는 않았다. 만듦새도 어딘가 검소한 편으로 화려함은 전혀 찾아볼 수 없었다.

예를 들자면, 어디가 있을까……. 오키나와의 슈리성에서 빨간색을 뺀 수수한 느낌일까. 어디까지나 이미지가 그렇다는 거지만.

성문을 지나 성안으로 들어갔다. 공교롭게도 문은 슈리성의 슈레이 문 같지 않았다.

마차가 정차하자 우리보다도 앞서 달리던 다른 마차에서 펠젠 마법 병단 소속의 병사들이 뛰어나왔다. 뒤쪽의 마차에서도 마찬가지로 라밋슈의 성기사들이 내리더니 우리의 마차 앞에 나란히 섰다.

그리고 그 병사들의 대장이 우리 마차의 문을 열었다. 그 이후에 펠젠 국왕 폐하, 라밋슈 교황 예하, 나, 이런 순서로 마차에서 내렸다.

"호른 왕국에 어서 오십시오, 펠젠 국왕 폐하, 라밋슈 교황 예하, 브륀힐드 공왕 폐하."

왕성으로 이어지는 문 앞에 남자 한 명이 서 있었다. 나이는 서른 전후. 검은 머리카락을 올백으로 넘기고, 안경을 쓴 남자였다. 문관 같은 이미지였지만 눈초리는 날카로웠다. 비대칭인 민족의상을 입고 어깨에는 띠 같은 천을 걸친 모습이었다.

"그대는 누구인가?"

"호른 왕국의 네 후작 중 한 명인 동해후 트렌 하노이라고 합니다. 앞으로 잘 부탁드립니다."

"네 후작?"

내가 익숙지 않은 말을 듣고 되뇌자, 말을 한 본인이 대답해 주었다.

"호른 왕국에 넓은 영지를 가진 네 명의 후작을 말합니다. 저는 바다에 인접한 동쪽의 넓은 영지를 하사받아 동해후라고 하지요."

호른 왕국에는 여러 영지가 있는데, 그중에서도 커다란 영지가 네 개 존재하며, 그 영지의 소유자를 각각 동해후(東海侯), 서삼후(西森侯), 북산후(北山侯), 남천후(南泉侯)라고 부르는 듯했다.

그중에서 북산후와 서삼후는 왕제인 가놋사 더 호른 쪽이고, 동해후와 남천후는 재상인 슈바인 아단테 쪽으로, 정확하게 두 편으로 나뉘어 있다고 한다.

즉, 눈앞의 동해후 트렌은 재상 편이라는 건가.

트렌 후작…… 동해후라고 부르면 되나. 동해후는 우리를 성안으로 안내해 주었다.

"설마 브륀힐드 공왕 폐하와 라밋슈 교황 예하께서도 오실 줄은 몰랐습니다."

"자연의 경치가 맑고 아름답기로 유명한 호른 땅을 눈으로 꼭 확인해 보고 싶었습니다. 펠젠 국왕 폐하께서 무리한 부탁을 들어주셔서 감사할 따름입니다."

"그렇군요. 우리 나라는 펠젠 왕국 이외에는 거의 교류가 없으니…… 그래선 안 된다고 저희는 생각하고 있습니다만…… 이번에 저희가 대화할 때 입회해 주신다면 기쁘겠습니다."

쓴웃음을 지으면서 동해후가 그렇게 대답했다. 흐음. 이 사람은 개국파인가. 나라의 대표인 우리가 자신들이 옳다고 주장하는 내용의 지지자가 되어 주길 기대하고 있는지도 모른다.

동해후는 성으로 들어간 우리를 회의실 같은 장소로 안내해 주었다.

벽과 기둥의 군데군데에 금을 사용한 호화로운 방이었다. 천장에는 커다란 용을 새겼을 만큼 굉장히 화려했다. 수수한 건물 외양만 봐서는 상상도 할 수 없는 광경이었다. 일단 우리는 사각형 모양으로 배치된 책상의 북쪽에 앉았고, 우리의 뒤쪽으로는 경호를 위해 들어온 펠젠 병사와 라밋슈의 성기사 몇 명이 나열했다.

동해후는 양 진영의 대표를 불러온다며 회의실 밖으로 나갔다. 그 후, 나는 방을 이리저리 둘러보다 조금 전부터 느껴졌던 마력의 근원을 발견했다.

"흐~응……."

"토야 님? 왜 그러시는지요?"

야에가 내 시선을 눈치채고 말을 걸었다.

"저 천장에 조각된 용의 눈. 그리고 좌우의 팔로 쥐고 있는 보석. 아마 마법이 부여된 마도구야."

"네?"

"물론 위해를 가하려고 그런 건 아니지만. 아마 밖으로 소리가 새어나가지 않게 막는 【사일런스】 계열하고, 전이 계열의 마법을 방해하는 결계, 그리고 간단한 방어벽 전개…… 정도일까?"

즉, 이 방의 소리는 밖으로 새어나가지 않고, 전이 계열 마법은 막히며, 사람에게 위해를 가하려고 하면 방어 마법이 발동된다고 생각하면 되겠지. 어느 정도 효과가 있는지는 알 수 없지만. 안전 대책은 그들 나름대로 세웠다는 말인가.

잠시 후, 우리가 앉아 있는 장소의 좌우에 있던 두 개의 문이 서로 타이밍을 맞춘 듯이 동시에 열리더니, 양쪽 진영 사람들이 나타났다.

입장상 양쪽 모두 현재는 왕위에 오르지 않아서 우리는 계속 앉아 있었다. 야에와 사쿠라는 서서 가볍게 고개를 숙였지만.

그 상태로 우리는 각자 인사를 나누었다.

우리의 왼쪽에는 재상인 슈바인 아단테를 필두로 조금 전의 그 동해후, 트렌 하노이, 그리고 남천후인 나바이트 체르민이 자리를 잡았다.

슈바인 재상은 나이가 70이 조금 안 되었는데, 노인이지만 방심할 수 없는 눈빛의 소유자였다. 흰 수염을 입가에 기른 얼굴로, 깊은 주름과 매부리코가 그 강한 의지를 나타내는 듯했다. 농담을 해도 통하지 않을 타입처럼 보인다.

반대로 남천후 나바이트는 서른을 지난 나이의 중년 체형으로, 비만인 사람이었다. 온화해 보이기는 하지만 긴장을 해서인지 조금 전부터 손수건으로 얼굴의 땀을 마구 닦았다. 기가 약해 보인다.

한편 오른쪽에는 가놋사 왕제 더 호른을 필두로, 북산후 호크스 마니우스와 서삼후 세이리아 스일이 자리를 잡았다.

가놋사 왕제는 마흔으로 알고 있다. 상당한 건실한 체격으로, 상당히 단련한 몸이었다. 검은 콧수염과 턱수염은 아직 한참 힘찬 젊음을 유지하고 있음을 보여 주는 듯했다. 눈빛도 날카롭고 틀림없이 문관이라기보다는 무관인 사람이다.

그 옆에 앉은 북산후 호크스는 예순을 넘은 노인이었다. 초연한 분위기의 할아버지로, 도무지 종잡을 수가 없었다. 우리의 나이토 아저씨와 비슷한걸? 멍한 타입인가?

마지막 한 사람, 서삼후 세이리아. 밤색 머리카락을 지닌 사람으로 후작 중에서는 홍일점이었다.

나이는 20대 초반인가. 젊네. 하지만 의연한 모습을 보니 보통내기가 아닌 듯했다. 어디까지나 첫인상에 불과하지만, 융통성이 없는 완고한 사람이라는 이미지였다. 미인이긴 해도 그다지 가까이 다가가고 싶지 않은 사람이랄까?

그 외에는 각 사람의 뒤에 호위 병사와 측근이 붙어 있었다.

슈바인 재상.

동해후 트렌.

남천후 나바이트.

가놋사 왕제.

북산후 호크스.

서삼후 세이리아.

호른 왕국의 앞날을 논의하는 회의가 시작되었다.

"형님은 캄라 왕자의 생각을 부정하셨습니다. 그 생각은 호른 왕국의 근간을 무너뜨릴 수 있다고 하셨지요. 따라서 캄라 왕자의 왕위 계승권을 박탈하고 저에게 왕위를 양도하겠다고 약속하셨습니다."

"하지만 그런 약속을 하셨다는 증거는 없습니다. 실제로 왕위 계승권이 박탈되었다면 모를까, 법을 따른다면 왕위는 캄라 왕자의 첫째 아들인 쿠오 왕자에게 계승되어야 한다고 생각합니다만."

"재상님은 내가 거짓말을 하고 있다는 겁니까?"

"그렇게 말하지는 않았습니다. 왕은 왕자와의 알력을 매우 걱정하셨지요. 순간적인 감정에 의한 발언⋯⋯일 가능성도 있다고 생각합니다."

슈바인 재상과 가놋사 왕제. 서로 한 발도 물러서지 않아 의견은 평행선을 달렸다.

재상의 말대로 술에 취했거나, 죽은 왕자와 말다툼을 한 뒤라서 무심결에 말을 했어도 이상하지는 않으려나⋯⋯?

진심은 그게 아닌데 무심코 말을 했을⋯⋯ 그런 가능성도 있다. 문제는 왕제가 그 말을 진심이라고 믿어 버렸다는 데 있다.

"한 가지 확인을 하고 싶습니다만, 재상님. 형님이 돌아가신 그날, 재상님과 형님이 말다툼을 했다는데 사실입니까?"

"⋯⋯⋯⋯네. 사실이지만, 왜 그러시는지요?"

"성의 내부인의 말에 따르면, 형님이 중요한 이야기가 있으시다며 사람을 물리셨다고 하더군요. 그때 무슨 말씀을 나눴는지 가르쳐 주실 수 있겠습니까?"

노려보는 가놋사 왕제의 시선을 피하지 않은 채, 슈바인 재상이 천천히 입을 열었다.

"⋯⋯돌아가신 캄라 왕자의 뜻을 전달했을 뿐입니다. 호른

이 세계에서 고립되지 않으려면, 역시 새롭게 문을 열어야 한다고 간언했습니다. 하지만 왕께서는 받아들이지 않으셔서 언쟁을…….”

“그게 과연 정말일까요? 형님은 그때 왕위를 나에게 양보하겠다는 이야기를 재상님에게 한 것이 아닐지요? 형님의 죽음에는 의심스러운 점이 몇 가지 있습니다. 재상님은 짚이는 곳이 없습니까?”

“……무슨 말씀을 하시는지 잘 모르겠군요.”

으응? 설마 재상이 국왕을 죽였다든가?

아니아니, 나라의 문을 열고 싶다는 이유만으로 임금님을 죽이고 그럴까?

앗, 임금님이 사라지면 섭정이 되어 나라를 좌지우지할 수 있는 건가? 동기는 충분하네.

두 사람 모두 서로를 노려보며 침묵을 유지했다. 솔직한 내 심정을 말하자면, 양쪽 모두 의심스러웠다.

물론 이런 때를 위해 교황 예하를 모셔온 거지만.

교황 예하의 거짓말을 간파하는 ‘진위의 마안’을 아는 사람은 적다. 거의 쇄국 상태였던 호른 왕국이라면 더욱 그렇다.

나는 옆에 앉아 있는 교황 예하에게 슬쩍 말을 걸었다.

“어떤가요? 어느 쪽이 거짓말을 하는지 알아내셨나요?”

“그게…….”

난처한 듯한 표정을 지으며 고개를 갸웃하는 교황 예하.

"양쪽 모두 거짓말을 하고 있지 않은 모양이에요……."

"어? 무, 무슨 말씀이시죠?!"

"거짓말을 했을 때의 반응이 없답니다. 양쪽 모두 진실을 말하고 있든가, 그렇게 굳게 믿고 있는 상태…… 또는 저의 마안을 뿌리치는 뭔가를 가지고 있거나……."

마안을 뿌리치는 마도구는 아직 본 적이 없지만, 마안이 무속성 마법의 일종이라면 그것도 불가능한 이야기는 아니다. 갈디오 전 황태자가 가지고 있던 팔찌처럼 마안을 봉쇄하는 아이템도 있었으니, 뿌리치는 마도구가 있어도 이상하지는 않다.

하지만 그런 마도구를 가지고 있지는 않은 듯한데…….

"재상님은 쿠오 왕자의 할아버지. 섭정이 되면 지금까지 이상으로 그 솜씨를 발휘할 수 있지. 하지만 가놋사 님이 계셔선 뜻대로는 안 되니, 그야말로 눈엣가시 아닌가."

"무슨 말을 하고 싶은 건가, 북산후?"

초연한 모습의 북산후 할아버지가 말을 꺼내자, 맞은 편의 동해후가 날카로운 눈으로 노려보았다.

"아니, 왕성에 오는 도중에 가놋사 님이 탄 마차의 바퀴가 빠져 하마터면 크게 다칠 뻔했지 뭔가. 조금만 잘못했으면 죽어도 이상하지 않았어."

"뭐라고요?!"

재상 쪽이 놀라 그렇게 되물었다.

"처음에는 노후화로 인한 사고라 생각했는데, 아무래도 이상하더군. 캄라 왕자도 마차 사고로 돌아가셨으니…… 뭔가 짚이는 곳은 없는가, 재상님?"

"있을 리가 있나. 뭘 근거로 그런 질문을 하는지 이해하기 힘들군."

"그러시구면……."

웃고는 있지만 북산후 할아버지는 재상에게서 눈을 떼지 않았다. 바퀴가 빠졌다는데 그냥 사고일까? 아니면…….

다시 교황 예하에게 시선을 돌렸지만, 조금 전과 마찬가지로 작게 고개를 저었다.

재상이 캄라 왕자를 죽일 이유는 없어 보이는데. 딸의 남편이기도 하고.

"……일단 쉬었다 다시 시작하지."

펠젠 국왕의 말을 듣고 양쪽 진영 사람들은 자신들이 들어왔던 문을 통해 밖으로 나갔다.

나는 의자 깊숙이 앉아 크게 한숨을 내쉬었다. 딱딱하고 긴장된 분위기는 정말 사람을 힘들게 한다니까. 계~속 서로 노려보고 있었으니.

호른의 메이드가(민족의상을 입고 있으니 메이드가 아닐지도 모르지만) 내준 차를 마셨다. 맛있네. 이셴의 차와 비슷하면서도 조금 달라. 같이 나온 쿠키를 사쿠라가 깨물었다.

"맛있어. 임금님, 먹어 봐."

"어디 보자. 와아, 꽤 맛있는걸?"

"응. 모두에게 줄 선물로 가져가고 싶어."

사쿠라가 미소 지었다. 팽팽했던 분위기를 풀어 주는 한 알의 청량제 같았다. 치유된다…….

팔짱을 끼고 깊은 생각에 빠져 있던 펠젠 국왕이 분위기가 훈훈해진 이쪽을 바라보았다.

"공왕은 조금 전의 회의를 어떻게 생각하나?"

"뭐라고 하기 힘드네요. 양쪽 모두 진실을 말하는 듯도 보이고, 양쪽 모두 의심스럽기도 해요."

"흐음……. 이래서는 결판이 나지 않겠군."

"죄송합니다. 힘이 되어 드리지 못해서……."

"앗, 아닙니다. 교황 예하의 탓이 아니지요……."

어깨를 떨구는 교황 예하를 보고 당황해서 어떻게든 수습하려는 펠젠 국왕. 그 모습을 보고 나는 무심코 쓴웃음을 지었는데, 그때.

"꺄아아아아아아아아아아아아아아아아아아!"

비단을 찢는 듯 날카로운 여성의 비명이 들려왔다. 이 방에는 방음 마법이 걸려 있지만, 안에서 바깥으로 소리가 새어나가지 않을 뿐이지 밖의 목소리는 평범하게 잘 들린다. 목소리가 들린 곳은 재상이 나간 문. 나는 곧장 그곳의 문을 열고 복도로 뛰쳐나갔다.

복도 저편의 안쪽에는 많은 사람이 모여 있었다. 그리고 문 바로 앞에는 몸을 떨며 웅크리고 있는 여성이 있었다. 방금 들린 비명은 이 사람이 지른 듯했다.

　문이 열려 있는 방으로 뛰어들어가 보니, 남자 한 명이 엎드린 모습으로 쓰러져 있었다. 양탄자에 토한 피웅덩이를 남기고 완전히 숨이 끊긴 남자는 다름 아닌 남천후 나바이트 체르민이었다…….

◇ ◇ ◇

　회의는 일시 중단되었다. 나는 아무도 성 밖으로 내보내지 말라고 슈바인 재상에게 부탁했다.

　방에는 서로 다툰 흔적은 보이지 않았다. 바닥에 굴러다니던 찻잔과 피를 토하고 죽은 남천후를 보는 한 독살일 가능성이 농후했다.

　"【서치: 독극물】."

　【서치】를 발동하자 양탄자에 스며든 액체에서 독극물 반응이 검출되었다. 역시나.

　테이블 위에는 쟁반이 놓여 있었고, 그 위에는 차를 우리는 주전자와 뜨거운 물이 들어간 도자기 물주전자가 있었다.

　"이 차는 누가 준비했나요?"

　"회의를 시작하기 전에 재상님이 모든 방에 준비해 준 듯하더군. 회의가 끝날 때까지 문을 잠가 두지는 않았다니, 회의 중에도 누구나 이 방에 들어올 수 있었을 거네."

펠젠 국왕이 그렇게 대답했다. 그렇다면 누구나 범행이 가능했다는 거구나. 회의에 참석했던 사람은 직접 범행이 어려웠겠지만, 그 부하가 범행을 실행했을 가능성도 있다. 물론 이 차를 준비했던 재상도 가능하다.

덧붙이자면 경호 병사들은 회의가 중단되어 남천후가 이 방으로 들어온 후, 이 방 앞을 단단히 지키고 있었다.

문 앞에 있었는데 방에서 쓰러지는 소리를 못 들은 건가? 그렇게 생각했지만, 이 방의 천장에도 용이 있었다. 저것 탓에 안 들렸나 보구나.

나중에 '연금동'의 플로라를 불러서 남은 차를 분석해 달라고 하자. 어떤 독인지 알면 뭔가 단서를 발견할 수 있을지도 모른다.

"그런데 왜 남천후가 살해당해야 하지? 이렇게 말하면 실례지만, 재상님이나 왕제님이라면 또 몰라도……."

펠젠 국왕이 고개를 갸웃했다. 그건 그렇다. 위협인가? 덤비면 이렇게 된다는 본보기?

"저, 저기. 그것 말인데요……."

으~음, 하고 고민하는 우리에게 머뭇거리며 복도에 있던 여성 고용인이 말을 걸었다.

"시, 실은 이 방은 재상 각하가 사용할 예정인 방이었어요."

"뭐라고?"

"재상님은 남천후님에게 저기 있는 남향의 넓은 방을 준비해 주셨는데, 남천후님이 이쪽 방이 더 좁고 마음이 안정된다며 재상님에게 바꿔 달라고…….

여성 고용인이 복도 맞은편에 있는 방문을 가리켰다.

확실히 이 방은 북향이라 햇빛이 거의 비쳐 들어오지 않았다. 손님은 남천후와 동해후에게는 남향인 방을, 자신은 북향인 방을 준비했던 건가.

"그렇다면…… 사실은 재상님이 죽었을지도 모른다는 말씀입니까?"

야에의 말을 듣고 주변 사람들이 얼어붙었다.

재상을 독살하려고 했지만 남천후가 방을 바꿔 달라고 부탁하는 바람에 대신 죽게 되었다……. 그렇게 생각하는 편이 자연스러운가. 남천후 개인을 노릴 이유가 없었을 때의 이야기지만.

왕제파가 보기에 재상 쪽 사람들은 모두 적이니, 남천후를 노린다고 하더라도 이상하지는 않지만…… 이 상황이라면 역시 재상을 노리겠지. 보통은.

방은 다다미 8장(약 4.5평) 정도의 넓이로, 책상과 소파, 큰 옷장이 있었고, 북쪽에는 창문이 있었다. 그리고 문 옆에는 고용인을 부르기 위한 벨을 치는 끈이 늘어져 있었다.

옷장을 열어 봤지만 아무것도 없었다. 이곳은 대기실이라고 해야 하나, 휴게실 같은 곳이니 당연한가.

문득 지금이라면 소생 마법이라고 하는 빛 속성의 【레저렉션】으로 남천후를 되살릴 수 있을지도 모른다는 생각이 잠깐 들었다.

【레저렉션】은 죽은 지 1시간 이내, 동시에 시체에 손상이 없어야 발동할 수 있는 데다, 막대한 마력과 생명력까지 필요한 극한 마법이다.

마법을 거는 술자도 죽을 가능성이 커 대부분은 육친, 또는 연인 등에게만 사용한다.

게다가 마법을 거는 쪽도 극한 마법을 사용할 수 있을 만큼 레벨이 높은 술자여야 하고, 최악의 경우에는 양쪽 모두 죽을 수도 있다. 그래서 역사의 기록을 보면 되살아난 사람은 손에 꼽을 정도로 적다고 한다. 성공률은 20퍼센트 이하라는 듯하다.

나라면 리스크 없이 사용할 수 있을지도 모른다고 생각했지만, 카렌 누나의 말에 따르면 나의 경우, 마력은 괜찮지만 생명력을 너무 많이 주입해 권속이 아닌 이상 그 존재 자체를 변질시키게 된다고 한다.

'녹은 얼음 인형을 한 번 더 얼려도, 이전과 같은 인형의 모습으로는 다시는 돌아가지 않는다' 라고 카렌 누나가 말했다.

"이자의 영혼이 망설이는 일 없이 하늘의 부름을 받기를 기도드립니다. 신이여, 부디 이자에게 평안한 안식을 주소서."

교황 예하가 쓰러져 있는 남천후에게 애도의 뜻을 표했다.

죽은 영혼은 하느님이 있는 신계에 가지 않는다. 그 아래의 천계로 이동한다.

그곳에서 영혼이 정화된 후 새로운 육체로 다시 태어난다. 너무 더러워진 영혼은 짐승으로 태어날지도 모르지만…… 이 사람이 그렇지 않기를 바랄 뿐이다.

일단 주머니 안을 비롯해 뭔가 단서가 될 만한 물건이 있는지 찾아보았다.

특별히 눈에 띄는 물건은 하나도 없었다. 만년필과 손수건, 그리고 담뱃잎과 탬퍼가 들어간 케이스에 파이프와 성냥. 소지했던 물건은 이게 다인가.

나중에 남천후의 시체도 플로라에게 확인해 달라고 하자.

"임금님, 잠깐만."

돌아보니 사쿠라가 복도에서 나에게 손짓을 했다. 뭐지?

현장을 떠나 나는 복도에 있는 사쿠라에게 다가갔다. 야에도 같이 있네.

"무슨 일이야?"

"저기, 있지, 요즘에 가끔 귀가 잘 들리기도 하거든."

"뭐?"

가끔 귀가 잘 들린다고? 그게 뭐야?

"굉장히 멀리 있는 사람의 목소리 같은 게, 가끔 들려. 카렌 형님한테 물었더니 임금님 탓이래."

"어?! 그게 무슨 말이야?!"

"사쿠라 님, '권속 특성'에 눈뜨신 겁니까? 부럽습니다……."

야에가 놀란 표정을 지었지만, 잠깐만. '권속 특성'이 뭔데?!

"음? 토야 님은 카렌 형님에게 듣지 못하셨습니까? 유미나 님은 눈을 뜨지 않았습니까."

"유미나가? ……아, 권속화로 인해 생기는 그 힘이구나."

'신의 사랑'을 받아 권속화가 진행되는 자는 특수한 능력에 눈을 뜬다. 유미나는 미래 예지라는 힘을 얻었다. 아직 몇 초 앞의 미래를 아는 정도에 불과한 듯하지만.

사쿠라는 귀 쪽인가. 그러고 보니 사쿠라는 소스케 형과 자주 노래를 불렀다. 연회라고 하면서 스이카도 자주 같이 있었고. 그쪽의 '신의 사랑'도 영향을 미쳤을지 모른다.

야에는 모로하 누나와 자주 같이 있지만, 힐다도 같이 있었으니. 설마 분산되어 버린 건가?

"그거 말인데, 조금 전 이 방에서 양탄자 위에 뭔가가 떨어지는 소리가 났어. 투욱, 하고. 그래서 잠시 그쪽에 귀를 기울였는데……."

"어? 하지만 그 방은 【사일런스】가…… 아니, 아, 그렇구나."

권속화로 인한 힘이니 그건 신의 힘이다. 【사일런스】 정도로 막을 수 있을 리가 없다. 투욱, 하는 소리는 찻잔이 떨어진 소리이겠지.

"아마 그럴 거야. 그리고 그 이후에는 띄엄띄엄 들렸지만, 뭔가가 파스락거리는 소리랑 창문이 열리는 소리가 들렸어."

"잠깐만. 뭔가 이상한 점이 많지 않아?"

"응. 그래서 부른 거야."

어떻게 된 거지? 독을 마시고 찻잔을 떨어뜨렸는데, 죽은 후에 소리가 들렸다니 이상하다. 그렇다면 남천후 이외에 누군가가 방에 있었다는 말이다.

독은 늦게 효과가 나타나니까 그걸 마신 남천후가 방안을 이리저리 돌아다니다 독이 돌아 죽었을 가능성도…… 아니, 무리가 있는 설명인가.

죽일 목적으로 독을 넣었다면 즉시 효과가 나타나는 녀석을 골랐을 테니까.

"다른 방의 소리를 잘못 들었을 가능성은?"

"음. 괜히 【텔레포트】 무속성 마법을 사용할 수 있는 줄 알아? 좌표축의 공간 인식 능력은 자신 있어."

그렇지? 나도 【텔레포트】를 사용할 수 있어 잘 안다.

하지만 의문점이 몇 가지 정도 떠올랐다. 남천후를 죽이려고 독살이라는 방법을 사용했는데, 범인이 일부러 그 현장을 찾을까? 아니, 괴롭게 죽어 가는 모습을 보고 싶다는 도착적인 목적이 있었다면 별개지만.

반대로 굳이 현장에 올 거라면 독살이 아닌 방법이 더 좋지 않을까 하는 생각도 든다. 빈말로도 남천후는 강해 보이지 않았다. 나이프 하나면 죽일 수 있지 않았을까.

아니아니아니, 애초에 방에 범인이 있었다면 '재상으로 착각해서 죽였다' 라는 설은 성립되지 않는다. 처음부터 남천후를 노렸다는 말이 된다.

"으~~~~~~~~~~~음…….”

나는 쑥대머리에 일본 전통복 차림의 명탐정처럼 머리를 마구 긁었다. ……모르겠어!

현장으로 돌아간 나는 북쪽에 달린 창문을 열었다. 그곳의 바깥쪽은 안뜰로, 높은 나무가 여러 그루 솟아 있었다. 주변에는 아무도 없었다.

"창문이 잠겨 있지 않아. 도망쳤다고 하면 이곳으로 도망쳤겠지?”

창문을 넘어 안뜰로 나가 봤다. 발자국으로 보이는 흔적은 없었다. 나무로 뛰어 나뭇가지를 타고 도망쳤다……고 하기엔 힘들겠어. 창문에서 나뭇가지까지 5미터는 떨어져 있으니까. 나라면 가능하겠지만.

에르제나 야에, 힐다, 첩보 부대의 츠바키 씨나 호무라라면 어떻게든 가능할까? 가능성은 작지만 가능한 녀석은 가능하다는 말이구나.

"흙은 부드러우니 발자국 정도는 남을 텐데…….”

범인이 있었다고 한다면 어떻게 탈출했을까? 아아, 전이 마법으로……. 그런데 그 방은 전이를 방해하는 마도구가 있었어. 나처럼 하늘을 날 수 있다면 도망칠 수 있겠지만.

아, 그럼 범인은 나인가? 아하, 그건 맹점이었네.

…………하아. 바보 같은 생각은 하지 말고 뭐라도 발견해야 하는데. 문득 창문 아래에 뭔가가 떨어져 있다는 사실을 깨달았다.

"……뭐야, 나무 부스러기인가."

2센티미터 정도의 가느다란 나무 부스러기다. 창틀이 깨져 튀어나온 건가?

그런 생각을 하는데 야에가 이쪽으로 달려왔다.

"토야 님! 동해후와 서삼후가!"

야에의 말을 듣고 서둘러 회의실로 돌아가 보니, 동해후와 서삼후가 서로를 노려보고 있었다.

슈바인 재상과 가놋사 왕제는 없었지만, 두 사람 옆에서 북산후가 오만상을 하고 팔짱을 낀 채 앉아 있었다.

"착각도 유분수지! 왜 우리가 남천후를 죽여야 한단 말이야?!"

"범인은 남천후가 아니라 재상님을 노렸을 테지요. 그 직전에 방을 교환한 탓에 남천후가 희생된 겁니다. 재상님을 방해라고 생각하는 사람이 누구입니까? 말할 것도 없습니다만."

"우리는 죽이지 않았어! 그렇게 비열한 짓을 할 리가……!"

"서삼후는 그럴지도 모르지만, 다른 분들은 과연 어떨까요?"

그 말을 듣고 팔짱을 끼고 있던 북산후가 흘끔 동해후를 노려보았다.

"동해후여. 그건 나를 보고 하는 말인가?"

"승리를 위해서는 수단을 가리지 않는다. 바로 북산후가 자주 사용하는 수법이 아닌지요?"

"부정은 하지 않겠네. 북부는 유론과 국경을 맞대고 있는 곳이니까. 조금만 방심해도 목숨을 잃지. 항상 위협에 노출되어 있어. 그런 상황이니 수단을 가릴 처지가 아니지. 물론 거기 있는 공왕 폐하가 유론을 멸망시킨 뒤로는 많이 편해졌지만."

북산후가 이쪽을 보더니 히죽 웃었다. 아니, 여기서도 오해하고 있단 말이야?

"말해 두지만, 저는 유론을 멸망시키지 않았어요. 나라를 재건할 기회는 많았는데, 그 나라는 자신들의 이익만을 좇았죠. 나라가 와해된 것은 자업자득이에요."

"……천도 셴하이를 없앤 사람은 공왕 폐하가 아니십니까?"

동해후가 이쪽을 바라보았다. 그것도 아니라니까.

"그건 프레이즈가 한 짓이에요. 어쩐 일인지 유론 사람들은 '공왕이 그 자리에 없었으면 수정 괴물도 나타나지 않았을 거다. 싸움도 없었을 테고, 이렇게 되지는 않았겠지.' 라고 말하는 듯하지만, 제가 그 자리에 없었으면 유론 사람들은 한 명도 빠짐없이 살해당했을 겁니다."

"……그렇습니까. 유론 사람들은 오히려 감사해야 하겠군요. 역시 공왕 폐하. 굉장합니다."

동해후가 손뼉을 쳤다.

웅? 뭐지? 동해후의 말에는 비꼬는 듯이 가시가 돋쳐 있네.

조금 전에 안내해 줄 때는 이런 느낌이 없었는데. 친척 중에 유론 사람이라도 있었나?

"공왕 폐하는 이번 암살이 누구의 짓인지 이미 알고 계신 것 아닙니까?"

"아니요, 역시 그건……. 물론 조사는 하고 있지만, 아직 자살일 가능성도 없진 않으니까요."

터무니없는 소릴. 단서가 너무 적어.

동해후가 안경을 벗고 품에서 꺼낸 손수건으로 그걸 닦으면서 서삼후 일행을 노려보았다.

"이렇게 말하면 남천후에게 실례지만, 재상님이 독살당하지 않아 다행입니다. 재상님이 돌아가셨다면 쿠오 왕자가 있다고 하더라도 우리는 바로 제거됐을 테니까요."

"……어떻게 해서든 우리를 범인으로 몰고 싶은가 보네."

"당신이 범인이라고는 하지 않았습니다. 같은 파벌이라도 아무것도 모르는 사람이 있을 수 있는 거니까요."

두 사람이 다시 서로를 노려보기 시작했을 때, 문이 열리고 슈바인 재상과 가놋사 왕제가 나타났다.

"남천후의 가신들에게는 사정을 설명해 두었다. 미안하지만 방을 준비해 둘 테니 자네들은 당분간 이곳에 머물게."

"가놋사 님, 괜찮습니까?"

재상의 말을 듣고 북산후가 가놋사에게 물었다. 굳이 따지자면 왕성은 재상파의 홈그라운드다. 경계할 수밖에 없다.

"상관없다. 우리는 전혀 거리낄 게 없지 않나. 바로 의심이 풀릴 거다."

머뭇거리지 않고 가놋사 왕제가 그렇게 대답했다. 정말로 범인이 아닌가? 아니면 증거가 발견될 리 없다고 생각하는 건지…….

현시점에는 뭐라 말하기 힘들어. 이곳에 있는 사람들의 범행이 아니라, 일부 가신들이 멋대로 폭주한 결과 이렇게 됐을 수도 있으니까.

"그럼 방으로 안내하지. 죄송합니다, 펠젠 국왕 폐하. 폐하 일행의 방도 바로 준비해 안내하겠습니다……."

"그 전에, 잠깐 괜찮을까요?"

라밋슈 교황 예하가 손을 들었다. 오?

"신의 이름으로 여러분들의 양심에 묻겠습니다. 직접적, 간접적을 불문하고, 여러분들은 남천후를 죽이지 않으신 거죠? 확실히 '죽이지 않았다'고 선언해 주실 수 있을까요?"

교황 예하의 이 질문을 받고 당연히 모두가 '죽이지 않았다'라고 대답했다.

재상의 뒤를 따라 왕제와 후작들이 퇴실했다. 회의실에는 우리만 남았고, 곧 새로 나타난 안내 병사들을 따라 왕성 안쪽에 있는 넓은 객실로 이동했다.

새롭게 안내를 받은 방의 천장을 보니, 이곳에도 용이 있었다. 하지만 혹시 모르니까, 만약을 위해서.

"【사일런스】."

소리를 차단하는 마법을 방안에 걸었다. 이제 절대로 이 방
에서 나눈 대화는 새어나가지 않는다. 단, 처음부터 이 방에
누군가가 숨어 있다고 하면 들을 수 있지만, 그런 기척은 나지
않으니 괜찮다.

나는 교황 예하를 돌아보았다.

"어떠셨나요? 조금 전에 마안을 사용하셨죠?"

"네. 조금 전의 질문을 받고 딱 한 사람, 거짓말을 한 사람이
있었습니다."

조금 전에는 '직접적, 간접적을 불문하고, 여러분들은 남천후
를 죽이지 않았죠?' 라는 한정적인 질문을 했다. 즉, 거짓말을
했다면 그건 자신이 '남천후를 죽였다' 고 인정하는 셈이었다.

"그, 그럼 누가 거짓말을 한 사람입니까?"

야에의 질문에 교황 예하가 천천히 입을 열었다.

"네. 거짓말을 한 사람은 동해후————————— 트렌 하노이
입니다."

◇ ◇ ◇

"독극물은 유로니프레드. 유로니시아의 뿌리를 정제해 만

드는 맹독이에요. 입으로 섭취해 체내로 들어가면 본인의 타액에 포함된 체내 마력과 반응해 순식간에 소화관이 짓물러 죽음에 이르죠.”

'연금동'에서 온 플로라는 차에 들어 있던 독을 그렇게 분석했다.

“그 유로니시아라는 식물은…….”

“유론 북부의 험악한 산악 지대에만 자생하는 식물. 마왕국 제노아스의 일부에서도 가끔 볼 수 있어.”

내 질문에 대답한 사람은 플로라가 아니라 사쿠라였다. 유독 자세히 아네.

“제노아스에서도 이 독이 가끔 사용돼. 무참하게 죽어서, 협박이나 경고를 위해 본보기로 사용될 때가 많다고 들었어.”

그렇구나. 사쿠라는 제노아스에서 마왕의 딸이었으니, 그런 위험에 관해서 배웠던 듯했다. 그런 것보다 유론의 독이었구나. 역시 그쪽과 관련이 있는 건가?

“동해후가 유론의 심복일까요?”

“유론의 암살자를 고용했다고 하는 편이 더 알기 쉬운 설명이지만.”

그래도 호른 왕국 네 후작 중 한 명이다. 유론 잔당의 앞잡이라고는 생각하기 힘들다. 이용하고 있다고 봐야 더 자연스럽다.

“마스터. 그리고 이쪽의 시체 말인데요. 이쪽에서는 그것 이외에 강력한 수면약 성분도 검출되었어요. 아마 잠들게 한 다음 독이 든 차를 흘려보낸 게 아닐까 해요."

"뭐?"

잠을 재운 다음에 독? 왜 또 그렇게 성가신 짓을?

회의가 끝난다─〉방을 바꿔 달라고 한다─〉잠을 재운다─
〉독을 탄다─〉죽는다. 이런 흐름이야?

잠깐, 자고 있을 때 독을 마시게 했다면 역시 누군가가 이 방
에 있었다는 말이잖아.

예를 들면 그 옷장 안에 숨어서 회의가 끝나 남천후가 오길 기
다렸다가 잠을 재우고 죽인다…… 그게 뭐야. 이해할 수 없어.

앗, 아닌가. 사실은 재상을 죽일 생각이었는데, 옷장 밖으로
나와 보니 남천후. 일단 잠을 재웠지만 얼굴도 들켰으니 역시
죽여야겠다, 그런 건가?

"…………잘 모르겠어."

애초에 기다리고 있었다면 나이프 같은 무기로 죽이면 되잖
아. 왜 독이지? 그게 방침인가?

"범인은 동해후로 결정인 거지요? 일단 붙잡아 자백하게 만
들면 전부 알 수 있습니다!"

"미스터리 드라마의 엉터리 형사 같은 소릴 하네……."

"미스터리……? 그게 무엇인지요?"

어리둥절한 표정을 짓는 야에를 보고 나는 쓴웃음을 지었
다. 분명히 야에의 말도 꼭 틀렸다고는 할 수 없다. 아니, 아마
도 그게 가장 빠른 방법이다.

하지만 여러 가지 문제가 있으니까. 상대는 우리와 국교가 없는 나라의 높은 사람이기도 하고.

이 나라의 제일 높은 사람에게 허락을 받으면 가능할 수도 있겠지만, 누가 제일 높은지를 지금 결정하는 도중이다.

마안으로 판정한 결과는 증거가 되지 않는다. 교황 예하가 거짓말을 했을 리는 없지만, 본인만이 아는 방법으로는 증거가 될 수 없다.

뭔가 확실한 증거가 없을까?

현장을 떠나 복도로 나와 보니, 펠젠 국왕이 이쪽으로 걸어오고 있었다.

"오오, 여기에 있었군, 브륀힐드 공왕. 방금 재상님, 가놋사님과 이야기를 하고 왔는데, 왕위 계승 회의는 내일 한 번 더 열기로 했네. 우리는 여기에 머물려고 하는데, 공왕은 어떻게 할 생각이지?"

전이 마법으로 일단 돌아갈 생각인지 묻는 듯했다. 돌아가도 상관없지만, 없는 동안 무슨 일이 생기면 곤란하니 나도 남기로 했다. 게다가 일단 우리도 용의자 중 한 명이라고 할 수도 있고. 동기도 없고, 알리바이도 있긴 하지만.

"다른 후작들은 어떻게 하나요?"

"각자 왕도에 저택을 소유하고 있지만, 이런 상황이니 돌려보낼 수는 없지. 오늘 밤은 준비한 방에서 하룻밤 자게 할 거네. ……물론 동해후는 나도 최대한 잘 살피지."

작은 목소리로 펠젠 국왕이 그렇게 말했다.

그런데 전혀 모르겠네. 동해후가 남천후를 죽여야 할 이유가 뭘까? 왕위 계승과는 상관없이 개인적인 원한이 있어 죽였다고 봐야 더 이해하기 쉬워.

남천후…… 사람이 좋아 보였는데. 무슨 원한을 살 인물로는 안 보였어. 물론 귀족은 작든 크든 원한을 살 사람들이지만.

이렇게 된 이상 역시 야에가 제안한 작전대로 갈까……? 한밤중에 몰래 동해후의 방으로 잠입해 억지로 자백하게 만들어 사건의 내용을 들어 보고 그 기억을 지우면……. 안 돼, 안 돼. 그건 역시 마지막 수단이야.

범인이 누구인지 알았으니 놓치지만 않으면 어떻게든 된다. ……아마도.

"……라고 생각했는데…….”

"도망가고 말았군요…….”

나와 야에가 한숨을 쉬면서 말했다. 말 그대로 동해후는 그대로 도망가 버렸다. 어디로? 저세상으로!

내 발밑에는 저녁노을에 비친 동해후의 시체가 쓰러져 있었다. 물론 내가 죽인 게 아니다.

　조금 전, 우리가 묵을 방에서 앞으로 일정을 이야기하고 있는데, 펠젠 국왕이 안색이 새파래져서 뛰어와 동해후의 죽음을 알려 주었다.

　현장은 동해후가 머물 예정이었던 방으로, 그는 잠시 쉬겠다고 말을 하고선 두 시간 정도 전에 방안에 틀어박혔다고 한다.

　저녁 메뉴를 확인하러 온 여성 고용인과 함께 경비병들이 방으로 들어가 보니 이미 동해후는 숨이 멎어 있었다는 모양이었다.

　참고로 자살이 아니었다. 침대 옆쪽 바닥에 쓰러져 있던 동해후의 목에는 스카프 하나가 말려 있었다.

　"이번에는 알기 쉽게 교살이라."

　"고용한 암살자에게 배신당한 것일까요?"

　"그럴 가능성도 없지는 않지."

　그런데 이 스카프……. 평범한 스카프가 아니다. 보드랍고 매끄러운 감촉……. 상당히 비싼 스카프다. 문장(紋章)을 수놓았는데, 이건…….

　죽은 동해후를 보고 있던 다른 사람들의 시선이 여성 한 명에게로 집중되었다.

　"서삼후. 이 스카프는 귀하의 것이 아닌가?"

　슈바인 재상의 날카로운 눈빛이 서삼후를 꿰뚫었다. 아무래도 이 문장은 서삼후…… 스일 후작 가문의 문장인 듯했다.

시선이 자신을 향하자 얼굴이 새파래진 서삼후는 고개를 천천히 좌우로 흔들었다.

"아, 아냐. 분명히 그 스카프는 내 거야. 하지만 어제 어디서 떨어뜨렸을 뿐⋯⋯. 정말이야!"

"당신은 아까 동해후와 심하게 언쟁을 했는데, 설마⋯⋯."

"아니야! 애초에 이 방 앞에는 동해후의 경비병이 있어서 못 들어가잖아!"

그 말대로다. 더 나아가 신분이 뻔히 드러날 스카프로 죽이는 바보 같은 짓을 누가 할까. 죽였다 해도 스카프는 보통 가지고 돌아간다.

시체를 이리저리 검사하고, 플로라가 특수한 마도구로 동해후를 스캔했다. 이건 【애널라이즈】가 【인챈트】된 휴대 의료 기기였던가? SF텔레비전 드라마의 의료팀이 사용하는 도구와 비슷하네. 해외의, 우주를 무대로 한 드라마의 그거.

그걸 들고 플로라가 작게 고개를 갸웃했다.

"왜 그래?"

"이상해요."

플로라에게 무엇이 이상한지 자세한 설명을 들었다.

어? ⋯⋯그건 정말 이상하다. 앞뒤가 안 맞아.

"기기 고장 아니지?"

내가 한 번 더 확인하자, 플로라는 바로 시체를 검사하고, 뒤집어 이래저래 확인한 뒤 단언했다.

"역시 틀림없어요. 시체는 거짓말을 안 하니까요."

"그렇다면 그때 동해후는……."

오호라, 마법, 또는 마도구에 의한 효과인가. 플로라의 말이 맞다고 한다면…….

그런 마법을 사용하고 있다면, 범인을 놓칠 수는 없었다. 성에서 아무도 밖으로 내보내지 말라고 말해 두었으니 아마 아직 늦지 않았다.

하~……. 결국 야에가 제안한 일을 실행해야만 하는 건가. 미스터리 드라마의 엉터리 형사는 다름 아닌 나였던 모양이다.

나는 탐정처럼 추리로 수수께끼를 풀 능력이 안 된다는 건가. 힘으로 발견해 힘으로 불게 만들 수밖에 없나. 이건 추리 드라마가 아니니까.

거친 방법이지만 알기 쉽게 가자. 만약 도망가면 일이 성가셔진다. 암살 조직을 살살 대할 필요는 없다.

나는 양쪽 눈에 신기를 모으고 '신안'을 해방했다. 그리고 방에 있는 사람들을 한 명씩 시선으로 꿰뚫어 보았다.

슈바인 재상, 가놋사 왕제, 서삼후, 북산후……는 아닌가. 당연하지만 펠젠 국왕과 라밋슈 교황도 아니다.

"고, 공왕 폐하? 왜 그러시죠?"

갑자기 날카로운 시선으로 노려봐서 불안해졌는지 교황 예하가 나에게 말을 걸었다.

"죄송합니다. 잠깐 확인 중이에요."

교황 예하에게 사과하면서 방 밖으로 나간 뒤, 나는 넓은 복도에서 기다리는 호위 병사와 기사들, 상황을 살피고 있는 여성 고용인들을 신안으로 확인했다.

있다!

나는 곧장 그 녀석 앞으로 걸어갔다.

눈앞에는 짧은 갈색 머리의 아주 평범한 병사 같은 청년이 서 있었다.

기가 약해 보이는 얼굴이 무해하다는 분위기를 내뿜었다. 청년은 호른 왕국의 갑옷을 입고 허리에는 검을 찬 모습으로, 손에는 창을 들고 있었다. 성안을 지키는 경비병 중 한 명이겠지.

"왜, 왜 그러시죠?"

약간 굳은 웃음을 지으며 청년이 말했다. 나는 청년에게 한껏 미소를 지으며 툭툭 어깨를 두드렸다.

"아쉽게 됐네."

"네?"

"【그라비티】."

"크으윽?!"

갑작스러운 가중 마법으로 그 자리에 납작 엎드린 청년 병사. 움직이지 못하는 상황에도 청년은 나를 바라보려고 고개를 들었다. 그 눈에는 놀라움과 증오가 뒤섞여 있었다.

"브, 브륀힐드 공왕 폐하! 대체 뭘 하시는 것인지요……?!"

달려온 슈바인 재상이 말을 걸었다. 갑자기 자국의 병사를 타국의 왕이 제압했으니 당황할 수밖에.

"용의자를 잡았을 뿐이에요. 잠깐 기다려 주세요. 지금 정체를 밝힐 테니까요."

나는 【스토리지】에서 꺼낸 강철선으로 병사의 팔과 다리를 묶었다. 【그라비티】도 해제되니까. 도망가지 못하게 만들어야지.

"자, 【어브소브】."

"아, 아니?!"

흡수 마법 【어브소브】로 청년 병사를 뒤덮은 마력을 내가 흡수했다. 이 녀석의 온몸에 어떤 마법이 부여되어 있다는 사실은 신안으로 간파했다. 부여한 【그라비티】의 마력도 내가 흡수해서 가중 효과도 사라져 버렸다.

청년 병사에게 변화가 일어났다. 갈색 머리카락은 검은 머리카락으로 변했고 단발이었던 머리카락은 길어졌다. 소박해 보였던 청년의 얼굴은 눈빛이 날카로운 여우형 얼굴이 되었고, 동그랗던 턱의 라인도 각이 지고 턱수염이 자랐다. 아무리 봐도 청년이 아니라 장년 남자다. 몸집도 조금 커진 듯했다.

"이, 이럴 수가……?!"

가놋사 왕제가 눈을 번쩍 뜨며 중얼거렸다.

땅에 쓰러진 사람은 이미 기가 약한 얼굴인 청년이 아니라, 살기가 깃든 시선을 내뿜는 수상한 남자였다.

"모습을 바꾸는 마법인가. 잠입 공작을 하기에 딱 좋은 마법이구나. 무속성 마법인가? 아니면 아티팩트야?"

"……어떻게 알았지…………?!"

"사망 추정 시간이 아주 이상했어요."

그 녀석의 질문에 대답한 사람은 내가 아니라 플로라였다. 그래. 그게 계기가 돼서 범인이 뭘 했는지 알게 됐다.

"사체의 시간 경과에 따른 마력 고갈을 판단해 본 결과, 사망 추정 시간은 다섯 시간에서 여섯 시간 전이었거든요."

"그렇다면 남천후가 살해당할 때와 거의 같은 시간에 동해후도 살해당한 셈이 되지. 그렇다면 우리와 이야기하고 두 시간 전에 방에 틀어박힌 동해후는 누구인가? 당연히 가짜지. 그렇게 본인과 똑같이 변하다니, 틀림없이 마법을 사용했을 테고, 아직 이 성에서 한 명도 도망치지 않았다면 모습을 바꾸고 시치미를 떼며 이 자리에 있지 않을까 생각한 거야."

"큭……!"

아마 이후에도 누군가를 죽여 내전의 불씨를 살리려던 게 아니었을까? 그렇지 않으면 보통은 얼른 도망가도 이상할 게 없다.

이를 갈면서 남자가 이쪽을 노려보았다. 그 눈에는 원망과 분노가 담겨 있었다. 그건 정체가 밝혀져서 그런 것과는 완전히 다른 별개의 개인적인 증오처럼 보였다.

"넌 '크라우'의 잔당이야?"

"!"

원망의 빛으로 물들었던 눈에 잠시 놀라움이 깃들었다. 움직이지 못하는 남자의 품을 뒤져 보니 그 가면이 굴러 나왔다. 역시나.

"전 유론의 암살 조직이 호른에서 뭘 꾸미는 거지? 호른에 내전을 일으키려고 하는 건가? 마치 원래는 재상을 노렸던 것처럼 위장해 남천후를 죽여 분위기를 아주 험악하게 만들었잖아."

"큭큭큭……. '크라우'는 결코 꺾이지 않는다. 네놈과는 뭐 하나 할 말이 없다. 죽여라. 이 나라는 이제 끝장이다. 유론의 분노가 조만간 네놈도."

"그런 말은 안 해도 돼.【어둠이여 꾀어라, 다시 심어지는 거짓 기억, 히프노시스】."

"아니?!"

내가 건 최면 마법이 공작원의 의식을 순식간에 빼앗았다. 공작원이면 마법 대책도 잘 세워야지.

자아, 아는 내용을 불어 줘야겠어.

저해 계열 부적을 전혀 지니고 있지 않았던 공작원은 손쉽게

【히프노시스】의 술수에 걸려들었다.

　곰곰이 생각해 보니, 그런 물건을 몸에 지니고 있으면 자신의 변신 마법까지 풀려 버리는구나. 마법도 일장일단이 있는 거였어.

　최면 상태의 공작원에게 물어서 알게 된 내용을 정리하면, 대략 이런 느낌이다.

　공작원은 회의가 시작하기 전부터 남천후를 재워, 그 방의 옷장에 밀어 넣어 두었다고 한다.

　즉, 우리가 처음에 만났을 때부터 그 남천후는 가짜였다.

　회의가 휴식에 들어가자, 공작원은 재상에게 방을 교환해 줬으면 한다고 요청했다. 재상을 노린 범행이라고 착각하게 하기 위해서였다.

　그리고 방으로 들어가 옷장에서 잠들어 있는 남천후를 끌어내 맹독을 먹이고 피를 토하게 하여 야단스럽게 죽였다. 사쿠라는 이때 떨어뜨린 찻잔의 소리를 들었다.

　창문으로 탈출한 공작원은 갈고리가 달린 로프를 이용해 지붕으로 올라갔다. 창문 아래에 떨어진 나무 파편은 그때 떨어진 것이었다.

　그다음은 곧장 동해후의 방으로 침입해 동해후로 변신한

후, 훔쳐 두었던 서삼후의 스카프로 교살했다.

이 공작원이 사용한 마법은 무속성 마법인【미미크리】. 간단히 말하면 의태 마법이다.

이 마법은 굉장하게도 육체도 변화시킬 수 있다. 나처럼 환영이 아니라서 다른 사람이 건드려도 들키지 않는다. 성대까지 흉내 낼 수 있는지 목소리까지 똑같아진다.

다만 이 마법에도 약점이 있는데, 당연하지만 자신의 부피보다 작아질 수는 없다. 즉, 어린아이로는 의태 할 수 없다.

그에 더해 의태 하려면 상대를 건드려야 한다. 건드리는 상대는 죽어 있어선 안 된다.

장시간 변신할 수 없어, 길어야 여섯 시간. 한 번 변신을 풀면 같은 사람으로 변신하기 위해 다시 그 사람을 건드려야 하는 등, 많은 제한이 있었다.

자신 이외에는 사용할 수 없지만, 그래도 잠입 임무에 딱 알맞은 무시무시한 마법이다.

이 마법을 사용해 공작원은 이번엔 동해후로 변신하여 재상 측과 왕제 측이 싸우도록 일부러 부추겼다. 방에 틀어박힌 뒤, 조금 전에 교살한 동해후의 사체를 그 방에 놓아두고 창문으로 탈출.

그리고 아무렇지도 않은 얼굴로 경비 병사가 되어 서 있었는데, 나에게 제압당한 것이다. 이 의태의 원본인 병사는 기절한 상태로 왕성의 옷장에서 발견되었다.

그보다도 놀랐던 것은 이 녀석이 '스토리지 카드'를 가지고 있다는 점이었다.

'스토리지 카드'는 뒤쪽 세계에 보급된 수납 마법이 걸려 있는 카드다. 수납한 물건의 시간을 멈춰 둘 수는 없지만, 주로 고렘 등을 가지고 걸어 다니는 데 사용한다.

이 녀석은 이걸 사용해 교살한 동해후의 사체를 옮겼다. 남천후를 옷장에 밀어 넣어 둔 이유는 특수한 독의 특성상 독을 먹이기 전까지 살려 둘 필요가 있었기 때문이었다.

내【스토리지】와는 달리 수납한 물건의 시간이 멈추지는 않으니까.

뒤쪽 세계의 카드를 왜 이 녀석이 가지고 있었는가 하면, 아무래도 유론에도 뒤쪽 세계에서 온 표류자가 있었던 모양이었다. 그 표류자는 '크라우'에 붙잡혀 살해당했고, 가지고 있던 마도구는 모두 빼앗겼다. 그중 하나가 이 카드였다.

두 명을 살해한 범인은 이 공작원이 틀림없다. 이것으로 사건이 해결되어, 만사가 해결······되지는 않았다.

"그 공작원은 1년도 훨씬 전부터 왕국에 잠입해 이 나라를 혼란에 빠뜨리기 위한 행동을 했어요. 두 분의 대립도 계획된 거였고요."

"그럴 수가……!"

"말도 안 돼……!"

슈바인 재상도 가놋사 왕제도 그 말 이외에는 말을 잇지 못했다. 이미 밤도 밝아 두 사람 모두 초췌한 기색이었지만 그것은 철야를 했기 때문이 아니었다.

'크라우'의 노림수는 먼저 그 공작원이 국왕으로 변해 너에게만 하는 말인데, 라고 하며 왕제에게 왕위를 물려주고 제1 왕자를 폐위하겠다고 약속했다.

그다음 국왕을 죽여 제1 왕자와 왕제 사이에 분쟁을 일으켜 최종적으로는 내전을 일으키려고 했다.

그런데 제1 왕자가 사고로 죽었다. 공작원도 그것만큼은 예상외였던 모양이었다. 그래서 계획을 재검토할까도 생각했지만, 재상인 슈바인이 왕손을 왕위에 올리려고 움직이자 그대로 국왕을 병사한 것처럼 꾸며 암살했다.

그렇게 제1 왕자파VS왕제파가, 왕손파VS왕제파로 전환되었을 뿐인 분쟁이 벌어졌다.

"그, 그럼 나는 감쪽같이 적의 책략에 놀아났다는 말인가……."

부릅뜬 눈을 의자에 앉은 발치로 떨어뜨리며 작게 몸을 떠는 가놋사 왕제. 그 모습을 옆에서 보면서 슈바인 재상이 말했다.

"그자들의 목적은 대체……."

"만약의 사태가 벌어졌을 때. 내전 상태가 됐을 때, 서로 사용하려고 생각하셨던 물건이 있지 않나요?"

““！””

두 사람은 다시 놀란 표정을 짓더니 나를 응시한 뒤, 서로 시선을 마주 보았다.

“‘철기병’.”

두 사람에게서 흠칫하는 반응이 새어 나왔다.

철기병. 로드메어의 보만 박사가 프레임 기어의 부품을 참고…… 아니지, 표절해서 ‘고르디아스’의 자금력을 사용해 개발한 프레임 기어의 모조품이다.

드워프들이 개발한 토목 작업용 ‘드베르그’와는 달리 철기병은 완전히 전투용 병기였다.

“혹하지 않았나요? 철기병 선전에. 서로 반대 세력을 일소하려는 생각에 어디의 누군지도 모르는 음지 상인의 말에 넘어갔죠? 아직 구매는 안 했을지도 모르지만.”

““……….””

두 사람은 완전히 침묵했다.

그 ‘스토리지 카드’. 그걸 가지고 있던 뒤쪽 세계의 표류자는 살해당했지만, 그 안에 수납되어 있던 다양한 물건은 암살 조직 ‘크라우’의 차지가 되었다. 그중에서도 그들이 가장 주목한 물건은…… 그래, 고렘이다.

그 공작원의 기억 속에 있던 증언에 따르면 아마 표류자인 남자는 ‘공장’의 중역이었을 것이다.

왜냐하면 그 ‘스토리지 카드’에 수납되어 있던 물건은 마공국 아이젠가르드 등이 사용하던 군사용 고렘인 '군기병'<ruby>솔 다 토</ruby> 3000기였기 때문이다.

남자 한 명이 그렇게 많은 고렘을 소유하고 있다면 그렇게밖에 생각할 길이 없다. 군기병이라고는 하지만 혼자서 모든 고렘을 다룰 수는 없다. 추측해 보건대 납품을 하러 가는 도중에 차원 표류자가 되지 않았을까 한다.

그리고 더 운이 나쁘게도 새로 편성된 암살 조직 '크라우'에는 '고르디아스'의 잔당도 있었다.

아무래도 브륀힐드의 공왕이 싫다며 서로 손을 잡은 모양인데…….

고렘 기술과 철기병. 당연히 '크라우'는 그걸 받아들였다. 그리고 만들어 낸 신형 철기병이라 할 수 있는 물건을 왕손파와 왕제파 모두에게 비밀리에 선전했다. 내전을 결판 지을 수 있는 비장의 수단이라며.

물론 팔아서 얻을 수 있는 돈이 목적이 아니었다.

호른 왕국 자체를 내전으로 피폐하게 만들어 나라의 군사력을 떨어뜨리고, 철기병을 투입해 더욱 피해를 키울 생각이었다. 전쟁은 왕도 근교에서 벌어진다. 당연히 전황이 길어지면 나라의 전력은 그쪽에 집중되어 국경의 수비는 점차 허술해진다. 특히 북산후나 가놋사 왕제가 다스리는 북부…… 유론의 국경이.

신형 철기병은 철기병이지만 철기병이 아니다. 고렘이 된 철기병이다.

내전의 불씨가 확산되었을 때, 유론에서 철기병 군세가 습격할 예정이었다.

그와 동시에 왕도 부근에 있던 호른 측의 철기병을 모두 조종 불가능하게 만들고 내부에서도 침략을 개시하면, 호른 왕국은 거의 저항도 하지 못하고 '크라우'라는 조직의 손에 일방적으로 붕괴한다…….

"이게 대략적인 시나리오가 아니었을까 해요. 물론 저의 예상도 많이 포함되어 있지만, 아마 크게 빗나가는 예상은 아니라고 생각합니다."

이렇게 말하면 실례지만, 호른 왕국의 마법과 과학 등에 관한 인식은 발전 도상…… 아니, 정체되어 있다. 호른은 대대로 이어져 온 마법과 마도구, 기술만을 사용할 뿐 그 이외에는 아무것도 모른다. 그런 점을 '크라우'가 이용했다고 볼 수 있다.

하지만, 아마도. 처음에는 고렘 기술 없이 이 계획을 진행하지 않았을까. 호른을 내부에서부터 조금씩 허물어뜨려 서서히 '크라우'의 지배하에 두려고 했을지도 모른다. 그렇게 10년 단위로 호른의 중추에 '크라우'의 멤버를 보내 옛 유론 사람들이 실질적으로 지배하는 토지로 바꿔 가기 위해서.

뭐라고 하면 좋을까. '침식' 같은 느낌일까. 부지불식간에 호른 국민이 유론 국민으로 대체되는……. 그런 상상을 하고 말았다.

"국왕 폐하…… 형님이…… 그 녀석들에게 암살되었다는

말은…… 정말입니까……?"

목소리를 쥐어짜며 가놋사가 나에게 물었다. 무릎 위에서는 분노로 인해 떨고 있는 주먹이 보였다.

방의 구석에 있는 소파에 걸터앉아 있던 펠젠 국왕과 라밋슈 교황이 이쪽을 바라보았다. 이건 확실히 말해 주는 편이 좋겠지……?

"……틀림없이 살해당했습니다. 물적 증거는 1년이나 이전의 일이라 보여 드리기 힘들지만…… 실례합니다."

가놋사 왕제와 슈바인 재상 앞에 영상이 흐르기 시작했다.

내가 【히프노시스】+【리콜】로 그 공작원에게서 강제로 빼앗은 기억을 【미라주】로 재현했기 때문이다.

두 사람 앞에는 국왕이 매일 마시던 차의 찻잎에 미량의 독을 섞는 고용인의 모습이 떠올랐다. 그리고 그 고용인으로 의태하는 공작원의 모습도.

차를 타고 옮긴 사람은 다른 고용인으로 그 사람들은 아무것도 몰랐다. 공작원은 차를 관리하는 고용인의 빈틈을 노리고 그 사람으로 위장해 독을 섞었다.

이미 그 잎은 남아 있지 않을 테고, 결정적인 증거도 없다.

"이 기억을 믿어 주시는 수밖에 없습니다. 제가 가짜를 보여 주고 있다고 생각하셔도 그건 그거대로 어쩔 수 없지만요……."

【리콜】 자체가 널리 알려진 마법이 아니라, 내가 그냥 환상을 보여 주고 있다고 말해도 뭐라 할 수 없다. 이것 자체는 아

무런 증거 능력이 없다.

갑자기 벌떡 일어선 가놋사는 양쪽 눈에 분노의 불꽃을 이글거리며 옆방에 감금된 공작원의 방으로 갔다. 앗, 큰일이야!

가놋사를 뒤쫓아 뛰어들어간 옆방에는 혀를 깨물어 죽지 못하게 손발을 묶은 뒤 【패럴라이즈】로 몸을 마비시켜 둔 공작원이 양탄자 위에 쓰러져 있었다.

보초를 서는 호른 병사 몇 명과 야에와 사쿠라도 그곳에서 대기하는 중이었다.

갑자기 방에 들어온 가놋사를 보고 공작원을 감시하던 호른 병사들은 놀랐지만, 가놋사는 그들을 무시하고 빼낸 검을 공작원을 향해 치켜들었다.

"아니……?!"

채앵, 하고 내가 펼쳐 둔 【프리즌】 결계가 검을 튕겼다.

"왜 막는 겁니까?!"

"앗, 아니요. 막을 생각은 없는데요, 단지 왕제님 독단으로 그 녀석을 처형해도 되나 해서요."

가놋사는 왕제이기는 하지만 이 나라의 왕은 아니다.

국왕을 암살한 대역죄인을 이대로 독단적으로 처벌해도 되나 싶었을 뿐으로, 적어도 슈바인 재상의 인가도 받아야 한다고 생각했다. 남천후와 동해후를 살인한 죄도 있으니까. 물론 이건 이 나라의 문제이니 나는 일단 【프리즌】을 해제했다.

"……하긴 이 녀석은 공개 처형을 하여 지금까지의 일을 국민에게 알릴 필요가 있는 건가⋯⋯."

"큭⋯⋯."

재상이 중얼거리는 소리를 듣고 가놋사가 입술을 깨물었다.

이렇게 말하긴 뭐하지만, 호른 국민과 영주들은 이번 내전에 관한 소문을 듣고 국가에 불신감을 가지게 되었으리라 생각한다.

그 원인이 다른 자들의 음모였다고 하여⋯⋯ 분노의 창끝을 바꾸기에는 딱 좋은 이유가 아닐까. 아니, 그게 사실이니 당연한 거지만⋯⋯ 응?

【패럴라이즈】가 걸린 상태인데도 불구하고 공작원이 또 나를 노려보았다. 그 눈에는 여전히 분노와 증오의 빛이 깃들어 있었지만, 입매는 웃고 있는 듯도 보였다.

"【리커버리】."

나는 마비를 풀어 주었다. 혀를 깨물고 죽으려고 해도 회복시키면 되니 문제없다.

"무슨 할 말이라도 있나 보지?"

"큭큭큭큭⋯⋯. 호른은 이제 끝장이다. 내가 정시에 연락하지 않은 이상, '크라우'는 움직이기 시작했을 테지. 지금쯤 3000기나 되는 철기병과 같은 수의 무장 우드 골렘이 호른 북부에서 침공하기 시작했을 거다. 이 나라는 우리 신생 유론이 지배하겠다!"

"이럴 수가!"

"뭐라고?!"

가놋사와 슈바인이 동시에 외쳤다. 꽤 많네……. 아, 군기병을 ^{솔 다 토} 바탕으로 만든 철기병이라면 조종사가 많이 필요가 없어. 무장 골렘은 애초에 조종사가 필요 없으니까.

숫자는 모두 더해 6000. 조종사는 그중 절반의 또 5분의 1 정도……. 어~. 600? 600명 정도인가. 실제로는 10분의 1 이구나.

하지만 무장 골렘이라면……. 고르디아스에 흘러 들어간 정보를 바탕으로 만든 건가. 그걸 만들려면 '노예의 초커 목걸이'가 필요할 텐데, 유론이라면 많이 가지고 있어도 이상하지는 않겠구나.

"이러고 있을 수 없다! 당장 북부로 돌아가 방어를 단단히 해야 해……!"

호른 북부에 영지를 소유한 가놋사 왕제가 방을 나가려던 순간, 가놋사는 마침 달려 들어온 호른 병사와 하마터면 부딪칠 뻔했다.

"무례하다! 너는 이름이 뭐냐……!"

"긴급 소식이니 부디 용서해 주십시오! 왕도에서 거대한 철로 된 기사가 몇 대나 나타나 날뛰며 여기저기서 파괴 활동을 벌이고 있습니다! 급히 대처해야 합니다!"

"뭐라고?!"

넙죽 엎드리며 고개를 숙인 병사의 말을 듣고, 이번에는 슈바인 재상이 놀라 소리쳤다.

"크큭큭…… 하하하! 늦었구나. 어서 도망치는 편이 좋을 거다. 이대로는 왕성에 있는 왕손 폐하도 돌아가실 테니까."

"이 자식……………!"

가놋사가 멱살을 잡고 공작원을 일으켜 세웠다. 가놋사가 노려봐도 공작원 남자는 비웃음을 그치지 않았다.

"원래 펠젠이 끼어들지 않았으면 호른은 유론에 합병될 운명이었다. 저능한 호른 사람을 이끌어 주시겠다는 천제 폐하의 은혜로운 생각도 모르는 어리석은 국민의 나라는 망해도 싸! 우리가 유랑민이 되었는데 네놈들은 태평스럽게 살고 있다니……."

"뭐야, 결국 호른 왕국을 질투했던 거야?"

내가 그렇게 중얼거리자 남자는 잔뜩 분노한 표정으로 이쪽을 돌아보았다.

"네놈이 할 말이냐! 우리 나라를 멸망시킨 장본인이! 영광스러운 유론 국민이 어떤 마음인지 아나……?!"

"그러니까, 너희 나라를 멸망시킨 사람은 내가 아니라 프레이즈라니까. 그런 사실을 착각하면 어떡해."

"닥쳐라! 네놈이 거인병을 얌전히 천제 폐하에게 바쳤으면 유론은 멸망하지 않았다! 네놈 한 명의 오만한 생각이 많은 유론 사람을 나락으로 떨어뜨린 거야! 이 악마 자식아!"

막무가내네. 이 녀석은 무슨 소릴 하는 거야? 이래서 바보와

술주정뱅이는 싫다니까. 말이 안 통하거든. 모든 유론 사람이 이렇진 않겠지만 이런 사람이 너무 많아.

"자기를 미화하는 소리 좀 그만해. 영광스러운 유론? 흥, 어이가 없네. 진지하게 나라를 재건하려는 유론인이 들으면 과연 뭐라고 생각할까? 너희가 하는 짓은 남의 물건을 훔치는 도둑과 다를 바 없어. 도둑에게 무슨 영광이 있다는 거야?"

"이 자식……!"

"'크라우'인지 뭔지 모르겠지만, 결국 도적단이란 말이잖아? 뭘 잘났다고 그러는지. 유론인의 이름을 깎아내리는 사람은 내가 아니라, 같은 유론인인 너희야."

실제로 유론이라는 토지가 아직 존재하는 이유는 다른 나라가 아직 유론과는 얽히고 싶어 하지 않는 데다, 여전히 진지하게 나라를 부흥시키려는 사람들이 있기 때문이다.

진심으로 나라를 부흥시킬 생각이 없다면, 결국 하노크 왕국, 마왕국 제노아스, 로드메어 연방, 펠젠 마법 왕국이 유론의 영토를 분할 지배하게 되리라 생각한다.

"아무튼, 도둑의 프라이드는 신경 쓸 필요 없지. '크라우'인가 뭔가를 없애야 한다는 사실만큼은 이미 결정된 사항이기도 하고. 너희가 나나 나와 가까운 사람을 죽이려고 했다는 사실을 난 잊지 않았거든? ————검색. 호른 왕도에 있는 철기병은 몇 기지?"

눈앞에 지도 화면이 펼쳐지더니 몇 개인가의 핀이 떨어져 내려왔다.

〈검색 종료. 총 31기입니다.〉

"겨우 그 정도구나. 야에, 부탁해도 될까?"

"맡겨 주십시오."

등 뒤에 있던 야에를 돌아보고 말하자, 미소를 지으며 고개를 끄덕여 주었다. 내 레긴 레이브를 동원하면 왕도에 피해가 생길지도 모른다.

방의 창문을 열고 야에가 훌쩍 아침 안개로 흐릿한 안뜰로 뛰어나갔다.

그리고 아침 해가 떠오르는 하늘을 향해 왼손을 높이 들어올렸다.

"이리 오시오! 슈베르트라이테!"

왼손 약지에 있는 약혼반지의 수납 공간에서 눈 부신 빛과 함께 연보라색의 거대한 갑옷 무사가 나타났다. 크게 땅을 울리며 호른의 대지에 야에의 프레임 기어, 슈베르트라이테가 내려선 것이다.

"이, 이건 뭐지……?!"

"크군······. 이, 이게 브륀힐드 공왕이 가지고 있다는 거인병······!"

처음으로 프레임 기어를 보는 가놋사 왕제와 슈바인 재상 그리고 북산후와 서삼후, 호른의 병사들이 모두 야에의 슈베르트라이테를 올려다본 채 몸이 굳었다.

어쩌면 자신들이 샀을지도 모르는 철기병 크기라고 상상하고 있었을지도 모른다. 거의 쇄국 상태였으니, 아무리 소문을 들었어도 정확한 정보를 얻긴 힘들었으려나? 그러니까 '크라우' 녀석들에게 이용당했던 거겠지.

고르디아스 사건을 알았다면 철기병이라는 수상한 물건을 사려고 했을 리가 없다. 펠젠 등지를 통해 소식을 들었을 수도 있을 법하지만, 그 사건은 펠젠으로서는 선왕의 죽음과도 관련이 있으니······. 쉽게 말을 하지는 않았을 테지.

야에가 가볍게 슈베르트라이테의 무릎과 허리를 발판 삼아 콕핏 해치까지 올라갔다. 승강용 와이어를 내리면 될 텐데······. 물론 이렇게 하는 편이 야에는 더 빠르게 탈 수 있는 거겠지만.

야에가 콕핏에 올라타고 해치가 닫히자 낮은 기동음과 함께 각 정재 부품에 빛이 들어왔다.

"그럼 나도 같이 따라갈게. 사쿠라, 이쪽으로는 아마 오지 않겠지만, 혹시 온다면 로스바이세로 요격해 줘."

"알았어."

사쿠라가 고개를 끄덕였다. 사쿠라도 약혼반지 안에 전용기인 로스바이세를 가지고 있고 특기인 가창 마법도 있다. 맡겨도 괜찮을 것이다.

【플라이】를 사용해 둥실 공중에 뜬 나에게 슈바인 재상이 말을 걸었다.

"공왕 폐하……! 부디 왕도를……!"

"괜찮아요. 바로 왕도에서 내쫓을 테니까요. 여러분은 시민의 구조와 대피를 부탁드립니다."

슈바인 재상에게 그렇게 대답한 후, 나는 단숨에 상공 수십 미터로 날아올랐다.

"타깃 지정. 왕도 내의 철기병.【게이트】발동."

〈알겠습니다.【게이트】를 발동합니다.〉

왕도 여기저기에서【게이트】의 빛이 새어 나왔다. 지면에 열린 전이 마법진에 의해 모든 철기병은 왕도 교외의 평야로 이동했다.

"야에, 가자."

〈오케이입니다.〉

야에의 슈베르트라이테도 전이 마법진 안으로 쑤욱 떨어졌다. 나도 철기병을 보낸 장소로【텔레포트】를 이용해 전이했다.

짧은 거리의 전이라면【텔레포트】쪽이 더 편하거든. 하지만 대규모 인원을 강제 전이시킬 때는【게이트】가 더 좋다.

전이한 곳의 평야에서는 강제로 이동된 철기병이 주변을 살피고 있었다. 이곳이라면 조금 거칠게 날뛰어도 문제없다.

⋯⋯⋯⋯⋯아. 그럼 내가 레긴 레이브로 해치워도 괜찮았잖아. 음⋯⋯. 상관없나. 야에도 의욕이 넘치고, 레긴 레이브로 싸우면 지형이 변해 버릴 듯하니까.

나는 슈베르트라이테의 어깨로 내려가 눈앞에 있는 철기병을 관찰했다.

크기는 이전 철기병들보다 조금 크네. 7미터 정도인가? 장갑도 튼튼했다. 팔이 길고 다리가 짧으며 머리가 없다는 점은 이전과 마찬가지였지만, 이전과는 별개의 물건인 듯했다. 등에 분명히 있었던 콕핏 해치가 없다.

완전히 무인기네. 고렘의 군기병에게서 얻은 기술을 도입했구나. 여러 지휘관기가 명령을 내리면, 그에 따라 철기병이 움직이는 듯했다.

아마 손에 넣은 고렘에서 핵인 'G큐브'와 두뇌에 해당하는 'Q크리스탈'을 꺼내고, 직접 철기병에 이식하지 않았을까?

그래도 지휘관기에는 누군가가 타고 있지 않을까 했는데, 전부 무인기일 줄이야. 이래서는 임기응변으로 명령을 내리지 못하고, 단순한 명령만을 수행할 수 있을 뿐인데.

우리는 프레임 기어와 고렘 기술을 조합해 새롭게 '오버 기어'를 만들었지만 이쪽은 단순히 돌려쓰고 있을 뿐인 듯했다.

그렇지만 의문점이 몇 개인가 남았다. 프레임 기어의 열화

판이라고는 하지만 철기병을 재현한 기술력은 대체 어디에서 온 거지?

철기병을 개발한 보만 박사는 로드메어에서 사형에 처해졌고, 관련된 기술자들은 모두 체포됐지 않았나? 철기병의 생산 공장도 모두 부숴 버렸는데, 교묘하게 도망친 녀석들이 있었던 건가?

그에 더해 고렘 기술을 앞쪽 세계의 기술자가 쉽게 다룰 수 있으리라고 생각하기도 힘들다.

혹시 '스토리지 카드'를 가지고 있던 공장의 남자와는 별도로 같이 온 고렘 기술자가 몇 명 더 있었던 걸까? 공작원 남자의 기억으로는 알 수 없었지만.

어딘가에 군기병을 납품하려고 했다면, 그걸 정비하는 기술자가 같이 있었어도 이상하지 않다.

아무튼, 좋다. 일단 저걸 무력화한 다음에 생각하자. 국경으로 다가오는 군세도 막아야 하니까.

"몇 기 정도는 되도록 팔다리만 노려서 손상을 최소화해 줘. 나중에 박사나 에르카 기사가 분석하고 싶어 할 테니까."

〈알겠습니다.〉

내가 슈베르트라이테의 어깨에서 내려오자마자 우리를 적이라고 인식한 철기병이 돌격창을 다잡으며 다가왔다.

그 움직임은 통솔되어 있어, 다섯 기가 'V'자 형태가 되어 돌격해 왔다. 역시 군기병의 기술인가.

군기병^{솔 다 토}은 기본적으로 다른 고렘에 비해 성능이 낮다. 다만 그걸 숫자로 커버한다. 그래서 통솔력은 뛰어나다. 연계해 싸우는 능력은 평범한 고렘보다 한 수 위다. 하지만——.

〈코코노에 진명류 오의, 비연열파(飛燕裂破)!〉

다리 부분의 부스터로 속도를 높인 슈베르트라이테가 'V'자 형태로 늘어선 철기병의 돌격에 정면으로 맞섰다.

그러자 큰 소리를 울리며 철기병 네 기가 저 멀리 날아가 버렸다.

선두에 서서 다가오던 철기병만이 슈베르트라이테의 칼에 복부를 관통당해 꼬챙이 신세가 되었다. 역시 무인기인가. 원격 조작……이라기보다 【프로그램】에 가까워. 명령은 '호른 왕도를 괴멸시켜라' 라든가, '맞서는 적을 쓰러뜨려라.' 인가?

야에가 꿰뚫은 저게 그룹의 지휘관기였는지, 나머지 네 기는 그 순간 통솔을 받지 않은 채 연계된 공격을 하지 못했다.

이미 적수가 아니다. 군기병은 잇달아 슈베르트라이테가 휘두르는 강검(强劍)의 먹잇감이 되었다.

다른 그룹의 철기병도 연계하며 습격했지만, 그때마다 양단된 철기병이 지면을 굴러다녔다.

"이전의 철기병에 비해 확실히 강해졌어. 그럭저럭 튼튼하기도 하고. 전에는 두드리기만 해도 부품이 막 떨어졌는데."

철기병 '개량형' 이라고 해야 할까? 물론 프레임 기어와는 비교할 만한 물건이 아니지만.

몇 분 후, 모든 철기병이 잘려 평야에는 그 잔해가 너부러져 있었다. 역시 모두 무인기였나 보다. 잘린 가슴 장갑 안쪽에서 'G큐브'가 보였다. 틀림없이 고렘의 기술이 사용되었다.

잔해에서는 에테르리퀴드 비슷한 물질도 확인되었다. 탁한 적갈색 액체로, 흐릿한 마력만이 느껴졌지만. 에테르리퀴드가 탄산수라고 하면 이건 김이 빠진 탄산수다. 열화된 제품의 한층 더 열화된 제품. 카피라고도 부르기 민망한 물건이다. 어떻게 보면 오리지널에 가까운가?

'G큐브'의 마력을 온몸에 전달하기 위한 물질이겠지만, 이건 너무 불완전하다.

잔해를 【스토리지】에 넣은 다음 나는 왕도의 지도를 펼쳐 검색을 시작했다.

"뭘 찾고 계신 겁니까?"

슈베르트라이테를 반지에 수납한 야에가 내 등 뒤에서 지도를 들여다보았다.

"이 철기병이 고렘 기술을 사용하고 있는 이상, 근처에 계약자(마스터)가 있을 거야. 철기병의 숫자를 보면 여섯 명에서 일곱 명……. 이 녀석들이 '크라우'의 멤버라면…… 있다!"

그 지휘관기에 명령을 내렸으니 저해의 부적은 가지고 있지 않으리라 봤는데…… 빙고였어. 가면은 아주 소중히 가지고 있나 보지만. 오히려 그것 때문에 발견되었으니 웃기는 일이다.

아마 마차나 비슷한 종류의 뭔가를 타고 달리는 중인 거겠

지. 쏜살같이 왕도의 북문을 빠져나가 떠나가려는 중이다. 그
렇게 놔둘 줄 알고?

"가자, 야에."

"예!"

야에의 손을 잡고 나는 【텔레포트】로 단숨에 북쪽 교외로 날
아갔다.

　그 황마차(幌馬車)는 전속력으로 왕도에서 떠나려고 떠오르
는 아침 해 속을 내달렸다.

　기껏 세웠던 작전이 잇달아 좌절되어 마차를 타고 있는 모든
사람이 난처한 기색이었다.

　몇 개월간에 걸쳐 호른 왕국을 내부에서부터 내전으로 이끌
려고 했는데, 막무가내로 왕도를 제압할 수밖에 없어진 데다
비장의 무기였던 철기병도 갑자기 소멸해 버렸다.

　모두 그 원망스러운 브륀힐드 공왕이 호른 왕국에 나타나 톱
니바퀴가 어그러졌다.

　"그러니 말했잖나! 호른을 공격하기 전에 그 공왕을 무슨 수
를 써서든 죽였어야 했다!"

"허튼소리 마! 그 나라에 자객을 몇 명이나 보낸 줄 아나?! 하지만 아무도 돌아오지 못했단 말이다!"

공왕에게 접근하기 전에 자객들과의 소식이 잇달아 끊겼다. 수수께끼의 호위 집단이 존재한다는 소문이 '크라우'에 그럴 듯하게 전해져왔다.

브륀힐드 기사단 중에는 이셴의 '닌자'로 구성된 집단이 있다고.

불구대천의 적이지만 결코 상대해서는 안 될 존재. 그게 브륀힐드에 있었다.

원래는 그들에게 들키지 않고 호른을 빼앗은 뒤, 유론의 백성을 이민시켜 새로운 천제국의 초석으로 삼을 예정이었다. 숫자는 유론 사람이 더 많다. 그 토지에 눌러앉으면 그 이후에는 어떻게든 뜻대로 할 수 있다.

하지만 '크라우'는 '고렘'을 손에 넣고 말았다.

그 힘은 마치 유론을 인도하듯이 '크라우' 앞에 갑자기 나타났다.

어느새 이 힘이 있다면 브륀힐드 정도는 두려울 게 없다는 생각이 들었다. 지금 와서 생각해 보면 전(前) '고르디아스' 녀석들에게 이용당했을 뿐이라는 생각도 들었다.

그 녀석들은 철기병을 브륀힐드의 거인병보다 강하게 만드는 데 집착했다. 그게 오히려 패인이 되었다. 우리의 목적은 호른을 천제국으로 만드는 것. 브륀힐드의 거인병에게 승리하는 것은 가장 중요한 일이 아니었다.

"역시 철기병 따위는 사용하지 말았어야 해……! 그게 그 악마를 불러들였잖아!"

"끝난 일을 이제 와서 말해 봐야 무슨 소용이야?! 지금은 한시라도 빨리 본대로 돌아가……."

"윽?!"

마차가 달리던 길 한가운데에 소녀가 한 명 서 있었다.

그 소녀를 보고서도 마부 자리에 있던 남자는 말을 멈추기는 커녕 더욱 채찍질하여 속도를 높였다.

그 소녀는 본 적이 있었다. 증오스럽고 원망스러운 적의 내부인이자 동방의 검사. 머뭇거릴 필요 없다. 죽여 버려라. 짐칸에 탄 동포도 당연히 그렇게 말할 테지.

말 네 마리가 날카롭게 울음소리를 내면서 검은 머리카락의 소녀를 향해 돌진했다.

다음 순간, 소녀의 모습이 사라지며 말 이외의 모든 것이 공중으로 떠올랐다.

공중으로 뛰어오른 야에게 돌진하던 마차에 끈으로 연결

되어 있던 말은 끈이 잘려 그대로 길을 폭주하며 달려갔다. 말에게는 죄가 없으니까.

한편 나는 말에서 분리된 마차의 앞바퀴에 브륀힐드의 총탄을 마구 쐈다.

앞바퀴가 빠진 마차는 앞으로 고꾸라지며 한 바퀴 회전하더니, 호쾌하게 길바닥에 부딪쳤다. 참고로 안에 가면을 쓴 '크라우' 조직원 이외에는 아무도 타지 않았다는 사실은 【서치】로 이미 확인했다.

옆으로 쓰러진 마차에서 화려한 가면을 쓴 새카만 남자들이 기어 나왔다.

"도망칠 수 있으리라 생각했어?"

"브륀힐드 공왕……!"

기어 나온 남자 한 명이 우리 나라의 츠바키 씨가 사용하는 수리검과 비슷한 투척 무기를 던졌다. '표창'이었지?

"【실드】."

보이지 않는 방패에 차단되어 화살촉을 본떠 만든 금속 파편이 지면에 떨어졌다. 아주 세심하게 독까지 발라놓은 듯했다.

"하아아아아아아아아앗! 우리 유론의 원한을 뼈저리게 느껴라————————!"

"그러니까 왜 엉뚱하게 원망을 하는데? 바보야? 바보구나, 틀림없이."

이 녀석들의 귀에는 아무래도 불편한 진실은 들리지 않는 필터가 있는 모양이다.

자신들의 귀에 듣기 좋은, 뒤틀린 진실만을 받아들이고 왜곡된 소문을 세상에 퍼뜨려 자신들을 정당화하려 한다. 거기에는 자기 뜻에 맞지 않는 자는 철저하게 제거하는 애국심이라는 이름의 오만함이 깃들어 있었다.

덤벼드는 남자에게 마비탄을 쏘아 행동 불능으로 만들었다.

그 사이에도 잇달아 야에의 검이 번뜩였고, 칼등에 맞은 남자들은 의식을 잃고 지면에 쓰러졌다.

나는 쓰러진 녀석들의 가면을 벗겨 마법으로 한꺼번에 소각했다. 자폭이라도 하면 민폐거든. 이 녀석들은 철저히 호른에서 재판을 받아야 한다.

"너희가 나를 용서하지 않듯이 호른 국왕은 결코 너희를 용서하지 않을 거야. 이 어리석은 행동은 후대에 전해져 유론인들의 수치가 되겠지. 너희는 같은 유론인들에게도 버림받을걸?"

"큭……."

가면을 벗긴 남자의 머리를 쥐어 잡고 나는 【히프노시스】+【리콜】로 필요한 기억만을 뽑아냈다. 이 녀석의 사적인 기억은 보고 싶지도 않으니까.

…………쳇. 【고르디아스】의 수령인 가르제르드 직할의 공장이 있었던 건가. 가르제르드는 슬러지 박스 탓에 정신이 붕괴된 끝에 그대로 펠젠에서 사형을 당했으니…… 미처 눈치채지 못했던 건가. 그리고…….

"어떻습니까?"

"응. 역시 뒤쪽 세계에서 표류해 온 사람 중에 고렘 기술자가 있었어. '노예의 초커 목걸이'로 억지로 일을 하게 만들었나 봐."

나는 야에에게 빼앗은 기억의 단편을 말해 주었다. 그 기술자가 고렘과 철기병을 조합해 새로운 기술을 만든 듯했다. 상당히 우수한 고렘 기사가 아닐까?

말이 통할 리 없는데, 커뮤니케이션을 하여 서투르나마 대화를 나눴던 모양이니까.

"표류자입니까……. 유론만 아니었어도 보호를 받았을지도 모르는데……."

산드라였어도 위험했을지 모르지만. 그곳도 꽤 무법지대니까.

그래도 그곳은 아직 해방된 전 노예들이 많아서 눈에 띄게 사람을 학대하는 일은 별로 없다고 하지만.

다른 나라의 임금님들에게는 표류자를 발견하면 보호해 달라고 부탁해 두었다. 프레이즈 출현 때처럼 특수한 공명음을 내지도 않으니 출현했다고 곧장 보호할 수는 없어 안타깝지만.

두 개의 세계가 융합하면 이런 일도 일어나지 않겠지만, 그게 좋은 일일지 나쁜 일일지…….

움직이지 않는 왕도 습격 주모자들을 묶은 다음,【게이트】를 이용해 왕성의 안뜰로 돌아갔다.

"오오! 공왕 폐하! 이 녀석들이……!"

"네. 왕도를 불바다로 만들려고 했던 녀석들이에요. 이 녀석들도 '크라우'입니다."

우리를 발견하고 달려온 슈바인 재상이 지면에 쓰러져 있는 남자들을 보고 눈을 부릅떴다.

등 뒤에 대기하고 있던 호른 병사들도 분노한 표정을 지었다.

"이 녀석들을 지하 감옥으로 끌고 가라! 회복 마법 사용자를 곁에 두어, 사형대에 올라가기까지 자해를 허용하지 마라!"

몸이 마비되어 움직이지 않는 몇 명과 야에의 공격을 받아 기절한 자들을 호른 병사들이 끌고 갔다.

이제는 호른 북부에 모이고 있는 군세만이 남은 건가.

우리처럼 스마트폰을 가지고 있지도 않은 그 녀석들이 그렇게 빨리 행동을 할 수 있을까?

아니, 뒤쪽 세계의 기술이 유출됐다면 통신기 정도는 만들었어도 이상하지 않다. 니아 일행이 속한 '홍묘'도 가지고 있었으니까. 아무튼, 검색해 보면 알려나?

"검색. 호른 북부, 유론 지방의 국경에 있는 철기병…… 앗, 그리고 우드 골렘."

〈검색 중……. 검색 종료. 표시하겠습니다.〉

표시된 지도에 빨간 핀이 잇달아 떨어져 내려왔다. 역시 움직이기 시작했나.

그런데 새빨개서 알기가 힘드네.

"우드 골렘만 핀의 색을 노란색으로."

〈알겠습니다. 표시를 변경합니다.〉

……거의 변화가 없네. 빨간색과 노란색이 마구 뒤섞였을 뿐이야. 눈이 따끔거려.

"전부 몇 대야?"

〈철기병 3012기, 우드 골렘 3122마리, 총 6143대입니다.〉

예상대로 많다. 실제 '크라우' 녀석들은 거의 없을 테지만.

"이번엔 내가 갈까?"

사쿠라가 지도를 들여다보면서 물었다. 사쿠라는 이전에 '크라우'의 암살자에게 죽을 뻔했던 적이 있다. 그게 인연이 되어 나와 만났는데, 이제는 무섭지 않은 듯했다.

지금의 사쿠라라면 그 녀석들이 떼로 뭉쳐서 덤벼도 이기지 못한다.

그런데 역시 사쿠라의 로스바이세 한 기로 6000대나 되는 숫자를 상대하기에는 힘들다. 게다가 야에의 슈베르트라이테를 추가한다 해도 한 사람당 3000대. 내 레긴 레이브를 더해도 2000대인가. 시간을 들이면 쓰러뜨릴 수는 있겠지만.

어쩔 수 없다. 기사단을 부를까. 장소는 유론이니 그쪽에는 전투 허가도 필요 없을 테니까.

앗, 그러고 보니.

스마트폰을 꺼내 전화를 걸었다. 받을까? 아침이니까, 운이 좋으면 철야를 해서 일어나 있을지도 모른다.

〈네에…… 여보세요오….〉

"박사야? 안 잤어?"

〈안 자았어……. 겨우 완성해으니까, 이제 자려고오…….〉

"완성했구나? 미안한데, 그거 바로 실전에 쓸 수 있을까?"

〈우웅? 사용해? 물론 사용할 수 있게는 해 뒀지만, 무슨 일이야?〉

의식이 맑아졌는지 박사가 그렇게 되물었다. 나는 이쪽의 상황을 간추려 설명했다.

〈호오호오. 꽤 재미있어졌는걸? 네 말대로 테스트 운전을 하기에 딱 적합한 상대군. 무인기라면 조심할 필요도 없으니까. 좋아. 검은색과 빨간색, '두 기' 모두 가동 가능한 상태로 만들어 두지. 탑승자에겐 네가 연락해 줘.〉

아~. 그렇구나. 그게 있었지.

그 녀석들, 아침에는 모두 심기가 안 좋을 텐데……. 최악의 경우 전화를 받지 않을 가능성도 크다.

어쩔 수 없지. 이럴 때는 의지가 되는 사람에게 부탁하는 수밖에. 모두 같은 숙소에 있을 테고.

나는 스마트폰의 '연락처'에서 그 상대에게 전화를 걸었다.

"앗, 여보세요. 에스트 씨인가요? 아침 일찍부터 죄송합니다. 조금 부탁이……. 네, 네……."

그 사람이라면 두 사람 모두 두드려 깨워 줄 거라는 확신이 있었다. 거칠고 난폭한 사람들뿐인 의적단에서 부수령을 맡고 있을 정도니까.

자, 나는 새벽 훈련을 하는 기사단을 데리러 가 볼까.

새벽부터 쓰레기 청소라 미안하지만. 이번 달은 특별 수당이라도 주자.

◇ ◇ ◇

〈꼭두새벽부터 이걸 타게 될 줄은 몰랐어.〉

유론의 대지에 선 거대한 검은 사자에서 투덜거리는 목소리가 들려왔다.

'레오 느와르'. 고대 기체의 고렘을 핵으로 삼고 프레임 기어와 똑같은 기술을 조합해 만든 기계 짐승, '오버 기어'.

'검은색 왕관'인 고렘, 느와르 전용기라 조종사는 그 마스터인 노른이었다.

흘러나온 목소리를 들으니, 자는데 누가 억지로 깨워 불만스러운 모습이 손에 잡힐 듯 보이는 것만 같았다.

〈그래? 나는 막 두근거리는데.〉

반대로 졸음이 확 날아간 듯 들썩이는 목소리로 그렇게 말한 사람은 '빨간색 왕관' 루주의 마스터인 니아였다.

그리고 그 니아가 탄 기체는 기계 장치의 거대한 진홍색 호랑이. 새로운 오버 기어, '티거 루주'였다.

커다란 레오 느와르와 맞먹는 크기인 '티거 루주'는 붉은 보디에 은색 라인이 지나갔고, 군데군데 정재로 만들어진 투명 파츠 같은 부분이 아침 해를 받아 번쩍거리며 빛을 반사했다.

〈이건 이전의 문제는 해결된 거겠지?〉

음성 출력을 전환했는지, 노른의 목소리가 외부 스피커가 아니라 내 옆에 있던 박사가 가지고 있는 스마트폰에서 들려왔다.

"괜찮아. 진동 내성과 충격 흡수 기능은 상당히 좋아졌고, 파워 컨트롤도 조정할 수 있게 해 놨으니까. 오른쪽 콘솔에 그게 가능한 기어 레버가 붙어 있지?"

이전 테스트 때는 파워가 너무 넘쳐서 제어하기 힘들었고, 터무니없을 만큼 승차감이 안 좋아 조종사가 멀미를 하는 문제가 있었다. 이번에는 그게 해결된 듯했다.

니아는 처음 탑승해 보지만, 오버 기어용 프레임 유닛으로 제대로 훈련은 해 두었다. 움직이는 정도는 문제없다. 그런데 저 녀석, 너무 신났잖아…….

나는 뒤에 서 있는 흑기사의 조종사에게 통신을 넣었다.

"에스트 씨, 니아의 보조 잘 부탁드립니다."

〈알겠습니다. 너무 나대면 일주일간 눅눅한 속옷만 입히겠습니다.〉

〈그만둬! 진짜 기분 나쁘단 말이야!〉

에스트 씨의 목소리가 공유 통신으로 들리자, 니아가 정말 싫다는 듯이 그렇게 말했다.

홍묘에서는 열 명이 참가했다.

모두 붉은색 컬러링인 중기사(슈발리에)이지만 에스트 씨만은 지휘관 기인 흑기사였다. 단, 당연히 이쪽도 붉은색이다.

흑기사라기보다는 이 경우에는 홍(紅)기사라고 해야 하나? 레드 바론(레드 링크스)…… 아니, 홍기사라고 부르자.

우리 기사단에서는 40명 정도가 참가했다. 단장, 부단장도 참가하지만, 그렇게 수가 많지는 않다. 여기에 더해 유미나를 비롯한 약혼자도 참가하면 대략 60기.

저편은 6000대니까, 한 사람당 100대를 쓰러뜨리면 된다. 그다지 어려운 숫자는 아니다.

"스우는 기본적으로 우드 골렘을 부탁해."

〈알겠네. 참으로 기대되는구먼!〉

이미 서포트 메카닉과 합체해 오버로드 상태인 오르트린데에서 스우의 목소리가 들렸다.

우드 골렘은 프레임 기어보다 크다. 프레임 기어가 15~16미터 정도고, 우드 골렘은 20미터가 넘는다.

하지만 스우가 탄 오르트린데 오버로드는 30미터를 가볍게 넘는다.

이름을 괜히 황금 거신이라고 지은 게 아니다.

너무 큰 나머지 주변까지 말려들 가능성도 있어, 아군기가 근처에 있으면 조종석에 경고음이 울리게 해 놓았을 정도다.

이번에는 프레이즈에게서 마을을 지키지 않아도 된다. 섬멸전이다. 조심스럽게 움직이지 않아도 된다.

〈토야 오빠. 저쪽에서 우르르 몰려오고 있어요.〉

바위 위에 서 있는 은색 프레임 기어, 브륀힐데에서 유미나가 경고했다. 장거리 저격형인 만큼 브륀힐데는 굉장히 먼 거리를 볼 수 있다.

나도 【롱센스】를 사용해 확인해 보니, 확실히 북쪽에서 쓰레기 같은 무언가가 잔뜩 이쪽으로 오고 있었다.

저쪽은 아직 이쪽이 안 보이지 않을까?

"아니, 그럴 리가 없나……."

아침 해를 받아 반짝반짝 빛나는 우리의 거대한 황금 거신을 올려다보고 나는 무심코 쓴웃음을 지었다. 이렇게 눈에 띄는 표시도 없다.

그렇다면 저 녀석들은 다 알고 돌진하고 있는 거구나? 한판 붙어 보자고.

〈어떻게 할까요, 폐하?〉

백기사에서 단장인 레인 씨가 물었다. 그거야 당연하지.

"그럼 전투를 시작하자. 일단 오버 기어 두 대가 앞서 나가줘. 기사단은 홍묘 부대의 서포트를 하면서 철기병을 격파. 유미나, 사쿠라는 모두를 지원해 주고, 에르제, 린제, 야에, 힐다, 루, 린, 스우는 우드 골렘을 중심으로 부탁할게."

유미나와 사쿠라에게는 장거리 공격으로 모두를 서포트해

달라고 했다. 린의 그림게르데도 장거리 공격형이지만, 아군이 많으면 개틀링포를 사용할 수 없으니까. 우드 골렘 쪽을 상대해 달라고 하자.

바로 사쿠라의 기체인 로스바이세에서 노랫소리가 흘러나왔다. ……이 곡인가.

자메이카 출신의 아티스트가 부른 곡으로 이전에 커버곡이 영화의 주제가로 선정된 적이 있다. 쿵푸를 사용하는 판다가 주인공인 거.

확실히 싸움에 잘 어울리는 곡이라고도 할 수 있지만.

〈좋아! 그럼 가자, 루주!〉

〈알겠다.〉

〈가자, 느와르.〉

〈알겠다. 기동.〉

검은색과 빨간색, 두 대의 기계 짐승이 눈을 뜨자마자 달리기 시작했다.

빠르다. 뒤이어서 달리기 시작한 홍묘 부대를 저 멀리 떼어 놓았어.

순식간에 적의 군세 안으로 뛰어든 레오 느와르와 티거 루주는 그곳에 있던 철기병들을 기세를 살려 날려 버렸다.

"뭐야, 이거. 아무리 이쪽의 기세가 강해도 저렇게까지 튕겨 날아가다니."

바위 위에서 스마트폰으로 전쟁터 모습을 투영하고 있던 나

는 철기병이 너무 쉽게 날아가 버려 무심코 그렇게 말을 하고 말았다.

"오버 기어에는 가속 상황에 따라 주변에 마력 장벽을 만들어 내거든. 그걸 이용하면 몸통 박치기도 공격에 사용할 수 있어."

그렇게 설명한 사람은 노른의 언니인 에르카 기사였다.

머리카락이 푸석푸석한 모습은 평소 그대로지만, 뱅뱅이 안경 아래에는 다크서클이 생겨 있었다. 철야를 하고 왔구나.

하지만 얼굴에는 황홀하다고도 할 수 있는 미소를 띠며 만족스럽다는 듯이 오버 기어 두 대를 바라보았다. 그 옆에는 늑대형 고렘인 펜릴이 어이없다는 듯이 자신의 주인을 올려다보았지만.

그런데 마력 장벽이라. 내가 【플라이】로 하늘을 날 때 【실드】를 펼치는 거랑 똑같네.

티거 루주의 엄니가 철기병의 팔을 물어뜯었고, 레오 느와르의 발톱이 우드 골렘의 다리를 산산조각 내며 날려 버렸다.

철기병도 우드 골렘도 오버 기어의 날렵한 움직임을 쫓아오지 못했다. 이래서는 사냥하는 자와 사냥당하는 자가 확실히 구분된다.

"저건 군기병의 장점을 완벽히 끌어내지 못하고 있는걸? 무인기로 만들어서 기껏 좋은 성능도 돼지 목에 진주 목걸이야."

"그게 무슨 말이야?"

에르가 기사가 중얼거리는 소리를 듣고 내가 묻자, 대신에 옆에 있던 바빌론 박사가 대답해 주었다.

"전장에 인간 지휘관이 없으면 그냥 오합지졸일 뿐이야. 군기병(솔다토)은 원래 다섯 기가 연계 행동을 하거든. 그 다섯 기 파티와 다른 다섯 기 파티가 연계하여 더욱 거대한 연계 행동을 할 수 있게끔 되어 있는데, 무인기로 만드니 범위가 큰 연계 행동을 못 하고 있어. 각각의 지휘관기에 따르고 있을 뿐, 1 대 5 이상의 상황으로 유도하지 못하고 있지. 원래는 1 대 100으로 공격을 할 수도 있는데 말이야."

A, B, C라는 마스터 세 명이 있다고 하자. 원래는 이 세 명이 전황에 따라 임기응변으로 연계하여 각 다섯 기씩 총 15기의 군기병(솔다토)이 통솔된 전투를 할 수 있다.

그런데 A, B, C가 각각 '적을 쓰러뜨려라' 라고 명령만 해 놓고, 그 이후에는 상황을 방관하면 연계를 할 수 있을 리가 없다. 무인기일 때의 이점은 하나, 마스터가 다치지 않는다는 한 가지뿐이다.

"전장(戰場)에 서지 않는 겁쟁이에게 승리의 여신이 미소 지어 줄 리가 없지."

그렇게 말하며 박사가 품에서 담배를 꺼내 불을 붙이고 연기를 내뿜었다. 이봐이봐, 어린 소녀가 담배를 피우면 안 되지.

"응? 아, 이건 담배가 아냐. 【연금동】의 플로라가 특별히 만든 에테르 시가렛이지. 향이 좋아서 기분이 안정돼. 피워 볼래?"

니코틴은 들어가 있지 않은 듯하지만, 더욱 수상한 성분이 들어가 있을 듯한데 왜 그런 생각이 드는 걸까. 당연히 난 거절했다.

"그보다도, 저 철기병을 맨몸으로 베는 사람들…… 네 누님들 아니야?"

"어?!"

박사가 가리키는 화면을 보니, 어느새 정재 대검을 휘두르며 대활극을 펼치는 모로하 누나의 모습이 보였다. 카리나 누나도 있어. 이쪽은 정재로 만든 손도끼를 휘두르고 있다.

……앗, 이제 절대 지지는 않겠구나. 이건 100퍼센트 승리야.

나는 어이없어하면서도 승리를 완벽하게 확신했다.

"어? 그런데 또 참가할 법한 사람이 없네……."

"여기에 있다!"

"으악?!"

등 뒤에 팔짱을 낀 타케루 삼촌이 있었다. 아아, 깜짝이야! 등장하는 방식이 카렌 누나랑 똑같아!

닳아서 잘린 곳이 많은 도복을 입고 빨간 머리띠를 두른 강철 같은 육체. 무신이 강림했다.

그런데 카렌 누나가 없네. 아침이니까 아직 자고 있는 거겠지……. 연애와는 상관없으니 이번에는 그냥 패스하지 않을까.

타케루 삼촌 일행이 어떻게 여길 알았는지도 궁금했지만, 그보다도 그 뒤에서 죽은 물고기 같은 눈을 한 녀석이 지금은 더욱 신경 쓰였다.

"엔데, 왜 네가 여기 있어?"

"토야, 나한테 묻지 마……. 나한텐 거부권이 없어."

엔데가 쓴웃음을 지으면서 시선을 피했다. 아니, 상황을 보니 스승인 타케루 삼촌이 억지로 끌고 나왔을 테지만…….

"그런데, 왜 여기에 있어요?"

"흐음. 우리는 기계 인형을 상대하기보다 근성이 썩어 빠진 녀석들을 처벌하는 쪽에 참가하고 싶어 말이다! 이제 갈 생각이지?"

씨익, 타케루 삼촌이 웃었다.

그 말대로 철기병과 우드 골렘은 모두에게 맡기고 '크라우'의 중추를 치러 갈 생각이긴 했습니다만.

이미 그자들의 기억을 통해 아지트가 어디 있는지는 알고, 이 싸움을 뒤에서 몰래 지켜보는 집단도 포착했다. 지금쯤 철기병이 일방적으로 당하고 있어 크게 당황하고 있을지도 모르지만.

인원이 적으니 아마 철기병 계약자[마스터]가 모두 있지는 않은 듯했다. 나머지는 아지트에서 느긋하게 대기하고 있는 건지, 따로 행동하고 있는 건지 모르겠지만.

어느 쪽이든 다 끝났다.

"일단 죽이지는 마세요?"

"그런 짓은 안 해. 죽이지 않고 제압하는 것, 그것이 이번 수행의 목표다. 알겠나, 엔데?"

"네?! 제가 해요?! 스승님은요?!"

"나는 네가 싸우는 모습을 지켜보마. 그리고 그 결과에 따라 다음 수행 내용을 결정하겠다."

엔데가 뭐라 말로 표현하기 힘든 표정을 지었다. 나는 조금 궁금한 점이 있어 타케루 삼촌에게 물었다.

"그런데 실패하면 수행은 어떤……."

"아직 결정은 안 했지만……. 그래…… 168시간 풀마라톤은 어떨까?"

엔데가 붕붕붕 고개를 저었다. 168시간이라니……. 일주일 내내 달려야 한다고?! 아무리 그래도 너무 스파르타잖아!

엔데가 너무 비참해 보여 살짝 도움의 손길을 내밀어 보았다.

"그, 그럼 반대로 멋지게 제압하면 포상으로 하루 휴가를 주면 어떨까요? 전사에게는 휴식도 필수잖아요?"

"흐음……. 그래, 적당한 휴식은 필요하지. 좋다. 그럼 멋지게 제압하면, 그렇게 하자."

타케루 삼촌의 말을 듣고 엔데가 눈물을 흘리며 아무 말 없이 나를 껴안았다. 으악, 야. 그만둬. 난 그런 취향 없어.

일단 방침이 결정되어 박사와 에르카 기사는 펜릴에게 맡겨 두고, 우리는 그 녀석들을 치기로 했다.

여기서 몇 킬로미터 떨어진 바위 아래에 300명 정도 기마대가 있으니, 먼저 이 녀석들부터 처리하자.

그 집단은 엔데에게 맡겨 줬으면 한다고 타케루 삼촌이 부탁해서 기꺼이 승낙했다. 나도 편하게 일을 처리하고 싶다.

세 사람 모두 전이 마법을 사용할 줄 알아서 【텔레포트】로 단숨에 이동하자 가면을 쓴 녀석들이 갑자기 눈앞에 나타난 우리를 보고 말과 함께 깜짝 놀랐다.

"아, 아니. 네, 네놈들은……!"

"【프리즌】."

놀라서 허둥대는 녀석들을 무시하고 나는 일단 결계를 펼쳤다. 한 명도 놓칠 생각은 없으니까.

넓은 범위에 펼친 결계라 내구성은 별로 강하지 않지만, 철판 정도의 강도는 되니 쉽게 깨고 나갈 수는 없다.

"그럼 잘 부탁해~."

"쳇. 좀 도와줘도 되잖아……."

투덜거리면서 엔데가 앞으로 나섰다. 그럼 수행이라 할 수 없지.

"엔데, 3분이다. 3분 만에 제압해라. 1초라도 초과하면 실패로 간주하겠다."

"네?! 시간제한이 있단 말이에요?!"

팔짱을 낀 채 무자비한 말을 쏟아내는 타케루 삼촌. 악마야. 악마가 여기 있어…….

3분에 300명이라……. 6초에 열 명을 쓰러뜨리지 않으면 늦는 거지……?

"크핫!"

"쿠어억?!"

머릿속에서 그런 계산을 하는 나를 남겨 두고 순식간에 사라진 엔데가 말 위의 남자들을 차서 날려 버렸다.

"이, 이 녀석은 뭐냐?!"

"꼬마 한 명이다! 죽여라!"

"시간이 없어. 얼른 덤벼!"

말의 등 위를 뛰어다니며 엔데가 잇달아 가면을 부쉈다. 좀 소름 끼칠 정도의 기세인데. 그거야 하루 휴식이냐 일주일간 마라톤이냐의 갈림길이니, 저렇게 돼도 이상하지 않은가……?

엔데는 아직 한 번도 지면에 발이 닿지 않았다. 여덟 척의 배 사이를 뛰어 도망쳤다는 요시츠네의 팔 척 뛰기도 아니고.

공중을 나는 엔데의 아래쪽에서 창 공격이 이어졌다. 하지만 엔데는 그 창끝을 발판 삼아 더욱 높이 뛰어올랐다.

"오~……. 저런 것도 가능한가?"

집단에 둘러싸인 채, 엔데가 팽이가 돌 듯이 잇달아 상대를 날려 버렸다. 마치 그 움직임을 따라 하듯이 긴 머플러가 공중에서 나부꼈다.

올라탄 사람이 사라지자 말이 사방팔방으로 뛰어 도망쳤다. 【프리즌】효과는 사람에게만 나타나기 때문에 말은 그대로 통과해 도망칠 수 있다.

그걸 착각한 녀석들이 말에 올라탄 채로 도망가려고 했지만, 【프리즌】 결계에 막혀 말에서 떨어지고 말았다.

어느새 절반 가까이 쓰러졌는데, 페이스가 좋은 편인가……?

"앞으로 1분!"

타케루 삼촌의 목소리가 울려 퍼졌다. 어라? 꽤 아슬아슬한가? 역시 적당히 봐주면서 싸우긴 어려운 법이려나?

"저 녀석은 인간을 상대로 할 때의 힘 조절이 그다지 좋지 않아. 미숙하지. 거의 직감적인 전투 스타일로 승리해 온 전형적인 천재 타입이란 말이야."

"천재라고요? 건방진 녀석이네요~. 일주일 정도 달리라고 할까요?"

"야! 다 들렸거든?!"

뒤를 돌아보며 이쪽에 딴지를 거는 천재. 야야, 그렇게 여유로워? 시간이 없어.

"이게…… 마지막!"

엔데가 날린 강렬한 돌려차기가 마지막 남자의 얼굴에 작렬해 가면을 부수었다.

황야에 너부러진 시체들의 산. 아니, 죽지는 않았지만. 제압하기만 하면 된다면 굳이 때릴 필요 없지 않나? 그렇게도 생각했지만 암살자에게 동정은 필요 없겠구나.

"타임은?!"

"2분 47초군."

양산형 스마트폰으로 시간을 재던 타케루 삼촌이 화면에서 고개를 들고 말했다. 일주일간 마라톤은 피하는 데 성공한 건가. 엔데도 가슴을 쓸어내렸다.

"하나."

이어서 날아온 말을 듣고 엔데도 나도 타케루 삼촌을 바라보았다. 어? '하나'라니 뭐지?

"마지막 일격을 받은 그 녀석은 거의 죽어 가고 있다."

"네에?! 자, 잠깐만요! 이봐, 정신 차려! 죽으려면 나중에 죽어!"

흰자위를 드러낸 채 안면이 짓눌려 피를 꿀럭꿀럭 흘리는 남자를 마구 흔드는 엔데.

"【빛이여 오너라, 여신의 치유, 메가힐】……."

필사적인 엔데를 보기가 힘들어 나는 다 죽어 가던 녀석에게 회복 마법을 걸어 주었다.

"윽…… 나는……!"

"다행이야~. 죽지 않아 줘서 고마워. 그럼 다시."

"쿠웩?!"

정신을 차린 남자의 안면에 이번엔 적당히 힘을 조절한 일격을 날린 엔데. 이건 대체 뭐지.

"스승님, 타임은요?!"

"2분 59초. 음, 합격이라 쳐 줄까."

스승도 스승이지만 제자도 제자다. 에르제도 물들지 않았을지…… 굉장히 걱정된다.

문득 전장 쪽을 보니 이쪽은 역시 3분으로는 모자랐던지 아직 싸우는 중이었다.

기사단과 오버 기어가 주로 철기병을 두들기고 에르제 일행이 우드 골렘을 쓰러뜨렸다.

조금 전 엔데와 같은 움직임을 보이며 에르제가 모는 진홍의 프레임 기어, 게르힐데가 전장에서 춤을 췄다.

왼팔에 장착한 파일벙커가 우드 골렘의 복부를 꿰뚫었고, 부러진 상반신이 쓰러지자 이번엔 오른손의 파일벙커가 목에 있는 핵을 꿰뚫었다. 정말 가차 없다.

〈분ㆍ쇄!〉

물이 든 것도 같고, 원래 이랬던 것도 같고……

일단 쓰러져 있는 이 녀석들을 묶어서 호른의 왕성으로 전이시키자. 틀림없이 사형이거나 광산행이라고 생각하지만.

나머지 아지트에 있는 녀석들도 놓치지 않는다. 억지로 그 녀석들을 따르고 있을 뒤쪽 세계의 기술자도 어서 구해야 한다.

"아지트 제압은 저도 참가할 생각인데, 괜찮죠?"

"상관없다. 애초에 우리가 부탁해서 참가하는 거니 말이다."

노골적으로 다행이라는 표정을 지은 엔데가 타케루 삼촌의 등 뒤로 보였지만 굳이 지적은 하지 말자.

"그래, 장소는 어디지?"

"분명히 이곳의 북서쪽…… 이곳이네요."

나는 공중에 투영한 지도에 장소를 표시했다. 이전에 가짜

황제가 있던 헤이룽이라는 도시와 매우 가까운 곳이었다. 작은 요새에 300명 정도가 모여 있다.

험준한 바위에 둘러싸여 발견하기 힘든 장소에 만들어 뒀네. 빼앗은 기억대로라면 분명히 지하 공장도 있다.

자칫 시간을 끌었다가 도망이라도 가면 성가시다. 얼른 섬멸하자.

장소를 확인한 우리는 그 자리에서 바로 전이했다.

험준한 바위에 둘러싸인 그 요새는 기암성이라고 불러야 할 만큼 이채로웠다. 바위를 파낸 부분과 목재로 만든 부분이 혼재되어 있는데, 바위 안에 누각이 쏘옥 틈새 없이 들어가 있는 듯한 모습이었다.

망대로 보이는 성루 위에 있던 남자가 갑자기 나타난 우리를 보고 눈을 휘둥그렇게 떴다. 단단한 떡갈나무 같은 나무로 만든 튼튼한 문이 요새 앞에 솟아 있어 우리의 침입을 막았지만.

"흐읍!"

……분명히 튼튼했어야 할 문이 타케루 삼촌의 정권 지르기 한 방에 어처구니없이 날아가 버렸다.

"조금 더, 스마트하게 할 순 없을까요?"

"남자라면 정면돌파. 그 이외엔 정도를 벗어난 길이다!"

알기 쉬운 사람이라고 해야 할지 뭐라고 해야 할지⋯⋯. 물론 무조건 때려눕힐 거니 상관없나?

"저, 적이 기습했다! 적의 기습이다――!"

성루의 보초가 나무망치로 마구 종을 쳤다. 그것을 신호로 요새에 여기저기서 우르르르 새카만 가면 남자들이 뛰쳐나왔다.

음? 가면은 가면인데 모양의 채색이 금색이야. '크라우' 의 간부인가?

"물론 어느 쪽이든 상관없지만."

총검 브륀힐드를 빼내 나는 눈에 띈 녀석들부터 쏘기 시작했다. 물론 마비탄이다.

타케루 삼촌과 엔데도 가면을 쓴 남자들 안으로 뛰어들어 한 꺼번에 날려 버렸다.

타깃을 지정해서 해치우는 방법도 괜찮지만, 그렇게 하면 가면을 쓰지 않은 녀석들을 놓칠 가능성도 있고, 엔데의 수행에도 도움이 안 되니 차근차근 해치우기로 했다.

"철기병을 꺼내라!"

응? 좌우의 지면에 커다란 마법진이 떠오르더니 뭔가 번쩍번쩍한 철기병 두 기가 전이되었다. 이건 누가 봐도 고르디아스^{황금결사}가 만든 거잖아.

요란하고 저속해 보이는 금색 철기병이 마법진에서 한 걸음

앞으로 나오는가 싶더니, 순식간에 암벽으로 날아가 산산조
각이 났다. 어라?

반사적으로 또 다른 철기병을 돌아보니, 그곳에는 주먹을
하늘로 높이 치든 타케루 삼촌 혼자였다.

나는 시선을 위로 올렸다. 그곳에는 하늘 높이 날아 올라간
철기병이 작게 보였다.

그리고 끔찍하게도 땅으로 떨어져 산산조각이 났다. 나무아
미타불.

"……이런 모습을 보면 자신감이 없어져……."

엔데가 작게 중얼거렸다. 그 마음 안다. 나도 모로하 누나와
시합을 하면 항상 그런 생각을 하니까. 애초에 비교한다는 것
자체가 잘못된 행동이지만.

"괴, 괴물이다!"

"도망, 도망쳐라!"

소용없어, 아무 소용 없는 일이야. 【프리즌】을 넓게 펼쳐 놔
서 여기서는 못 도망가. 앗, 아니. 얇으니 철기병이라면 돌파
할 수 있을지도 모르지만.

그래 봐야 찢어진 곳을 보면 바로 알 수 있으니, 다시 펼치면
그만이다.

"이크."

갑자기 등 뒤에서 뻗어 나온 단검 참격을 나는 몸을 회전하
며 피했다. 바로 직전까지 기척을 느끼지 못했어.

돌아보니 새카만 가면을 쓴 남자가 양손에 단검을 들고 서 있었다. 다른 녀석들도 그렇지만, 이 녀석의 기척에서는 더욱 거무칙칙한 피 냄새가 났다. 틀림없이 암살을 생업으로 삼고 있는 자의 기척 그 자체였다.

"보아하니 네가 '크라우'의 수령이구나?"

"그렇다……. 유론의 어둠 속에서 살아가는 그림자의, 크어억?!"

"앗."

수령이 뭔가 멋진 말을 하려고 했지만, 엔데의 옆구리 일격을 맞고 'ㄱ'자가 되어 옆으로 날아가 버렸다.

"너 말이야……."

"어? 전부 다 들을 생각이었어?"

"아니. 도중에 쏠 생각이었는데."

"그럼 문제없잖아."

문제없지만. 뭔가 찜찜해. 아무튼, 좋아.

옆구리를 누르며 괴로워하는 '크라우'의 수령에게 나는 마비탄을 쏘았다. 움직이지 못하게 된 수령의 가면을 벗겨 보니, 40대 정도의 평범하고 특징 없는 남자의 얼굴이 나타났다.

어디에서나 흔히 볼 수 있는 아저씨 같은 느낌이지만, 암살자는 이런 타입이 눈에 띄지 않아 더 좋을지도 모른다.

"아쉽지만 너희의 계획은 전부 수포로 돌아갈 거야. 정말로 유론을 생각했다면, 단검을 괭이로 바꿔 들었어야지."

분해서 그런지 아파서 그런지 모르겠지만, 얼굴을 일그러뜨리며 나를 노려보는 수령을 내버려 둔 채, 나는 요새의 안쪽으로 나아갔다.

　그리고 습격해 오는 녀석들을 가차 없이 때려 쓰러뜨리며 나아가다가 지하로 가는 전이 마법진을 발견했다.

　이 아지트는 원래 마법 제국을 건국하려고 했던 【고르디아스】^{마기아 임페리엄}^{황금 결사}가 만든 곳이다. 그래서 요새의 곳곳에 이런 마법 기술과 관련된 부분이 얼핏 보인다.

　지상은 두 사람에게 맡기고 나는 마법진에 마력을 흘려 지하로 전이했다.

　그곳은 커다란 석회암 동굴 같은 곳으로, 목재나 금속, 잡다한 소재가 많아 마치 격납고 같은 모습이었다. 딱 보기만 해도 명백하게 뒤쪽 세계의 기술로 만들어진 물건이 많이 놓여 있다는 사실을 알 수 있었다.

　조립 중인 듯이 보이는 철기병도 있었다. 틀림없다. 이곳이 생산 공장이다. 완성한 철기병은 대부분 전장으로 보냈는지 놓여 있는 철기병은 모두 미완성품뿐이었지만.

　이곳의 경비병들인지 '크라우' 가면을 쓴 남자들이 열 명 정도 다가와 허리의 검을 뽑았다.

　"거치적거리게."

　"크윽!"

　"커어억?!"

나는 브륀힐드로 곧장 녀석들을 제압했다. 내 관심은 검을 뽑은 남자들보다도 철기병 주변에 낡은 옷을 입고 죄인처럼 서 있던 남자들 쪽으로 기울어 있었다.

남자들은 가면을 쓰고 있지 않았다. 그래서 나는 남자들이 '크라우'의 조직원이 아니라고 확신했다. 그냥 가면을 쓰고 있지 않아서가 아니라, 그 목에 '노예의 초커 목걸이'가 있다는 점이 가장 큰 이유였다.

남자들 중에서 노인 한 명이 이쪽으로 걸어왔다. 예순을 넘은 나이일까. 흰 수염이 정리되지 않은 채 자라 있었고, 작고 둥근 코안경을 쓴 모습이었다. 조금 비틀거리긴 했지만, 안경 안쪽의 눈동자에는 확실한 의지의 힘이 깃들어 있었다.

"우리, 당신, 에게, 따른다. 죽인다, 하지 마라."

몸짓과 손짓을 동원하며 서투른 말투로 노인이 나에게 말을 걸었다. 역시 뒤쪽 세계 사람들인가.

하지만 '죽인다, 하지 마라'라니. 음, 눈앞에서 총을 마구 쏘았으니 당연한가.

"【트랜슬레이션】."

눈앞에 있는 남자들 모두에게 번역 마법을 걸었다. 이제 아마 말이 잘 통하게 된다.

"여러분들은 고렘 기사인가요?"

"······! 말이 통하는 건가?! 그래, 우리는 고렘 기사다. 아이젠가르드의 마공왕에게 고렘을 납품하러 가는 도중에 본 적

없는 토지로 흘러들어 왔지. 그리고 저 가면을 쓴 남자들에게 붙잡혀 이 초커 목걸이까지 차게 됐어……!"

마공왕에게 납품……? 아이젠가르드의 마공왕이 이제는 없다는 사실을 모른다면, 그 이전에 이쪽 세계로 흘러들어 왔다는 건가?

"자세한 이야기는 나중에 듣겠습니다. 끌려온 사람은 모두 몇 명인가요?"

"처음에는 열여덟 명이었지만, 지금은 이곳에 있는 열다섯 명뿐이네. 붙잡혔을 때 세 명이 살해당했거든. 이보게, 자네. 이곳은 어디인가? 처음 듣는 언어와 마법 기술 때문에, 마치 다른 세계로 흘러들어 온 듯한데……."

실제로도 그 말대로지만, 일단 설명은 나중에 하자.

나는 표류자들이 차고 있던 '노예의 초커 목걸이'를 풀어서 자유롭게 만들어 주었다. 굉장히 힘든 일을 겪었는지 목걸이가 사라지자 눈물을 흘리며 기뻐하는 사람도 있었다.

"일단 이곳에서 전이하겠습니다. 가져갈 물건은 있나요?"

"미안하지만 잠깐 기다려 주게."

노인은 조립 중이던 철기병의 발밑을 파더니, 카드 비슷한 물건을 땅속에서 꺼냈다.

"그건 뭐죠?"

"내 개인 소유인 스토리지 카드네. 이것만큼은 빼앗겨선 안 되었지. 그래서 계속 숨겨두고 있었네."

상당히 빈틈이 없는 할아버지야. 나이를 허투루 먹지는 않았다는 건가.

좋아. 그럼 일단은 같은 뒤쪽 세계의 사람들이고 고렘 기사이기도 하니, 에르카 기사가 있는 곳으로 데리고 가자.

나는 【게이트】를 에르카 기사와 바빌론 박사가 있는 바위 위쪽으로 연결했다.

전장을 바라보던 두 사람이 우르르 몰려온 우리를 돌아보았다. 그러더니 에르카 기사가 눈을 번쩍 뜨고는 노인을 가리켰다.

"어? '교수님^{프 로 페 서}'?!"

"으음?! '재생 여왕^{리스토어 퀸}' 아가씨인가?!"

두 사람은 서로를 가리킨 채 말을 잇지 못했다.

"아는 사이야?"

"으, 으응. 우리 세계에서는 유명한 고렘 기사야. 혹시 붙잡혀 있었다는 고렘 기사들이……."

"응. 이 사람들이었어."

"아가씨, 대체 어떻게 된 건가? 우리는 아무것도 모르겠다만. 대체 여긴 어딘가?"

"어~. 어디서부터 이야기를 하면 될지……."

일단 아는 사이라면 얘기가 빠르다. 나는 사람들을 에르카 기사에게 맡기고 요새로 돌아가기로 했다.

이미 요새는 타케루 삼촌과 엔데가 거의 제압한 상태라, '크라우'의 전투원들은 여기저기에 쓰러져 있었다. 나는 그 녀석들을 모조리 호른의 감옥으로 전이시켰다.

한 사람도 남기지 말고 보내야 한다. 이건 잡초랑 마찬가지라 뿌리를 남겨 두면 또 자라나니까.

【서치】로 사람이 한 명도 없다는 점을 확인한 뒤, 우리는 문 밖으로 나갔다.

마지막 마무리는 타케루 삼촌이 한다는 모양이다.

"알겠나. '기'는 자연에 넘쳐난다. 대기의 기, 대지의 기, 태양의 기가 바로 그것이다. 그것들을 받아들이고 잘 다듬어 자연의 힘을 자신의 힘으로 만들어라. 잘 제어만 하면……."

타케루 삼촌이 양손을 정면의 무언가를 모으듯이 이리저리 움직였다.

이윽고 마력과는 다른 어떠한 거대한 힘의 덩어리가 타케루 삼촌의 눈앞에 눈으로 직접 확인할 수 있을 만큼 모였다.

그 흔들림이 밸런스볼 정도의 크기가 되자, 찌릿거리는 대기의 흔들림이 피부로 느껴질 정도였다.

"하앗!"

기합과 함께 그 흔들리는 덩어리가 타케루 삼촌에게서 발사되었다.

다음 순간, 큰 소리와 함께 커다란 충격이 우리를 덮쳤다. 마치 폭탄이 바로 코앞에서 폭발한 듯한 충격이었다.

날아오른 먼지가 모두 사라진 뒤에 보니, 그곳에 요새의 모습은 없었다. 단지 깊게 파인 황무지가 펼쳐져 있을 뿐으로, 요새 뒤에 있던 바위산까지 깨끗이 사라진 상태였다.

게다가 더욱 뒤에 있던 바위도 산도 푹 파이고 날아가, 마치 프레이즈 상급종이 날렸던 하전입자포가 발사된 듯했다. 엄청난 위력이다.

마력도 신력도 사용하지 않고, 인간의 몸으로 이 정도의 위력을 발휘할 수 있다니.

지하에 있던 공장까지 다 날아가 '크라우'의 아지트는 이 세상에서 완전히 사라지고 말았다.

"뭐라고 하면 좋을까…… 난 수행이 부족해……."

"아니, 이건 본보기로 삼아선 안 되는 부류라고 생각해……."

엔데가 멍하니 중얼거린 소릴 듣고 나도 순식간에 날아가 버린 바위산을 바라보며 그렇게 중얼거렸다.

◇ ◇ ◇

'크라우'의 멤버는 한 명도 남김없이 호른 왕국으로 인도했고, 철기병과 우드 골렘 부대도 모두 해치웠다. 이렇게 호른 왕국을 탈취하려던 야망은 무너졌다.

'크라우'의 수령과 간부는 공개 처형될 예정이다. 그리고 나머지는 종신형이라 할 수 있는 광산행이다. 이제 다시는 바깥세상의 흙을 밟지 못한다.

며칠 후, 호른 왕국에 새로운 국왕이 즉위했다. 쿠오 더 호른. 나이가 한 살짜리인 국왕이다.

그와 동시에 호른 왕국의 재상인 슈바인 아단테가 사의를 표명했다. 그가 차기 재상으로 추천 및 지명한 사람은 이전 국왕의 동생인 가놋사 더 호른이었다.

질손의 섭정으로 종조부가 정무를 보게 된 셈이다. 일반적으로 생각하면 그게 가장 무난한 일인지도 모른다.

호른 왕국은 지금까지의 쇄국 상태에서 벗어나, 일단은 나라의 젊은이들을 여러 외국으로 유학 보내기로 했다.

그 젊은이들이 가지고 돌아올 다른 나라의 훌륭한 문화와 풍습을 받아들여 호른 왕국은 새로운 진화를 이루리라 생각한다.

과거의 영광만을 추구하다 안이 텅 비어 버린 이웃 나라 유론처럼 되지 않도록 열심히 노력해 주길 바란다.

과거를 자랑스러워하는 것은 괜찮다. 하지만 그뿐이어서는 부모님의 위세를 믿고 뻐기는 멍청한 아들과 다를 바가 없다.

유론에도 미래를 더욱 내다보는 젊은이들이 있을 거라고 믿자.

한편, 구출된 고렘 기사들 말인데.

원래 그들은 한 명을 제외하면 아이젠가르드의 '공장'^{팩토리}에서 일하던 기사들이었다.

나라의 중요 시설인 '공장'의 최고 책임자는 당연히 국왕이다.

그런데 아이젠가르드의 국왕인 마공왕은 이미 생사 불명이다. 그에 더해 아이젠가르드는 마공왕이 사라져 리더의 부재로 인해 혼란이 계속되는 중으로, 내전이 시작되었다는 소문도 들린다.

그런 사실을 자세히 전달했는데도 대부분의 기사들이 돌아가고 싶다고 해서 나는 '차원문'을 통해 아이젠가르드로 보내 주었다.

대부분은 그쪽에 가족이 있었기 때문에 그 마음을 충분히 이해한다.

하지만 그들은 이미 행방불명 또는 죽은 것으로 처리되어 실직한 상태고, 3000기나 되는 군기병을 횡령했다고 의심을 받을 가능성도 있었다. 아이젠가르드에 머물면 위험하다.

그래서 밑져야 본전이라 생각하고 갈디오 제국의 루크레시온 전 황자…… 레베 변경백에게 상의해 봤는데, 기꺼이 영지 안으로 받아들여 주겠다고 대답했다. 실력이 좋은 기술자들이다. 받아들이지 않으면 손해다.

지금쯤이면 가족과 함께 갈디오 제국으로 가는 중이리라 생각한다.

그리고 문제는 남은 사람들인데.

"그런데 그 할아버지…… 교수님이었던가? 어떻게 하신대?"

"이쪽 세계를 여행하겠대. 여러 나라를 돌아보고 싶다고 했어."

입에 문 빨대를 만지작거리며 에르카 기사가 눈썹을 찌푸렸다. 테이블에 놓인 오렌지주스의 얼음이 달그락, 하고 소리를 냈다.

"위험하지 않아? 할아버지 혼자 여행이라니…….."

"이 나라를 나가기 전에 드워프 공방에서 간이 군기병을 만들었어. 아무래도 'G큐브'랑 'Q크리스탈'을 숨겨두고 있었던 모양이야. 그거, 딱 보면 갑옷을 입은 기사 다섯 명으로밖에 안 보여. 최고의 호위라 할 수 있지."

그렇게 짧은 시간에 고렘을 만들었다고? 고대 기체는 아니라고 해도 역시 뒤쪽 세계에서 다섯 손가락 안에 드는 고렘 기사구나.

"도와줬으면 하는 일이 많았는데. 당분간은 관광을 즐기고 싶다나 봐. 계속 억지로 철기병을 만들어야 했으니, 그게 영향을 미쳤을지도 몰라."

으~음. 군기병을 만들었다고 하니, 트라우마가 생기진 않은 모양이지만 당분간은 기계와 거리를 두고 싶은 건가?

"이봐, 거기~! 휴식은 끝이야! 얼른 일을 도와~!"

"뭐어~! 모니카, 너무 엄격해~…….."

모니카의 등 뒤로 보이는 검은색과 붉은색 오버 기어가 전투로 인한 대미지의 점검과 수리를 기다리고 있었다.

투덜대면서도 펜릴을 데리고 에르카 기사가 오버 기어 쪽으로 걸어갔다.

나도 물러가려고 자리에서 일어난 그 순간, 품 안의 스마트폰이 울렸다. 어? 웬일이지? 하느님한테서야.

"네, 여보세요."

〈오오, 토야인가. 잠깐 할 이야기가 있는데 신계로 와 주겠나?〉

이후에는 아무런 일정도 없다. 괜찮다고 말하고 나는 전화를 끊었다. 할 이야기라는 게 뭐지?

아무튼 가 보자. 앗, 그 전에 부엌에 들러 선물을 조달해야 해. 빈손으로 가기도 뭐하니까.

분명히 요즘 요리사장인 클레아 씨가 만든 양갱이 있었지? 카렌 누나가 먹지 않았으면 아직 남아 있을 거야. 그걸 가지고 가자.

다행히 카렌 누나의 습격을 면한 양갱을 가지고 나는 신계로 전이했다.

여전히 구름바다가 보이고 천장과 벽이 없는 다다미 네 장 반짜리 방이 나를 맞이했다.

"안녕하세요. 이건 선물이에요. 양갱이에요."

"오, 고맙네. 바로 차랑 같이 듭세."

하느님이 부엌에서 나이프와 접시를 꺼내 차와 함께 가지고 왔다. 차와 양갱은 최고의 조합이니까.

"그런데, 할 이야기라는 게 뭔가요?"

"음, 3일 후네."

"네?"

접시에 올려 둔 양갱을 작은 포크로 자르면서 하느님이 말했다.

3일 후? 뭐가?

"뭐가 3일 후인가요?"

"두 개의 세계가 겹치는 날이야. 3일 후에 자네가 오가는 그 두 개의 세계가 하나가 되어 우리 신들의 손을 떠나네."

"네에?!"

나는 무심코 그렇게 소리치고 말았다. 언젠가 합쳐지리라고는 생각했지만 너무 갑작스럽지 않나?!

가능하면 그 전에 양쪽 세계의 통합 세계회의를 하고 싶었는데……. 아니, 생각에 따라서는 이래야 더 나은가. 부정할 수 없는 현실이 눈앞에 닥치는 거니까. 우리의 허튼소리라고 생각할 여지도 없고. 뒤쪽 세계의 임금님들도 진지하게 이 문제를 받아들일 수밖에 없다.

"갑작스럽긴 하나, 이것만큼은 어쩔 수 없지. 원래는 파괴신이 벌써 처리했어야 할 세계이기도 하니 불안정해서 좀처럼 예측하기 어려우니까."

"그렇군요……. 3일 후인가요?"

그 짧은 시간 동안 얼마나 대처할 수 있을는지.

"천재지변이 일어날 가능성은요?"

"원래는 그럴 가능성도 있지. 하나, 토야가 정령왕이 되었지 않나. 바다, 대지, 폭풍의 정령에게 부탁해 두면 큰 피해는 없을 테지. 아주 작은 지진은 오래 지속되겠지만, 세계는 평화롭게 융합될 게야. 지형이 조금 뒤틀리는 정도일까."

지형이 비틀리는 것만 해도 엄청난 일이지만, 아무래도 큰 재해는 일어나지 않을 듯했다. 그보다도 사람들이 패닉을 일으키지 않을까 걱정이다.

"그때를 기점으로 그 두 세계는 나의 관할에서도 벗어나지. 마지막이니, 신의 기적으로 두 세계의 말을 통일시켜 주겠네. 그냥 처음부터 같은 말이었다고 인식시켜 주는 게 다이다만."

두 개의 세계를 오간 사람 이외에는 그 기적을 인식하지 못하겠지. 전 세계의 사람들에게 번역 마법을 걸어 주는 셈이다. 스케일이 너무 커.

나도 어쩌면 가능할지도 모르지만, 아마 타깃을 지정하는 데만도 일주일 이상 걸리지 않을까?

"그런데 괜찮은가요? 신의 힘으로 하계에 간섭해선 안 된다고 하셨잖아요."

"원래는 안 되지. 사신도 얽혀 있고, 마지막이기도 하여 가능한 반칙 기술 같은 거네. 우리 신들에게서 떠나게 되면 관리 책임도 사라진다는 말이니까."

지금까지 도서관에 있던 책을 문제가 있어 버리는 일과 비슷한가. 이제 그건 도서관 소유가 아니다. 당연히 관리할 책임이 없다. 나머지는 그 책을 누가 줍는가인데…….

"이제부터는 자네가 해야 하네. 새로워진 그 세계에서 사신을 쫓아내 주게. 그러면 그 세계는 존속할 수 있어. 파괴신도 불평을 못 할 테지."

"상당히 성가신 문제인데요……."

"다만 일반적으로 생각해 자네는 내 권속, 상대는 되다 만 신. 질 만한 요소가 보이지 않지만, 사신은 교활하거든. 이상한 허점을 이용해 올지도 모르지. 충분히 주의를 기울이게."

"네."

어? 이건 업무 인수인계? 퇴사하는 베테랑 사원에게 일을 인수받는 신입사원 같은 이미지가 머릿속에 떠올랐다.

"서포트를 위해 신이 일곱 명이나 내려갔지 않은가. 큰일은 벌어지지 않을 테지."

"아니, 그 사람들은 서포트보다는 휴가를 보내러 온 느낌인데요……."

분명히 연애신, 검신, 농작신, 사냥신, 음악신, 주(酒)신, 무신, 이렇게 칠복신처럼 모여 있기는 하지만, 제대로 서포트해 주고 있는가 하면 미묘하다.

"그거야 휴가도 겸해 서포트를 해 주러 내려갔으니 어쩔 수 없지. 언젠가 자네가 그 세계를 관리하게 되면 신들의 리조트 지역이 될지도 모르겠구먼."

그것도 좀 그렇지 않나요? 리조트 지역이라면 더 좋은 세계가 있을 듯한데. 물론 그것도 모두 사신 문제를 어떻게든 해결한 뒤의 얘기지만.

일단은 정령들에게 말해 두고, 각국 대표에게도 연락해야겠어. 이제부터는 무슨 일이 벌어질지 알 수 없다. 정신을 바짝 차려야 해.

나는 양갱을 먹으면서 결의를 새롭게 다지고 뜨거운 차를 마셨다.

──────그리고 3일 후.

하나가 된 세계에서 하나의 나라가 사라졌다.

후기

『이세계는 스마트폰과 함께.』제17권을 전해 드렸습니다.
재미있게 읽으셨나요?

발매는 6월이지만 이 글을 쓰는 지금은 아직 5월입니다. 5월
인데…… 몹시 덥네요. 대체 어떻게 된 거죠?

올해는 혹서가 찾아오는 걸까요? 전 정말 여름에 약합니다.
계속 축 늘어져 있습니다.

음식을 먹으면 배탈이 나고, 밖에 나가면 더위를 먹습니다.

지옥 같은 나날입니다. 에어컨 바람을 계속 맞아도 컨디션
이 나빠져 그것도 피하는 편입니다……. 가급적 빨리 가을이
되기를 빕니다.

최근에는 도저히 피로가 풀리지 않고 몸이 나른해서 마사지
의자를 샀습니다. 꽤 거대해 집에 들여놓을 때는 문을 떼어야

했습니다. 제대로 크기를 확인하지 않고 사서 그렇지만요.

처음에는 "으아악, 아파아파, 아야아아아." 하고 소리를 지를 정도였지만 점차 익숙해져 지금은 마사지를 받으며 그대로 잠이 들 정도입니다. 어? 벌써 끝이야? 이렇게 어느새 끝나 있는 마사지를 받으며 수면도 취할 수 있게 되었습니다.

그런데 마사지 의자도 에어컨이 없는 장소에 놓아두어 여름에는 지옥의 고문 기구가 될 듯한 예감이 자꾸만 듭니다…….

이거 덕에 일의 능률도 오르면 기쁠 텐데요.

그러고 보니 이번 달로 서적을 낸 지 꼬박 4년이 되었습니다. 권수도 17권이 되어, 출간 제의 전화를 받은 이후로 순식간에 4년간이 지난 느낌입니다.

앞으로도 잘 부탁드립니다.

그럼 이번에도 감사와 사죄의 말씀을 드립니다.

일러스트를 담당해 주시는 우사츠카 에이지 님. 바쁘신 가운데에서도 항상 감사합니다. 다음 권도 잘 부탁드립니다.

메카닉 디자인을 담당해 주시는 오가사와라 토모후미 님. 꽤 오래 전에 디자인해 주셨던 로스바이세가 겨우 등장했습니다. 감사합니다.

담당자이신 K 님. 하비 재팬 편집부 여러분, 이 책의 출판을 도와주신 여러분, 항상 감사합니다.

그리고 '소설가가 되자'와 이 책을 지금까지 읽어 주신 모든 독자 여러분께도 감사의 말씀 올립니다.

후유하라 파토라

개발자: 레지나 바빌론, 에르카 파토라크셰
정비 책임자: 하이로제타　　　　　　　**관리 책임자: 프레드모니카**
소속: 브륀힐드 공국　　　　　　　　　**탑승자: 노른 파토라크셰**
높이: 26.8미터　　**중량: 32.8톤**　　　**탑승 인원: 1명(고렘 제외)**
무장: 세이버 팽×2, 레이저클로×4, 스트라이크 블레이드×2

변이종용 결전 병기로 신형 프레임 기어인 '오버 기어' 중 하나. 동물형인 이유는 개발자의 취미. 고렘을
사이에 두고 조종하기 때문에 조종의 시간 지연이 거의 없다. 레오 느와르는 고(高)기동용 기체로, 기체
여러 부위에 설치된 정재 부품으로 마력 장벽을 전개할 수 있으며, 그 장벽을 활용한 몸통 박치기 공격이
가능하다. 매우 높은 운동 능력을 자랑하지만, 그 반면 승차감은 프레임 기어보다 나쁘다.

개발자: **레지나 바빌론, 에르카 파토라크셰**

정비 책임자: **하이로제타**　　　　관리 책임자: **프레드모니카**

소속: **브륀힐드 공국**　　　　　　탑승자: **니아 베르무트**

높이: **29.6미터**　　중량: **34.7톤**　　탑승 인원: **1명(고렘 제외)**

무장: 세이버 팽×2, 레이저클로×4, 스트라이크 블레이드×2

변이종용 결전 병기로 신형 프레임 기어인 '오버 기어' 중 하나. 레오 느와르와 같은 시기에 개발되었다. 레오 느와르와 기체 성능은 거의 차이가 없지만, 레오 느와르가 높은 기동성을 중시해 조정되어 있는 데 반해, 티거 루주는 공격력을 중시했다. 그에 더해 탑승자가 거칠다는 점에 맞춰 튼튼하게 만들었으며, 등에 프레임 기어를 태울 수도 있다. 레오 느와르와 마찬가지로 승차감은 프레임 기어보다 나쁘다.

하지만 그것을 비웃듯이

새로운 세계에 하늘에서 유성우가 쏟아지며

세계의 운명을 건 싸움이 시작된다……

이세계는 스마트

후유하라 파토라　illustration　우사츠카 에이지

드디어 찾아온 두 개의 세계가 융합하는⋯⋯ 날.

정령의 활동 덕분에

세계의 융합은 문제없이 끝난다.

폰과 함께.18

이세계는 스마트폰과 함께. 17

2020년 05월 25일 제1판 인쇄
2020년 06월 01일 제1판 발행

지음 후유하라 파토라 | **일러스트** 우사츠카 에이지

옮김 문기업

발행 영상출판미디어(주)
등록번호 제 2002-000003호
주소 21311 인천광역시 부평구 평천로 132 (청천동)
전화 032-505-2973(代) | FAX 032-505-2982

ISBN 979-11-6524-505-4
ISBN 979-11-319-3897-3 (세트)

異世界はスマートフォンとともに。17
© Patora Fuyuhara
Originally published in Japan by HOBBY JAPAN Co., Ltd.

구매 시 파손된 도서는 구매처에서 교환하실 수 있습니다.
기타 불편사항, 문의사항이 있으신 독자님께서는 노블엔진 홈페이지
[http://novelengine.com] 에서 Q&A 게시판을 이용해 주시기 바랍니다.